这一次，我只聊真话

深夜十堂

李敖／主讲

湖南人民出版社

图书在版编目（CIP）数据

这一次，我只聊真话 / 凤凰书品编 . —长沙：湖南人民出版社，2014.1
ISBN 978-7-5438-9809-7

Ⅰ. ①这… Ⅱ. ①凤… Ⅲ. ①杂文集—中国—当代
Ⅳ. ① I267.1

中国版本图书馆 CIP 数据核字（2013）第 227998 号

上架建议：大众文化

这一次，我只聊真话

编　　著：凤凰书品
出 版 人：谢清风
责任编辑：胡如虹
监　　制：蔡明菲　潘　良
特约编辑：杨丽娜
封面设计：黄柠檬
版式设计：李　洁
内文排版：百朗文化

出版发行：湖南人民出版社［http：//www.hnppp.com］
地　　址：长沙市营盘东路 3 号
邮　　编：410005
经　　销：新华书店

印　　刷：北京嘉业印刷厂
版　　次：2014 年 1 月第 1 版
　　　　　2014 年 6 月第 2 次印刷
开　　本：787mm × 1092mm　1/16
印　　张：18
字　　数：250 千字
书　　号：ISBN 978-7-5438-9809-7
定　　价：35.00 元

（若有质量问题，请致电质量监督电话：010-84409925）

目录
CONTENTS

壹 / 言论自由像A片

贰/一流知识分子的境界

叁/狠话说尽　马屁拍足

肆/抗议的美学

伍/主义统统靠边站

陆/流泪撒种　欢呼收割

壹／

言论自由像A片

《木偶奇遇记》里的蟋蟀

美国迪士尼卡通片里有一部《木偶奇遇记》[1]，讲仙女要把木偶皮诺曹变成一个能动的、会哭会笑的，甚至有人身的好孩子。可是她给他设定了一个自己发展成长的过程，也就是说，木偶要靠自己的努力，才能变成真正的男孩子。同时，仙女找到一只蟋蟀代表木偶的良心，代表是非善恶，一直跟在木偶身边。

大家看《木偶奇遇记》里的蟋蟀造型，拿着把雨伞，穿着大礼服，老是对木偶指指点点。为什么指他？仙女要求蟋蟀做木偶的

《木偶奇遇记》里的蟋蟀

皮诺曹和蟋蟀

①《木偶奇遇记》是意大利童话大王科洛迪的代表作，发表于1880年。讲仁慈木匠皮帕诺睡觉的时候，梦见一位仙女赋予他最心爱的木偶皮诺曹以生命，于是小木偶开始了他的冒险。如果他要成为真正的男孩子，必须通过勇气、忠心及诚实的考验。在历险中，他因贪玩而逃学，因贪心而受骗，最后还变成驴子……种种考验之后，皮诺曹终于长大了，变得诚实、勤劳而善良，成为一个真真正正的男孩。这部作品于1940年被美国迪士尼公司改编为动画片，1983年和2002年两次被翻拍成真人版电影。

弗罗斯特青年

弗罗斯特晚年

良心，提醒木偶不要犯错。一开始仙女找到这只蟋蟀的时候，蟋蟀是个穷小子，穿着破衣服，戴顶破礼帽，鞋上的脚指头都露出来了。后来当木偶真正做了好孩子，仙女颁发给蟋蟀一枚金光灿灿的奖章。

蟋蟀代表什么啊？言论自由。他永远在你耳边讲话，告诉你什么是正确的，什么是你该做的，什么是你的良知。木偶很多次都不听这只小蟋蟀的话，他要出去玩，要跟小朋友鬼混，要抽烟、喝酒、逃学。这只蟋蟀老是盯着他不放，在他身边唠叨来唠叨去，简直是讨厌鬼。可是我必须说，这种唠叨、这种讨厌，就是言论自由。

为什么我要谈到言论自由呢？大家看这个人的照片，美国著名诗人弗罗斯特（Frost）[①]。他讲过一句话：我年轻的时候不敢做一个激进派，是怕我年老的时候变成一个保守派。换句话说，年轻时说的很多激进、激烈、光明正大、冠冕堂皇的大道理，到了年老以后难免会走样，所以我觉得很难为情，宁肯年轻时不那么激进，免得年老时保守。

我在台湾大学的一位老师，老了以后做

---

① 罗伯特·弗罗斯特（Robert Frost，1874—1963），美国诗人，四次获普利策奖。著有诗集《新罕布什尔》《又一片牧场》《一棵做证的树》等。

到国民党伪政府的“监察院长”。他有一次跟我讲：“李敖啊，我年轻的时候看到那些老头子，越看越不顺眼，我就跟自己说，等我老了千万不要变成那种样子，可是当我老了的时候，我就是那种样子。”他觉得这是一个有趣的人生反讽。

人老了以后最容易变成保守派，可是有一个人例外——富兰克林（Franklin）[①]。富兰克林老了以后才开始革命，年轻时候反而很保守。他儿子当时是英国统治之下的北美十三州里一个州的总督。换句话说，儿子是效忠英国国王的，老子反倒站起来革命，反对英王，闹美国独立，所以是越老越激进。

我李敖现在也越来越老了，但我一点都不保守，我也变得越来越激进。可是我在激进的过程里，比较能够体谅打压言论自由的那批人的心态。我年轻的时候不太能体会，老了反而能体会。

大家看一个文件，中华民国二十五年（1936年）四月，上海市社会局局长潘公展[②]发的一个秘密命令：

> 联华书局出版之《南腔北调集》刊物……违反《出版法》××条……找到销毁，以杜流传。

---

① 本杰明·富兰克林（Benjamin Franklin，1706—1790），美国独立战争领袖、科学家、发明家。早年办过印刷厂、医院、学校等；探索电运动的规律，发明了避雷针；还几次作为宾夕法尼亚州代表参加殖民地大会，到伦敦向英王陈述。他一直强烈反对革命，直至看到英国在美洲的殖民地统治不可能继续维持之后，才成为独立运动的热切支持者，为此不惜与身为新泽西州州长的儿子决裂。富兰克林协助起草了美国《独立宣言》和1787年《美国宪法》，对美国独立所做的贡献只在华盛顿之下。

② 潘公展（1895—1975），浙江吴兴人，国民党文化、宣传方面的干将，CC派要人。1936年任上海市社会局局长。抗战期间任国民党中宣部副部长兼《中央日报》总主笔。国民党失掉大陆后，他辗转赴美，曾与陈立夫出版《华美日报》。1975年病逝于纽约。

《南腔北调集》谁写的啊？鲁迅写的。当年潘公展在上海就负责查禁鲁迅的书。1949 年国民党兵败山倒以后，他流亡到美国去了。晚年有所反省，觉得当年所做的这些打压言论自由的事情不对。后来他变成了一个自由主义者。

再看中华民国三十四年（1945 年）十月一日出版的《大公报》，里面谈到：

> 内地的战时新闻出版检查制度，政府宣布今日起取消了。

表面上国民党政府好像变宽大了，不查你了，变成发给你一个执照，允许你出版。你印的过程，他不查你，可是你印出来内容有“问题”，他一样要“追惩”——追着惩罚你。换句话说，本来实行预审制，预先审查你，后来这个制度国民党放弃了，改为“追惩”，你不乖，我抓住你一样惩罚。事实上这也是打压言论自由的一种方法。可是当时的《大公报》不清楚，以为国民党给人民言论自由了，事实上没有。

国民党对言论自由的打压历程，我们在台湾看得很清楚。好比台湾云林县政府曾经发了一份《通知》给出版社，说要查禁《李宗吾传》这本书：

> ……五日内将出版书物表及所发行的书籍全部收回，由发行人亲自送交本府秘书室新闻股处理。
>
> 县长主任秘书 ×××
>
> × 年 × 月 × 日

大家看了，不觉得很好笑吗？你要查禁我的书，还下一个命令给我，让我把书给你送过来！送过来干吗？让你来没收，让你来烧掉。国民党干的这种事情，就好像把出版社当成应召女郎一样，打个电话招之即来，来了就跟我上床。应召女郎还有钱拿，出版社比应召女郎还惨，不光不给钱，还要查禁你，还要叫你亲自送上门。大家想想看，查禁人家的书，控制言论自由，会有这种笑话出现！

我李敖在台湾有九十六本书被国民党伪政府查禁。全世界古往今来，从来没有一个作者能够有毅力一本接一本写这么多禁书，而那个王八蛋政府居然能够有耐心一本接一本查禁。后来这个伪政府垮掉了，大家以为我李敖的书就不被查禁了吗？错了，书摊的老板娘也在查禁我的书啊。

怎么回事呢？我写了一本书《观音不男不女》，对观音的造型做了很多历史考证。好，这本书到书摊以后，老板娘拒绝卖，说我是拜观音的，你怎么可以说观音不男不女呢？不卖！

到底观音是男是女啊？在真正的佛经里，观音又是男的又是女的，什么原因呢？他会随时变化他的形象，为了传布佛法。

可是当我们把这些真理，把这些考证写出来的时候，国民党警备司令部还没查，书摊的老板娘先给你查禁了，证明什么？证明我们在追求争取言论自由的过程里，会碰到很多这种离奇古怪的现象，使你哭笑不得。

台湾有两个毛泽东的文件，一个是他写给蒋介石的一封信，另一个是他写给傅孟真[1]的信。傅孟真就是傅斯年，后来做了台湾大学校长。毛泽东在给傅斯年的信里引了唐朝一首诗：

竹帛烟销帝业虚，
关河空锁祖龙居。
坑灰未冷山东乱，
刘项原来不读书。[2]

“竹帛烟销”代表查禁言论自由。古代的书刻在竹子上或写在丝帛上。这些竹帛被烧掉以后，皇帝的事业也空虚了。“关河空锁祖龙居”，“祖龙”就是秦始皇，高高在上，在中央严密控制，把国家管得很严。“坑灰未冷山东乱”，秦始皇“焚书坑儒”的坑里面那个灰烬还没有熄掉，山东又开

---

① 傅斯年（1896—1950），字孟真，山东聊城人，出身书香门第，其七世祖为清朝第一位状元。傅斯年幼年丧父，由祖父及母亲抚育成人。年轻时，傅斯年是一位激进派，是五四运动学生领袖之一，也曾撰文推崇俄国革命。但是他到欧洲留学六年后，思想开始趋向温和的自由主义。1926年，他回国到广州中山大学任教，目睹了国共从合作到决裂的过程，自己也转变成一名坚定的反共人士。1945年7月，傅斯年作为国民参政员，应中共邀请访问延安，得以近距离接触毛泽东，并观察中共体制的实际操作情况。传说毛泽东陪同傅斯年到延安一座礼堂参观时，傅看见里面密密麻麻挂满了献给各大领袖的锦旗，便说了一句：“堂哉！皇哉！”毛感到了讽刺意味，没有出声。傅在与毛交谈的过程中发现，毛对中国古代各种民间小说极为熟悉，他由此得出结论：毛从这些材料里去研究农民心理，所以至多不过宋江之流。没想到短短两三年后，毛泽东就带领共产党取得大陆政权，把国民党赶到台湾。1949年1月，傅斯年赴台北接任台湾大学校长。1950年12月20日上午，因在接受台湾“议会”答复教育行政质询时过度激动，脑出血猝逝，得年55岁。傅斯年逝后葬于台大校园，校内设有希腊式纪念亭“傅园”及“傅钟”。其中，“傅钟”启用后成为台大象征，每节上下课会钟响二十一声，因傅斯年曾说：“一天只有二十一小时，剩下三小时是用来沉思的。”

② 出自晚唐诗人章碣的《焚书坑》。

始作乱了。什么人作乱呢？刘邦跟项羽这两个不读书的家伙，大老粗，不是知识分子，搞平民起义。

毛泽东把这首诗写给傅斯年，什么意思啊？传达他的一个心愿，就是你国民党查禁言论自由查禁了半天，书被你烧掉了，儒生被你坑掉了，可是你的天下最后还是被陈胜、吴广、刘邦、项羽这些大老粗给推翻了。这些人不是读书人啊。他们是什么人呢？行动派。换句话说，你真正想要控制思想言论，最后是控制不了的。毛泽东了解这一点，特别写给傅斯年。你觉得焚书坑儒可以控制言论自由，可以控制那些要笔杆的、文绉绉的书生，可是你控制不了陈胜、吴广、刘邦、项羽。他们不看书的，干什么？硬来的，革命的。

所以言论自由你查禁了半天，可能反倒搞错了对象。因为言论自由对那些真正的革命者是无效的，对不革命的、文绉绉的人反倒会有效果。什么效果？反面效果，使他的怨气发出不来。所以真正会统治的人不会像秦始皇那样焚书坑儒，而是给你们一个管道，让你们把怨气发泄出来。发泄出来干什么呢？做《木偶奇遇记》里的蟋蟀，在耳边不断提醒。就像《木偶奇遇记》里那个木偶，他有时候不晓得什么是正确的，需要这只小蟋蟀在旁边冷眼旁观，不断地提醒他，督促他，使他知道什么是正确的。

我李敖现在跟富兰克林一样，已经年老了，可是我没有变成一个激进派，因为我一直就是个激进派。我年老之后发生的一点点变化是，我比较能够知道和体谅那些我所要向他争取言论自由的对象的处境。我知道，我也了解，可是我们并没有放弃去做那只小蟋蟀。因为只有小蟋蟀的存在，才能使木偶修成正果。

狮子伦理与唐太宗

各位大概不知道，我李敖不大看电视的。为什么不看？因为许多电视节目我看过以后，常常会觉得“得不偿失”，觉得这段时间用来看书比看电视收获更多。可是偶尔我也会看看电视，譬如大清早我骑脚踏车在家里运动的时候，连续骑四十分钟，这个时候我会把电视机打开，顺便看看。

有一次我在电视节目里看到一只母狮子照顾一群小狮子，它要常常出门打猎，带食物回来给小狮子吃。注意，公狮子是不打猎的，公狮子负责维持地盘、传宗接代跟晒太阳，打猎的是母狮子。可是当母狮子出去打猎的时候，小狮子常常会遭遇意外。什么意外呢？公狮子觉得这只小狮子不是我的种，极有可能把小狮子咬死，然后再跟母狮子生新的小狮子。我们想不到动物世界里会有这么奇怪的所谓伦常关系存在。

我的小女儿，小学四年级，长得胖胖的，非常快乐的一个小女孩，可是她有时候会发怒。什么情况下发怒呢？当她偷吃东西被我们发现，不许她吃的时候，她会发怒。好比前几天她偷吃东西又被我看到，我也不直接管她，上楼告诉她妈妈，结果引得我这个小女儿大为不快，指着我骂：“你不是男子汉大丈夫，你告密！”事实上我不光告密，我还会偷看她的读物。

有一次我看到她有一本书叫《狮子王》，讲一只狮子王很爱它的小狮子，可是狮子王有个弟弟，一直想把哥哥干掉，自己来当王。有一天小狮子出去玩，被一群牛追赶，小狮子就爬到树上去，等它爸爸来救它。爸爸救他的时候，不小心被牛一脚踢到山下面。它爸爸快爬上来的时候，希望在上面的弟弟拉它一把，结果这个弟弟不但不拉它，还把它推下去，最后这个狮子王死掉了，然后弟弟做了王，开始欺负小狮子。小狮子受不了虐待，自己跑掉了。最终的结果是，有一天长大的小狮子又回来跟它叔叔决斗，把王位夺了回来。

当然这是个拟人化的故事。在真正的狮子世界里，新的狮子王会把前任狮子王留下的小狮子都咬死。为什么呢？就是我刚才讲的，它们有一种奇怪的伦理，只要你不是我的血统，我就把你干掉，然后跟母狮子生我自己的小狮子。

狮子伦理在人类社会存不存在呢？也存在。中国唐朝的时候发生过一场兄弟之间的政治斗争。唐高祖李渊[①]打天下，大功臣是他们家老二，也就是后来的唐太宗李世民[②]。可是唐太宗的哥哥李建成[③]伙同了唐太宗的弟

---

① 李渊（566—635），字叔德，陇西成纪（今甘肃静宁县）人，出身于北朝的关陇贵族，七岁袭封唐国公。隋末天下大乱时，他乘势从太原起兵，攻占长安，于公元618年称帝，国号唐，立长子李建成为太子。李渊在打天下的过程中，以二子李世民功劳最大，李渊也曾答应事成之后立世民为太子。但天下平定后，李世民功名日盛，李渊却犹豫不决。太子李建成遂联合齐王李元吉，排挤李世民，最终诸子兵戎相见，李世民先发制人，杀死李建成和李元吉。这就是历史上有名的“玄武门之变”。事变三天后，李世民被立为太子，两个月后李渊退位成为太上皇，李世民登基，年号贞观，由此开创了中国历史上最著名的“治世”——贞观之治。贞观九年（635年），李渊病逝，庙号高祖，葬于献陵。

② 李世民（599—649），唐朝第二位皇帝，在位23年。早年他率部征战天下，为大唐统一立下汗马功劳，被封为秦王。626年“玄武门之变”后夺位登基，开创了“贞观之治”，为后来唐朝全盛时期的开元盛世奠定了基础。649年驾崩，享年50岁，庙号太宗，葬于昭陵。

③ 李建成（589—626），唐高祖李渊长子，“玄武门之变”中，被李世民本人引弓射杀。其诸子亦被李世民全数处决，以绝后患。李世民即位后，以亲王礼葬李建成，并以李福为李建成后嗣。642年又追封李建成为隐太子。

弟李元吉[①]，一起要来抢夺接班人的位置，结果唐太宗李世民先下手为强，把哥哥和弟弟都干掉了。干掉之后，唐太宗把这个消息告诉他爸爸。唐高祖发现怎么兄弟之间为了抢夺接班人火并起来了，自己的大儿子和三儿子都被老二干掉了，他很伤心，主动把皇帝位子让出来给二儿子。事实上，他不让也不行。

《旧唐书》里记载，李建成死的时候三十八岁，他的长子“太原王承宗早卒”，大儿子年纪轻轻就死掉了；“次子安陆王承道、河东王承德、武安王承训、汝南王承明、钜鹿王承义并坐诛”，其他儿子全部被唐太宗杀掉。换句话说，唐太宗不但杀了他哥哥，还把哥哥家的小孩、他的侄子们一个个都杀掉，为什么？让你这一支断子绝孙，永远没有机会翻身，避免将来有后患。

可是杀掉以后还不算，我哥哥绝后了怎么办呢？我给我哥哥续香火，把我的儿子分一个给他。所以唐太宗“以皇子赵王福为建成嗣”，把他自己第十三个儿子李福给他哥哥做了后代。同样的，李元吉死的时候二十四岁，五个儿子也全部被李世民杀光了。杀光之后怎么办呢？“以曹王明为元吉后”，李世民把他第十四个儿子、老幺李明给他弟弟做了后代。

大家不觉得唐太宗的做法跟狮子伦理一模一样吗？狮子怎么样做领袖？我是领袖，除了晒太阳、交配，有东西我先吃，我的地盘我保护，有别的狮子来，我把它咬跑。如果别的狮子把我咬跑了或者咬死了，那它就是老大，它会把我的小狮子全部咬死，然后叫母狮子为它提供性服务，最后生出来的小狮子都是它的血统。唐太宗跟狮子唯一不同的一点是，人好像比较“温柔”，我把你的儿子全部杀掉以后，我还不让你绝后，把我的

---

① 李元吉（603—626），唐高祖第四子（因李渊第三子早逝，故元吉亦被称为第三子），被封为齐王，死于“玄武门之变”，五子皆被处死，妻杨氏被李世民纳为妃。贞观十六年（642年），李世民追封元吉为巢王，以杨氏与自己所生之子曹王李明过继，嗣其后。

儿子过继一个给你，使你在形式上面没有绝后，可是骨子里面你的后就是我的后。

这个故事告诉大家什么？中国人有一句古话：“非我族类，其心必异。”他跟我不是一个族、不是一个类的时候，他的心跟我就是不一样的。可是我必须说，“非我族类，其心必异”基本上是一种自私的、专断的、清一色的想法。

当年胡适跟他的太太江冬秀来台湾以后，胡太太有个特色是喜欢打麻将，并且打的时候喜欢做清一色。什么叫清一色啊？麻将牌排开，凡是花色不同的就打掉。换句话说，这基本上也是一种“非我族类，其心必异”的思路。你跟我不是一个系统、不是一种花色，我就要把你打掉。

这种观念在打天下的时候，在控制丈夫的时候，在争宠夺权的时候可以用，可是真正在国家建设的时候，在开展千年百年大计的时候，就不能这样子了。大家看《中华人民共和国宪法》第三十五条：

> 中华人民共和国公民有言论、出版、集会、结社、游行、示威的自由。

这些权利白纸黑字地写在宪法里。写在宪法里就表示我们不再是公狮子或者唐太宗那种“非我族类，其心必异”的思路，把别人的后代都杀光；也不再是胡太太打麻将那种清一色的思路，花色不对就打掉；我们要的是一种新的方向，是一个政权、一个政党、一个时代进步的方向，是整个世界都朝着它发展的共同的方向。

这个方向我们必须要走出来，这些权利我们要慢慢把它开放。好比言论自由（Freedom of Speech），你的言论、你的思想、你的意见可以跟我的不一样，没关系，我言论开放，允许你发表，因为这是宪法赋予你的权利。当然要做到这一点，需要我们大家的努力，宪法是不会说话的，真正使宪法和这些法律条文能够坐实，要靠大家去争取、去协商、去很有技巧地达到目的。

大家看2002年12月4日北京登出来的一条新闻标题：

胡锦涛强调进一步树立宪法意识与权威

胡先生在纪念1982年《宪法》公布施行二十周年大会上说：

> 全面贯彻实施宪法，必须健全宪法保障制度，确保宪法的实施……任何组织或者个人都不得有超越宪法和法律的特权。①

我觉得这句话支持《宪法》第三十五条，不是吗？这是一个好的方向，大家应该朝着这个方向去努力。

① 见《胡锦涛在首都各界纪念中华人民共和国宪法公布施行二十周年大会上的讲话》。

言论自由像A片

二战中带领盟军打败德国人的艾森豪威尔（Eisenhower）[①]将军，后来做了美国总统。法国的吉拉德（Gerard）[②]将军在给他授勋的时候，按照法国的传统礼节，亲了他一下。男人吻男人，艾森豪威尔觉得不习惯，很别扭，所以当总统之后就把这张照片变相查禁了。过了许多年，大家都老了，他身边的将军们写回忆录，才把这张照片公布出来。

同样的，苏联的领导人布里兹涅夫[③]到东德去的时候，也跟东德的共产党领导发生这种男人吻男人的事。后来这张照片被控制住，直到1979年才曝光出来。这两个例子证明什么？证明有权有势的人想要真正控制住言论自由，也是高难度的。

中国古书《国语》里有一个“召公谏厉王止谤”的故事。召公说，“**民之有口也，犹土之有山川也**”，老百姓有嘴巴，就好像土地有山有水

---

① 德怀特·大卫·艾森豪威尔（Dwight David Eisenhower，1890—1969），美国陆军五星上将，二战期间任盟军在欧洲最高指挥官。1953年至1961年出任美国第34任总统。

② 亨利·吉拉德（Henry Gerard，1897—1969），法国元帅。二战中曾被德军俘虏，后奇迹般逃脱。1943年，与戴高乐共同出任法兰西民族解放委员会主席。1944年至1948年任法国最高国防委员会副主席。

③ 大陆译为勃列日涅夫（1906—1982），苏共中央书记。1964年主导了推翻赫鲁晓夫的“十月政变”。执政期间，苏联军力大大增强，核武器数量超过美国，但也因超高的军费开支和失败的计划经济，使经济陷入停滞。1979年，由于阿富汗新政府取消了亲苏政策，勃列日涅夫发动了阿富汗战争，成为日后苏联衰落和最终解体的重要因素之一。

一样；“夫民虑之于心而宣之于口”，老百姓心里想什么，嘴上会讲出来；“成而行之，胡可壅也？若壅其口，其与能几何”，如果他说得对，你就应该照他的意见去做，你怎么能够挡住不让他说话呢？就算你能塞住他的口，又能够塞多久呢？“防民之口，甚于防川”，你堵老百姓的嘴，就好像挡住河水流动一样，最终你是挡不住的。

美国林肯（Lincoln）①总统讲过一句名言：*You can fool all of the people some of the time,some of the people all of the time,but you can't fool all of the people all of the time.* 你能够欺骗所有人于暂时，你能够欺骗部分人于永久，可是你不能够欺骗所有的人于永久。

其实真正讲这句话的人是 P.T.Barnum②，美国有名的马戏团老板。可是林肯总统“抄袭”了以后，喧宾夺主，大家都忘了这是 Barnum 讲的，最后变成林肯的话。我必须说，这句话讲得蛮好的，你就算有天罗地网，有天大的本领，只能骗少数人于永久，或者骗多数人于暂时，你不能够骗多数人于永久，做不到的。

我觉得邓小平在某种程度上了解这个事实，所以他会说：

> 比如一九九七年后香港有人骂中国共产党，骂中国，我们还是允许他骂，但是如果变成行动，要把香港变成一个在“民主”的幌子下反对大陆的基地，怎么办？那就非干预不行。③

---

① 亚伯拉罕·林肯（Abraham Lincoln，1809—1865），美国第 16 任总统，也是共和党首位总统。任内爆发南北战争，最终林肯击败了南方分离势力，废除奴隶制，却在战后不久遇刺身亡。

② 菲尼亚斯·泰勒·巴纳姆（P.T.Barnum，1810—1891），美国巡回演出的马戏团老板，因展现畸形人的表演而闻名。巴纳姆经常以夸大其词的宣传吸引那些好奇和容易上当的观众。“每一分钟都有一个傻瓜诞生”是他的名言。

③ 出自《邓小平文选（第三卷）》，1987 年 4 月 16 日《会见香港特别行政区基本法起草委员会委员时的讲话》。

阿加莎·克里斯蒂

换句话说，邓小平理解在言论上面要有某种程度的开放，可是行动是另外一回事。问题出在哪儿？出在言论开放到底对政府好不好。政府一般会觉得，言论开放了对我不好，我的秘密被你知道了，我的心事被你了解了，对我不好。其实未必，因为人的身上有很多很复杂的因子。

英国最有名的侦探小说家叫 Agatha Christie[①]，是一位非常慈祥的老太太，可是整天写的是那种人杀人的侦探小说，并且一本接一本地写出来，写得好得不得了。这种小说能满足人的什么需求啊？满足人潜意识里犯罪的需求。这种犯罪因子你有我有他有，每个人或多或少都有。表面上我们平平安安过生活，可是内在有另外一个自己想要杀人放火，想要谋杀张三李四。这种东西你老压着它不是办法，要让它发泄，怎么发泄？不能真的去杀人放火，好了，看老太太写的侦探小说。

① 阿加莎·克里斯蒂（Agatha Christie，1890—1976），英国小说家、世界侦探推理小说女王。一生创作了上百部侦探小说、剧本、诗集、儿童读物等。代表作有《东方快车谋杀案》《尼罗河谋杀案》等。

英国哲学家罗素（Russell）[①]就喜欢看侦探小说。他是个非常理性的人，居然也喜欢看这种谋杀别人的书。他的解释是：我的心里、我的身体里会有这种隔岸观火的因子，有暴力的倾向，可是我又不能犯法，怎么办？用侦探小说来发泄。

发泄会有意想不到的效果出现。一个调查显示，1969年丹麦法律裁定色情电影可以合法放映及销售以后，当年丹麦的性犯罪情形与十年前相比，强奸降低了16%，暴露狂减少了58%，偷窥癖降低了8%。为什么性犯罪会减少？因为有A片出来了，你身体里被压抑的那种性的好奇因子、性的暴力倾向、性的犯罪欲望，都跟着A片挥发掉了。

并且A片里男主角那种本领，你还没有——因为他做了假，你看了以后觉得很羡慕，哎哟，他比我强，他比我棒，你还自卑呢！你的性暴力倾向、性犯罪倾向就这样子慢慢发散掉了。所以A片看多了以后，会出现性犯罪减少的现象。当然也不排除有人看了以后会增加犯罪冲动，可是按照统计来说，对绝大多数文明、理性的人而言，A片会帮助他解决性方面的压力。

同样的，请问言论自由开放了以后，对统治者、对政府、对领导人是好还是坏呢？当然是好事。你以为它泛滥了，事实上它泛滥的结果就跟看A片一样。我李敖就喜欢看日本的A片，我总结日本A片有两个特色：一是女孩子的年纪都很小，不像欧美的年纪大；二是她们叫床叫得好，比较细腻，有起承转合。

你李敖看A片干什么？我觉得很多这方面的压力可以耗散掉。同样

---

① 伯特兰·罗素（Bertrand Russell，1872—1970），英国哲学家，和平主义社会活动家。他与怀特海合著的《数学原理》对逻辑学、数学和分析哲学有着巨大影响。1950年获诺贝尔文学奖，以表彰其“多样且重要的作品，持续不断地追求人道主义理想和思想自由”。

的，言论自由也是这样啊。人民有意见，人民有抱怨，人民有不满，像滔滔河水那样滚滚而来，这时候你就让它滚过去嘛，“大江东流挡不住”啊。相当程度的放开、开放，对政府、对人民都是好的。

可是有些言论自由的管制者想不通，觉得一切都要管，一切都要压，把它捂住最好。这种思路对不对呢？不对。为什么不对？我随便举个例子，日本的色情漫画在报纸上泛滥，可是2001日本年儿童性侵害案有多少件呢？5608件。美国人口是日本的两倍，美国每年的儿童性侵害案有多少呢？325000件，是日本的50多倍！证明什么？证明没有证据证明看色情漫画会引起犯罪。这种东西纯属幻想，几乎不影响人的日常生活。有些漫画非常变态地表达恋童癖，可是喜欢这种作品的人还是可以有正常的性生活。这些统计同样证明了我所说的，很多东西开放了就是安全的，不开放反倒会出问题。

日本有一个拍A片的女明星叫饭岛爱[①]，她人老珠黄以后，写了一本书叫《柏拉图式性爱》。我觉得这个小马子真是奇怪，搞了一辈子肉，最后居然大谈柏拉图。她在书里谈到拍A片的情况，告诉你男女主角怎么样作假。你看了知道真相以后，反而觉得这些A片没有趣味了。

现在我们国家经济起飞，大家有了点钱，我常常会在报纸上看到那种女人指甲油的广告。好几十种指甲油，颜色由浅入深，每一种颜色都有细微差别。我辨别不出来，可是内行人能看出来，并且每种的名字都叫得出来。我觉得这是一种本领，好像我一位朋友的哥哥，他英文好到外国那种老式帆船上面的每一片帆的名字都可以用英文讲出来。

女人指甲油的广告证明什么？证明一个女孩子的指甲都可以这样子

① 饭岛爱（1972—2008），日本艺人、AV女优。1992年出道，被称为“丁字裤女王”，风靡亚洲。2000年，她的半自传小说《柏拉图性爱》出版，引起轰动。在书中她坦陈自己离家出走、当雏妓、出演AV、做整容手术等过程，后又拍摄了同名影视剧。2008年底，被发现死于东京家中。

多彩多姿，有这么多千奇百怪的变化，我们人的大脑怎么可以变得单一呢？怎么可以变得简单呢？怎么可以变得一样呢？如果你可以允许人的指甲变出这么多颜色，而要求人的大脑里只有一种思想，我认为这是不对的。

悬崖边的三五步是安全的

1971年，中国加入了联合国，在《世界人权宣言》上签字，表示我们赞成人民拥有言论自由，鼓励人民公开把话说出来，并且对这些话负责。问题是，虽然有这样的保障，不少人还是会出来拦截言论自由。历史上关公曾经“过五关斩六将”，我们在言论自由方面被拦截的不是五关而是十关，要斩的不是六将而是十二将。

我在大陆出过一本书《北京法源寺》。当时我跟中国友谊出版公司订合约的时候，说得很清楚，你们不能够删改我的文章，实在有不妥的地方可以删掉一段，但是要注明删了多少字，并且注明是你们删的，不是我删的。结果这本书印出来我一看，谈到“文化大革命”和红卫兵的内容全被删掉了。

可是这本书在人民文学出版社出的时候，一个字都没有删。我把两个版本拿给中国友谊出版公司的朋友们核对，我说同样是北京的出版社，为什么他们不删这段话，你们要删？是他们错了你们对了，还是你们错了他们对了？必然有一个是错的嘛。后来他们也承认确实删得太重了，愿意出个新版本更正，后来就出了没有删的版本。

我举这个例子告诉大家，你对我言论自由的干涉，虽然是好意，可是你可能搞错了，你以为触碰了红线，其实那些话没有那么严重，你删得太多，打击面太大了，所以我李敖要追究哪个标准才是正确的。我常常把这个标准比喻为“悬崖理论”。一般人走到悬崖边就不敢往前走了，甚至向后退三步五步，怕掉下去。可是这三步五步其实是安全的，安全而你会向后退，证明你心里发虚，怕你的老板不高兴，怕审查单位不高兴，怕党中央不高兴。事实上那种优秀的党中央、优秀的审查单位、优秀的老板并不一定会不高兴，是你自己心里有鬼。

我在台湾被国民党伪政府查禁了九十六本书，创造了古往今来的世界纪录。我很清楚言论自由是怎么样争取来的——不但不能够后退，还要像童话书里的小飞侠一样，可以一只脚站在悬崖边跟胡克船长斗法，甚至偶尔还要整个身体突然飞出去打两下，然后再弹回悬崖边。争取言论自由的人要学会这种"悬崖理论"，能够艺高人胆大，才能达到我们的目的。

一次世界大战的时候，法国的"老虎总理"克列孟梭（Clemenceau）[①]带领法国打赢了德国人。当时他手下指挥了很多将军，他讲过一句名言：战争太重要了，所以不可以交给将军们。什么意思？将军们是打仗的，战争却复杂得多，涉及很多政治关系，过分专业的将军反倒不能了解。

法国这个"老虎总理"死掉以后，二战时候又出来一位戴高乐将军（Général de Gaulle）[②]。戴高乐当总统以后，曾多次遭遇过暗杀。有一次他被行刺，坐在汽车里面动都不动，外面多少人开枪打他，他头都不低下来。为什么？就这么勇敢！就这么有气派！结果刺客打不到他，最后他把刺客抓起来了，还加上一句评语："这些人枪法好烂！"

美国人在漫画里挖苦戴高乐，说他固执己见，解决问题总是按自己

---

① 乔治·克列孟梭（Georges Clemenceau，1841—1929），法国总理，人称"法兰西之虎"。一战中带领协约国作战，战后签订《凡尔赛和约》，主张严惩德国。

② 夏尔·安德烈·约瑟夫·马里·戴高乐（Charles André Joseph Marie de Gaulle，1890—1970），法国军事家、政治家。第二次世界大战法国投降后戴高乐在英国组织"自由法国运动"，号召法国人继续抵抗纳粹侵略。1958年戴高乐因阿尔及利亚战争重返政坛，当选法兰西第五共和国第一任总统。20世纪60年代他在巴黎和阿尔及利亚多次躲过由秘密军组织的暗杀。

的规则，你不按他的规则，他就不跟你玩了。英国首相艾德礼（Attlee）[①]说，戴高乐将军是好的军人，却是一个烂的政治家。后来戴高乐给艾德礼写信，说我现在得到一个结论，政治是一件严肃的事情，严肃到什么程度呢？不能交给政客去管。这句话改写了一次世界大战法国“老虎总理”的话。克列孟梭说：战争太重要了，所以不可以交给将军们。戴高乐将军说：政治太重要了，所以不可以交给政客们。

二次世界大战结束以后，美国一对原子科学家罗森堡夫妇[②]被送上电椅死掉了。丈夫死的时候只有三十五岁，太太三十八岁。美国政府认为他们把制作原子弹的秘密泄露给了苏联。怎么回事呢？二战结束前，美国的罗斯福总统为了人类和平，筹办了一个联合国，主张各民族平等自觉，该独立独立。可是美国的将军们抗议，说太平洋的几个小岛为了美国的战略利益，不应该让他们独立，应该控制他们。结果这种自私、卑鄙、伪君子的行为激怒了美国一批科学家——原来你们搞联合国是骗人的啊？你们可以用霸权不许那些该独立的小国独立，好！因为你们这样干，我们就要把原子弹的秘密泄露给苏联。最后这些科学家为了自己的良知坐上了电椅。

---

① 克莱门特·理查·艾德礼（Clement Richard Attlee,1883—1967），英国工党政治家，带领工党于 1945 年大选取得压倒性胜利，意外地击败在二战中领导英国渡过难关的丘吉尔，出任 1945 年至 1951 年英国首相。

② 朱利叶斯·罗森堡（Julius Rosenberg，1918—1953）和埃塞尔·格林格拉斯·罗森堡（Ethel Greenglass Rosenberg，1915—1953）夫妇是冷战期间美国的共产主义人士。1953 年 6 月，罗森堡夫妇因被指控向苏联泄露原子弹秘密之“间谍罪”，被美国政府执行死刑。这一案件震惊了当时的西方世界。支持者认为二人是清白的，或者罪不至死。罗马教宗庇护十二世（Pius Ⅻ）甚至向当时的美国总统艾森豪威尔求情，但被拒绝。夫妇二人则一直到最后都否认一切指控。二战后美国以“间谍罪”被处死的公民，只有罗森堡夫妇。虽然几十年后解密的苏联文件显示，至少朱利叶斯参与了间谍活动（但没有具体证据证实他获刑的罪名成立），但人们直到今天仍然为罗森堡案争论不休。

罗森堡夫妇

这个故事后来被美国一个国务卿杜勒斯（Dulles）[①]在《战争与和平》这本书里写出来。他说美国的将军们为了贪图小便宜，不让太平洋那些小岛独立，结果激怒了科学家把原子弹的秘密泄露给苏联，使苏联占了这么大的便宜；这些将军永远想不到，整个国家利益因此遭受的损失绝不是霸占几个太平洋小岛能弥补的。这就证明了法国“老虎总理”那句话，政治太重要了，不可以交给将军们。为什么？他们不会从全局看问题。

由这些故事我得出一个结论：人民的言论自由太重要了，所以管制言论自由这件事，不能够交给将军们，或者政客们，或者高干们，或者电视台的股东们，或者电视台股东的太太们。为什么？他们会因小失大，闯下大祸。

当年在台湾为国民党控制言论自由的许历农[②]上将，他退休以后，失去权力，有一次在群众集会里公开对我说：李先生，对不起你，过去

① 约翰·福斯特·杜勒斯（John Foster Dulles，1888—1959），美国政治家。早年曾任律师，1953年至1959年任美国国务卿。在1954年的日内瓦会议上，他命令美国代表团成员不得与中国国务院总理周恩来握手。

② 许历农（1921— ），安徽贵池人，“陆军”上将。曾任台湾金门防卫司令部司令、“国防部总政治作战部”主任、“总统府国家统一委员会副主任委员”等职。近年来致力于两岸和解交流，担任促进国家统一的新同盟会会长。

我们查禁了你那么多书，我们搞错了——注意，他向我忏悔了。为什么忏悔？当年他为了爱国的原因，为了稳定的原因，为了治安的原因，为了万众一心的原因，为了反共抗俄的原因，为了种种乱七八糟的原因，查禁李敖这些人的“反动言论”；可是最后他发现自己完全搞错了，原来李敖的言论不是反动的，反而是有利于稳定的。

当年我们办杂志被封杀、写书被查禁的时候，我就讲过一句话：“你们迟早会自食其果的。”为什么自食其果？我李敖言论再坏，观点再激烈，可我们是大丈夫啊，行不更名，坐不改姓，没有偷偷摸摸讲我们的话，而是公开来表达我们的思想，并且这些思想是人类多少年来追寻的真理、积累的智慧，是完全符合主流民意的。当我们这种代表主流民意的思想，当我们苦心焦思、爱国情殷的言论被你们拦截的时候，被你们摧毁的时候，总有一天，这些主流会变成乱流。当变成乱流以后，你们就会自食其果，控制不了，最后无法收拾。

今天我李敖的预言完全应验了，台湾的主流思想被摧毁了，变出许多不可控制的乱流来。1976 年 11 月，当我第一次坐满国民党伪政府五年八个月的黑牢被放出来的时候，我的第一个感觉是台湾社会浑蛋变多了。为什么浑蛋变多了？因为那种真正开明的、理性的、主流的意见被拦截、被摧毁以后，民间那些妖魔鬼怪、怪力乱神、无知混乱的思路就会出来，会带给一个社会常年的痛苦跟麻烦。

国民党伪政权在台湾实行了几十年白色恐怖统治，刚开始也许为了安全感的原因还有一点点道理。可是当他稳定下来以后，当他有能力去做一些好的事情以后，他并没有推动真正的自由民主啊，反而推动的是假的民主。结果这个恶果就一直流传到今天。这就是我反复说的，今天台湾出现的是假的民主。为什么是假的民主？因为人民的思想变成乱流了，他们不晓得真的民主是什么样子了。

露出指缝的自由

大家都知道，言论自由是一种普世价值。世界各国的《宪法》里也都谈到，人民享有言论自由。可是我必须说，这是一句空话。为什么是空话？因为享有言论自由的前提是要有能够发表和传播言论的机会，如果你没有这个机会，你讲的话只能给眼前几个人听，给张三听给李四听，而不能够扩散出去的话，你就没有这个自由。

怎么样得到言论自由呢？努力争取得到。怎么样争取呢？要看到那些管制言论自由的人，他们有时候也会放松，会露出一些缝隙来。好像手里抓了一把沙子，有些沙子会从指缝间漏出来。这时候要能抓到这些指缝里露出来的一星半点的自由，并且有技巧地不断地去斗争，扩充自由的空间。

好比过去台湾进口的外国书刊都要经过审查，有些书刊他们认为是黄色的，外国人觉得不过是杂志模特。他们什么标准呢？“三点不露”，一露就不准，管你什么模特不模特。怎么办呢？毛笔给你涂掉。黄色以外，有些书刊他们认为里头的思想也有问题。中国人写的好办，抓起来就行了，洋人抓不到，怎么办呢？也把它涂掉。有时候实在整本书刊都有问题，好，只好得罪一次美国洋大人，这一期查扣！——我们是在这种环境里长大的！

当年国民党统治时期，大陆有个“新疆王”盛世才[①]。他跟我是东北同乡，日本士官学校毕业的，后来赤手空拳到了新疆夺权，搞个人崇拜。他一会儿勾结斯大林，大抓国民党这些人；一会儿又勾结国民党，大杀共产党。毛泽东有一个弟弟毛泽民[②]，在新疆被盛世才抓到了。抓到以后，盛世才不杀他，两头吃。蒋介石派了一个人叫王德溥[③]，跑到新疆去要求杀掉毛泽民。王德溥后来在台湾做到“内政部长”，写了一本书《政海游踪》，里面谈到这个故事。他说他到新疆以后，亲自主审：

> 就前楼五开间大厅上，布置成极为庄严神圣的大法庭：全庭一色雪白，残酷刑具罗列满庭，武装战士，列队助威。我率审委会同仁就座后，擒贼先擒王，攻敌先攻它最弱的一环，所以首先传呼久患喘病的毛泽民（毛泽东之胞弟），严词审讯，一言不实，立即呼喝用刑！如此不到三小时，该四人均先后招认不讳……个别供述的内容及细节，经过相互印证无异，堪以认定，乃依法判处死刑，报请中央覆判执行。

---

① 盛世才（1895—1970），字晋庸，辽宁开原人，早年留学日本。1933 年至 1944 年主政新疆，有“新疆王”之称。调任重庆任农林部长后，新疆人发起“讨盛运动”，控诉他的罪行。国民政府迫于舆论压力，将他撤职查办。去台后一度任“总统府国策顾问”等闲职，因仇家太多，蒋介石还特别派了一个步兵排保护他。著有回忆录《牧边琐记》等。

② 毛泽民（1896—1943），湖南湘潭人，毛泽东大弟。曾任中华苏维埃共和国中央政府国民经济部长。抗战开始后，毛泽民化名周斌到新疆工作，先后出任财政厅、民政厅代厅长等职。1942 年 9 月 17 日，毛泽民与陈潭秋等 140 余位中共党员及家属被盛世才以“督办请谈话”为名逮捕。9 月 27 日遭秘密处决，时年 47 岁。

③ 王德溥（1897—1991），辽宁沈阳人。历任国民党“中央监察委员”、国民政府“立法委员”“内政部”部长及“总统府国策顾问”等职。

毛泽民就这样死掉了！盛世才还抓过一个国民党大员叫丁慰慈[①]。他问丁慰慈：你拿了苏联多少卢布？丁慰慈说：是你拿了苏联卢布，不是我。好！打！打得吃不消。我拿了。拿多少？一万。没那么少，再打。打打打，两万、三万、四万、五万……继续打打打。好，我拿了一百万。盛世才说，没那么多，再打。再从一百万、九十九万、九十八万、九十七万降下来……最后说拿了五十万卢布。盛世才笑了，你丁慰慈为什么不早说？早说五十万就不挨打了嘛。——盛世才就是这种虐待狂！多少钱的标准在他自己肚子里，他不告诉你，一路打打打，直到你嘴巴说出来数字满他的意为止。

我们当年在台湾写书动辄被查禁的时候，也不知道他的标准是什么，标准乱七八糟的，只要随他高兴。有一次他们查禁了一本书《大风雪》，作者孙陵[②]是个老作家，当年毛泽东到重庆时还去看过他。查禁以后，孙陵跟国民党另外一个系统"中央调查统计局"有关系，就给查禁的人施加压力：你要解禁我的书！他们没办法，最后由"警备总司令部政治部"给孙陵一封信，说《大风雪》一书业已解禁。

可是解禁以后，孙陵还没完，跑去质问"陆军"中将王超凡[③]，你们为什么要禁我的书？我孙陵也是有头有脸的人啊，你查禁我的书要告诉我理由，以什么标准查禁的？查禁的人说，反正我们有个标准。孙陵说，标准在你肚子里面不可以，你要给我说出来。他说不出来。为什么说不出来？因为标准是会变的，搞不好他打牌输了，标准变严一点；买个彩票中奖

---

① 丁慰慈（1915—2007），贵州贵定人，曾任中华民国驻苏联使馆三等秘书等要职，著有《苏俄见闻录》，1949年赴台。

② 孙陵（1914—1983），作家。山东黄县人，少时在哈尔滨度过。代表作长篇小说《大风雪》记述了日本人发动"九一八事变"、入侵哈尔滨期间各阶层人物的心态。此书1942年在桂林出版时就遭查禁。孙陵1948年赴台后，该书亦被台湾当局查禁过。

③ 王超凡（1903—1965），字季野，安徽黄山人。黄埔军校第四期学员。1949年赴台后，曾任台湾"警备总司令部"主任。

了，标准就宽一点。

我第一次坐牢出来以后重印我的书，国民党派来一个老头子跟我谈。他姓张，政工干部学校图书馆的负责人，比一般那些国民党的管制人员有学问。他告诉我，有两个东西你不能碰，一是不能够提生殖器，二是不可以骂孔夫子，这两点你做到了，过去查禁的书改个名字就可以出版。好比你写过一篇《李清照再嫁了吗》，改名叫《李易安再嫁了吗》，我们就哈啦哈啦给你过去了。

他告诉我这个秘密以后，我才知道原来标准这么简单啊！简单得出乎意料，不是吗？后来他跟他们吵架，要离开，离开之前打电话给我，说你要怎么写就怎么写，我把你的书全部通过，这一次全都不查禁，我跟他们吵架不干了。——我才知道原来这就是所谓查禁的真相啊！

这个故事告诉我们什么？有时候我们骂国家领导人，骂政府，说你不给我言论自由，事实上未必！真正影响了阁下言论自由的人可能不是他们，而是那些位阶比较低的上校、科长、审查员，他们是真正有权力的人。可是经过一个偶然的事件，或者经过你自己的努力说服了他们，他们也许就能从宽设立言论自由的标准。

过去台湾好多年不准人民办报纸，理由一大堆，什么要节约用纸、报纸饱和了、办报人才不够、非常时期确保社会安全、避免恶性竞争等等。从 1949 年到 1983 年连续用了七个理由不准人民办报纸。后来蒋经国临死前最后一年，控制不住了，同意办报了，七个理由统统不见了。证明什么？证明他们干涉言论自由的那些理由基本上都是笑话，是连他们自己都不相信的笑话！可是他们堂而皇之地用这些笑话来搪塞你，查禁你，捣你的蛋。在这个过程中我李敖始终相信，由于我们个人的努力，由于我们个人的技巧，甚至由于我们个人的圆滑，我们还是可以不断地从夹缝中争取到一些言论自由的。

举个例子，1947 年 2 月 28 日台湾出现了所谓“二二八事件”，同一天在重庆也出了一件“二二八事件”——共产党的《新华日报》[①] 被国民党彻底查封。《新华日报》的最后两三张报纸后来由吴玉章[②] 带出来，作为最后的纪念。可是在没查封以前，共产党千辛万苦办出来的《新华日报》发挥了很大的影响力，最后查抄的时候还能保留下来几张，作为争取言论自由的证明。

中国古代有一种谏官，专门给皇帝提意见，你皇帝杀了我我也要劝你，可是我会笑嘻嘻、很有技巧、很诚恳、一片真情地跟你讲，使你接受我的话。不然我就抱着你的大腿不放，干什么？我要劝你。这是中国古代言论自由的一种方式，这种方式今天我们还在用。我认为言论自由的取得不是靠着横眉怒目，而要靠相当高的技巧，这个技巧就是“情欲信而词欲巧”，我的态度非常好，技巧非常高明，并且我讲的话是真话，如果你听不进去，你也只是皱一下眉头而已；而我呢，也会暂时忍耐，也许我会挨你一刀，可是你不要忘记，我迟早会卷土重来，因为我是没完没了的。

---

①《新华日报》，中国共产党原机关报，1938 年 1 月 11 日在武汉创刊，为抗日战争爆发后共产党在国统区合法出版的刊物。1947 年 2 月 28 日在重庆被查封，1949 年 4 月 30 日在南京复刊，1952 年成为中共江苏省委的机关报。

② 吴玉章（1878—1966），名永珊，号树人。四川荣县人。早年留学日本，参加同盟会，1925 年加入共产党。在延安，与董必武、徐特立、谢觉哉、林伯渠一起被称为“延安五老”。1949 年后任中国人民大学校长、中国科学院哲学社会科学部委员等。

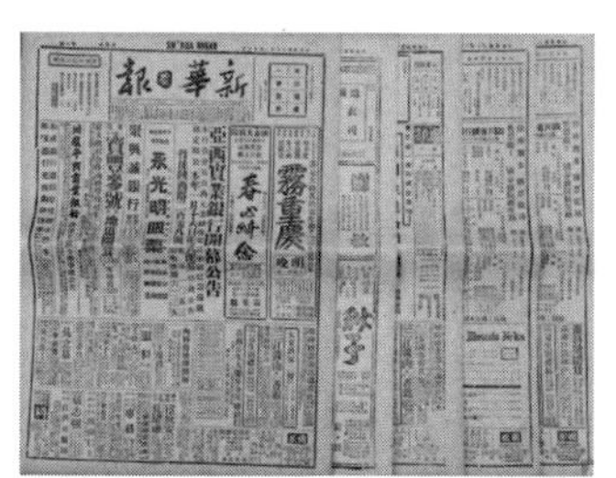
報日華新

1942 年的《新华日报》

为了反对而反对

我李敖一辈子写的书有九十六本被查禁，创造了人类有史以来一个人写书被查禁最多的纪录。我写呀写呀写，直到把国民党写垮为止。当年查禁我书的一个人，他的名字叫宋楚瑜，是当时的“新闻局”局长（当然查禁我的不只“新闻局”，还有很多别的单位，不过“新闻局”很重要）。有一次他来看我，我笑着跟他说：楚瑜兄啊，虽然你是国民党文工会主任（相当于大陆中宣部部长），虽然你是“新闻局”局长，可是你们打不过我们的，为什么打不过？我李敖把黑的说成白的，别人都信；你们把白的说成白的，别人都不信。宋楚瑜一边听一边笑一边点头，他知道我们真的有这个本领，我们真的能说善道，会搞宣传。

老实说，今天这个时代搞言论自由已经比较安全了。大家知道过去表达言论自由是什么下场吗？十四世纪到十五世纪欧洲有一个宗教领袖叫胡斯（Jan Hus）①，他四十多岁的时候被捆在柱子上烧死了。为什么？你不是争取言论自由吗？你不是要跟教皇闹别扭吗？虽然你是大学校长，把你照烧不误，活活烧死。可见当时争取言论自由要付出多么恐怖的代价。

---

① 扬·胡斯（Jan Hus，约1369—1415），捷克宗教思想家、哲学家，曾任布拉格大学校长。因提倡教会改革被罗马天主教视为异端，处以火刑，从而引起支持胡斯的地方贵族和民众起兵对抗罗马天主教会及神圣罗马帝国中央政府。这场战争持续十数年之久，史称“胡斯战争”（Hussite Wars）。胡斯的许多言论为后来的新教所接受，对整个欧洲产生了重要影响。1999年罗马天主教会正式宣布为此事道歉。今日捷克首都布拉格的旧城广场上设有胡斯雕像，胡斯逝世的7月6日被定为捷克的公共假期。

台湾有一段时间大学毕业的男生都要当兵，做预备军官。我从台大历史系毕业以后也当了兵，入伍时间是1959年9月9日，退伍是1961年2月5日。当兵的头六个月接受入伍训练，训练完后分发到部队做正式的少尉排长。入伍训练快结束时，我们那个陆军步兵学校的指导员拉大家加入国民党，理由是如果你不加入国民党，我们分发的时候会把你分到金门前线，面对着大陆，面对着共产党。

布拉格广场的胡斯像

那时候金门正在发生炮战[①]，最严重的时候两个小时以内落弹五万七千发，四十四天以内一共打下四十八万发炮弹，打得台湾喘不过气来。第一次炮打过来的时候，国民党的三个副司令官当

---

① 金门炮战，又称八二三炮战。1958年8月23日下午6时30分，解放军炮兵突然隔海向金门国民党军事阵地发起猛烈炮击，是日落弹数达5.7万余发。由于当时正值晚餐时间，突发炮火造成国民党军死伤440余人，金门防卫司令部副司令赵家骧、章杰当场身亡，另一副司令吉星文重伤，后伤重不治。正在金门视察的“中华民国国防部”部长俞大维受轻伤。事发后，美国国务卿杜勒斯立刻发出警告，如解放军图谋夺取金门、马祖，美国将视为威胁和平。第二天，美国防部即派出第七舰队布防于台湾海峡，与国民党海陆空军举行一连串作战演习。国民党军喘息稍定后，亦进行反击，甚至利用八寸榴炮击中厦门车站。10月5日，彭德怀宣布，“基于人道立场，对金门停止炮击七天”。其后解放军的炮火逐步减少，最后改采“单打双不打”（逢单日炮击，双日不炮击）措施，一直维持到1979年中国大陆与美国建交为止。历时21年的金门炮战，正式画上句号。

场被打死，“国防部长”当场受伤。所以指导员说，如果你不加入国民党，就把你派到前线，这一下子大家吓坏了，怕去金门啊，纷纷入党。我不肯，指导员找到我，说李敖啊，你不怕死吗？我说我怕死啊。怕死为什么不加入国民党？我说加入国民党比死还可怕啊，我宁肯死，也不加入你们国民党，你派我去前线好了。

结果最后一天分发的时候，没有把我发去金门，那些临时加入国民党的人反倒有一些被派到金门去了。他们就奇怪，不是说加入国民党可以不去前线的吗？怎么还叫我们去金门？有人气得当场把党证撕掉。结果指导员怎么说的？他说前线需要很可靠、很忠贞的人，李敖这家伙不可靠，他对我们“国家”的忠诚有问题，所以他在后方比较安全——有这种笑话！可是我在后方也没得好过，参加了一波又一波训练，早上还在嘉义，晚上已经走到高雄。每天行军八九十里，非常辛苦。

我讲这个故事干什么？告诉大家，在一个国家动乱的时候，在政治还没有上轨道的时候，个人做出的选择有时候不能完全归罪于社会或者环境。在一定范围内你自己是可以选择的，问题在于你肯不肯选？敢不敢选？如何选？我李敖是敢于选择的，我宁肯被发配到前线去，也不加入你国民党。

我这种个性受到一个人的影响，谁呢？美国文学家海明威（Hemingway）[①]。

---

① 欧内斯特·米勒·海明威（Ernest Miller Hemingway，1899—1961），美国记者、作家，20世纪最著名的小说家之一。海明威生性勇敢，喜欢打猎和钓鱼。一战中，他辞掉记者工作，加入红十字救护队，得以近距离观察战争。然而到达意大利前线后，战场的残酷景象使他极为震惊。1918年7月，他在输送补给品时被迫击炮弹击中，尽管负伤，仍把一名意大利伤兵拖到安全地带，后来得到意大利政府授予的银制勇敢勋章。1937年，海明威受命到了西班牙，为北美报业联盟报道有关西班牙内战的战况。美国加入二战后，海明威曾把自己的游艇改装为侦察船，在古巴近海搜索德军潜艇，其后又以战争通讯记者的身份赴欧洲战场。1952年，海明威的代表作《老人与海》出版，并据此获得1953年普利策奖及1954年诺贝尔文学奖。海明威晚年疾病缠身，1961年7月2日在爱达荷州凯彻姆（Ketchum）的家中，用一支双管猎枪自杀身亡。

海明威在西班牙参加内战的时候，一个炮弹打下来，整个屋子都炸开了，别人都钻到桌子底下，只有他老兄还坐在桌子旁边啃鸡腿，满身是土，照样吃鸡——他是这么勇敢的一个人！

当然勇敢的选择有时候要付出代价。我做预备军官的时候，分配到陆军十七师，是国民党的嫡系部队，师长叫汪敬煦[①]。这个人后来做了三星上将，当了台湾"国家安全局"的局长。他曾经下达一项指令要杀掉我。我怎么知道这件事呢？我的好朋友郭冠英帮我探听得到的消息。当时黑社会找到汪敬煦，说"台独"势力利用本土帮会壮大，黑社会的"竹联帮"可以为政府效力。汪敬煦说，可以考虑，不过你们真爱国的话，先做出些表现再来谈。他们就问，如何表现？汪局长说，去把李敖教训教训——当然他所谓的教训是要把我做掉。

这个意见转告给竹联帮的陈启礼[②]以后，陈启礼说可以办。这时候陈

---

① 汪敬煦（1918—2011），祖籍杭州，生于北京，国民党陆军二级上将。早年入读南开大学，因抗战弃笔从戎。曾任台湾"警备总司令""国安局长"。任内发生陈文成命案、美丽岛事件、江南案等。

② 陈启礼（1943—2007），绰号"鸭霸子"，台湾黑社会组织"竹联帮"领袖。生于四川广安，6岁时与父母移台，住在眷村。25岁出任竹联帮总堂主。1972年至1976年因教唆杀人罪在绿岛服刑。出狱后重整帮会，并开始向政治靠拢。1984年10月15日，在台湾情报单位的指示下，陈启礼与帮中老友吴敦、董桂森等人在美国旧金山刺杀作家刘宜良（笔名江南），造成轰动一时的"江南案"。被美联邦调查局查出真相后，台湾当局"舍卒保帅"，判陈启礼等无期徒刑。1991年假释出狱，仍主持竹联帮事务。1997年再因案遭通缉而避居柬埔寨金边。2007年因胰腺癌病逝于香港。陈启礼说过一句名言："黑帮是政治的夜壶。"

启礼因为导演白景瑞[①]的关系，认识了“情报局”局长汪希苓[②]。汪希苓说：应该先干掉在美国写《蒋经国传》的江南[③]。陈启礼他们就到美国杀掉了江南。结果这个事情在国际上闹大了，美国人不干了，怎么你台湾情报部门可以派黑社会到美国来暗杀我美国公民啊？从此台湾情治单位才开始收敛，“情报局”局长下台，我李敖算是躲过了一劫。

所以争取言论自由是要付出代价的，有时候可能是生命的代价。当然我李敖能够阴错阳差好好活到现在，也算我的运气好。为什么冒着生命代价，我们还要争取言论自由呢？我所佩服的美国大法官 Holmes[④] 是最高联邦法院九位大法官之一，他有一个特色是当出现九个法官都一致赞成通过一项决议的时候，他一定会站出来投一票反对票，变成八比一。在法理上八比一还是会通过，可是他要反对，为什么反对呢？他说我要让我们的同胞了解，不可以在最高法院出现众口一声、全票通过的现象，一定要有一个人站出来表达反对的精神，反对的精神比反对本身更重要。我认为我们争取言论自由的人，就是为了反对而反对的人。

我喜欢一幅漫画，画一个人在白纸上写了一行字：Down With（打倒）……打倒什么呢？还没想出来，正在想。为了打倒而打倒，为了反对

---

① 白景瑞（1931—1997），台湾电影导演，多次获金马奖。执导的影片有《寂寞的十七岁》《新娘与我》《再见阿郎》等。

② 汪希苓（1927—），绍兴人，曾在蒋介石官邸担任侍卫官。蒋经国时期任“国防部”情报局局长。任内下令制裁撰写《蒋经国传》的旅美作家江南。美方侦破该案后，台湾当局以共同杀人罪名判决汪希苓无期徒刑。1991 年获释，并以中将军衔退役。曾著书《忠与过》，回忆自己的情报官生涯。

③ 即刘宜良（1932—1984），江苏靖江人。1967 年以《台湾日报》特派员身份驻美国，并加入美国国籍。在美期间以江南为笔名写作《蒋经国传》，揭露国民党内斗和腐败现象，被台湾当局认为有揭蒋家隐私之嫌，视为侮蔑“元首”。1984 年 10 月 15 日，在加州戴利城中枪身亡。

④ 霍姆斯（O.W.Holmes，1841—1935），美国现代实用主义法学创始人。出身哈佛大学法学院，1902 年至 1932 年担任美国联邦最高法院法官。

而反对，这就是言论自由的方向。那些控制言论自由的人口口声声说，你们的反对违反了法律，你们的打倒违反了法律。我请问你，什么是法律啊？有个笑话，按照德国的标准，法律上可以的，以外其他都不可以；按照法国的标准，法律上不可以的，以外其他都可以；按照意大利的标准，法律上不管可不可以，都可以；按照苏联的标准，法律上不管可不可以，都不可以；按照台湾国民党的标准，法律上可以也好不可以也好，都可以也都不可以。为什么有这么多变化？因为法律有它弹性的解释。

拿破仑曾经自豪地说他的本领不在东征西讨，做了法国皇帝，征服了欧洲，而在于开创了一部《拿破仑法典》。可是他说：我的法典不可以由人来解释，一解释，法典就完蛋了。为什么完蛋？法律就怕解释。所以言论自由可以还是不可以，这里面有很大的弹性，我们要能够摸索出这个弹性来。

英文有一句话：Those who go tiger hunting should remember that there are tigers and tigers。那些打老虎的人应该记得，有的老虎是容易打的，有的老虎是很难打的。搞言论自由的人也一样，要记得有些干涉我们、控制我们、打压我们的人是能够讲通的，而有些人就讲不通。能讲通的我们尽量讲，不能讲通的我们要磨合，直到讲通为止。像当年查禁我书的宋楚瑜，他后来到我家里来看我，承认当年查禁我的书错了，不查禁“国家”也不会亡。他想通了，当然是一桩好事，可是想通的人大部分是在下台以后才噩梦初醒。

言论自由的代价

我出道写文章的时候，写的绝大部分书都被国民党伪政府给查禁了。像《文化论战丹火录》《上下古今谈》《教育与脸谱》等，都被查禁了。可是国民党伪政府能够控制我的合法版本，却不能完全控制市面上二渠道、三渠道、五渠道版本。换句话说，民间有人偷偷在盗印我的书。

当时我这批书是由文星书店出版的，最后书店也被蒋介石下令关门。那时候我走投无路，想干什么呢？想去卖牛肉面。可是卖牛肉面需要本钱啊，我就自己最后印了十本书叫《李敖告别文坛十书》，希望能卖点钱好改行卖牛肉面。结果这十本书印好了，工厂正在装订的时候，国民党的治安人员、警察大队突然把印刷厂、装订厂包围，然后把我这十本书抢走。

他为什么在这种时候抢你的书呢？为什么最开始不禁止你印呢？因为禁止你印，你大不了白排了版，最后付一个排版费，纸可以退给纸厂。可是你印好以后，生米煮成熟饭，白纸黑字印在纸上，装订好了，这时候他把它抢走，你的损失是彻底的，为什么？你欠纸厂的钱，不能不付；你欠印刷厂的钱，不能不付；你欠装订厂的钱，也不能不付。这时候你的损失比一开始不许你印书还严重。

他们把书扣留以后，跟我谈判，说你这十本书我们可以让你出四本，其他六本查禁。我的《李敖告别文坛十书》包括了：

《乌鸦又叫了》

《两性问题及其他》

《妈离不了你》
《李敖写的信》
《也有情书》
《传统下的独白》
《孙悟空和我》
《大学后期日记甲集》
《大学后期日记乙集》
《不要叫罢》

可是出这十本书里的四本有个条件，什么条件呢？我的书最后一页印了“李敖著作十九种”目录。除了上面十本书，还有在文星书店出的九本：

《孙逸仙和中国西化医学》（查禁）
《上下古今谈》（查禁）
《教育与脸谱》（查禁）
《文化论战丹火录》（查禁）
《为中国思想趋向求答案》（查禁）
《胡适评传（第一册）》（没有禁）
《胡适研究》（没有禁）
《历史与人像》（查禁）
《传统下的独白》（查禁）

他们说你最后一页不可以出现“李敖著作十九种”。怎么办呢？把它遮盖起来。怎么遮盖呢？他说你涂掉。我说怎么涂呢，那么长的书名？最后我发明了一个橡皮图章，弄了油墨盖上去，正好把书名盖掉。结果国民党说：不行，你盖上去以后，这十九本书的名字还隐隐约约看得到。他们提出个招儿——把这一页整个切掉，每本书的这一页都切掉。切掉以后神不知鬼不觉，大家都不晓得你李敖曾经写过这十九本书。

在这种情形下，本来我出十本书预备赚了钱去卖牛肉面，最后不但牛肉面没卖成，十本书六本被没收，剩下四本要切掉才许你卖，害得我不但没赚到钱，还赔了钱。我看过一本《清代康雍乾三朝禁书原因之研究》，丁原基写的，里面提到清朝查禁书分两类，一类全毁，一类抽毁。什么叫全毁？整本书都不对，全部烧掉。抽毁是有一部分不对烧掉。清朝人的文字狱这么凶，都没想到在国民党时代不但能够全毁、抽毁，还能把你“割毁”。康熙、雍正、乾隆皇帝想不出来的花招，国民党全有了。

我讲这个故事干什么？告诉大家，在白色恐怖时代，国民党伪政府是怎么样对待一个知识分子的。他们不但把你的书查禁，连书名都不许公开，使人间不知道你写了这些书。所以争取言论自由是有代价的，这个代价包括封锁、打压、惩罚、查禁、赔钱甚至坐牢。有人说我没有言论自由，我说那你为什么不去争取，争取言论自由是要付代价的，你愿意付吗？

民国时代有个人叫龚德柏[①]，他一辈子坐过七次牢，最后死在台湾。前六次是军阀关他的，偶尔关一下又放出来，最后一次蒋介石最“实惠”，一关关了好多年。他讲过一句话：你们不敢讲话，怕坐牢，所以你们没有言论自由；我龚德柏敢坐牢，所以我有言论自由。你政府怎么样？不过关我嘛。关就关，查禁就查禁，我敢写。这是一个争取言论自由的典型例子。

今天有些人在网上讲风凉话，说我们没有言论自由。为什么没有？在我李敖看来，是你没有去争取嘛。什么时候争取得到？不知道。可是你的确可以争取，争取的时候你要付出代价。有些人自己讲风凉话，叫别人去替他争取，我认为这是不了解言论自由的本质，言论自由是要靠自己去争取的，要自己站在第一线，冒着被打压、被惩罚、钱赔光甚至书被抢走的风险，各

---

① 见76页《报界枭雄龚德柏》。

种各样千奇百怪的现象都会出现，准备付这个代价的人，才有资格谈言论自由。否则，站在一边讲风凉话，自己不受害不付代价，叫别人来替他争取言论自由，或者坐在那里等别人把言论自由给他，这种人我们要提醒他，言论自由不是他所能得到的。

许历农

大家看照片，一个老头子八十多岁了，满头白发。他什么人呢？他是国民党的上将许历农将军，做过黄埔军校校长、金门防守司令；最显赫的时候，做过“国防部”总政治部主任，主要职务干什么？对付我李敖这种人，由军方出面把我的书查禁。后来时代改变了，他也下台了，也没有权力了。有一次他请我讲演，当众忏悔：李先生，我们很对不起你，过去查禁了你很多书。我笑他说：当年你们以为不查禁我的书会亡党亡国，现在发现李敖的书不查禁，李敖的书可以四处流布的时候，也没有亡党亡国，所以过去你们把我当成敌人，这样子防范我，完全搞错了。他也承认搞错了。

换句话说，那些妨碍我争取言论自由的人，他们不是我的敌人，而是我的同胞；可是由于他们的见解跟不上我，认为我这些东西会影响民心士气，或者为“匪”宣传，所以查禁我的书。现在发现我没有这么罪大恶极，看我的书的人也不会万劫不复，他们总算想通了，虽然已经太迟了。

做战士不做烈士

我比我小女儿大 60 岁，比我儿子大 58 岁，比我太太大 30 岁，所以我跟他们三个生活在一起的时候，好像跟三个小孩子在一起。偶尔我也会关心一下他们的生活，好比有一次我看见我儿子在看书，书名叫《世界人权宣言》。我很好奇，就把书拿来也看一下，结果看到里面第十九条说：

> 人人有权享有主张和发表意见的自由；此项权利包括持有主张而不受干涉的自由，通过任何媒介和不论国界寻求、接受、传递消息和思想的自由。

我一看，赶紧把这本书藏起来，不给我儿子看了。为什么？这是个错误的信息啊。当年我第一次坐牢的时候，每天有十分钟可以出来放风，放风的时候偶尔也会碰到一些其他囚犯。有一次我碰到一个中学小男生也在那儿走来走去，我就好奇，说你犯的什么案子啊？他说我是政治犯。我说你个小鬼这么小，怎么会变成政治犯呢？他说我们有一门公民课，课上讲"人民依照宪法有集会结社的自由，可以组织政党"，我就组了一个党，搞了集会也搞了结社，然后就被抓进来了；我以为书上讲的是真的，结果被抓进来了。—— 现在大家知道为什么我要把这本书藏起来吧！我不愿意让小我 58 岁的儿子以为它是真的。

大家会奇怪，当初我们加入联合国的时候，《世界人权宣言》是要签字的；几次"修宪"也明明承认要保障人民的言论自由；即使台湾从国民党到民进党的伪政府，也在法律里规定人民享有集会、结社、言论讲学的自由；可是为什么言论自由规定得清清楚楚，执行起来却出现这么多问题？碰到左一关右一关、前一关后一关各种阻碍呢？原因就是我刚才说的，言论自由不是书里写的，不是法律里、宣言里规定的，而是要靠我们的实际行动努力争取得来的。

好像你跟女孩子约会一样，什么时候开始摸，摸到什么地方，摸到她不叫警察，这里面需要很多技巧，不是一开始就可以乱摸的。言论自由在某种程度上跟谈恋爱一样，时间、地点、机会、程度都要拿捏，用苏州话讲叫“软硬劲儿”，又软又硬的那股劲儿你要拿捏得很准确。

我李敖就是拿捏得很准确的一个人。中国有句古话“著作等身”，写的书太多了，书摞一起的高度跟身高差不多——武大郎容易著作等身因为他矮，我李敖光是被查禁的书堆在一起就超过了我的身高。我一次次写，他一次次查，前后僵持了96次，直到国民党伪政府烟消云散为止。虽然最后我老了，可是我赢了。

证明什么？证明任何《人权宣言》、任何国家宪法、任何政治教科书里保障我们的言论自由，通通都是假的！当你没有发表言论的机会的时候，你就没有这个自由。过去英国伦敦有个海德公园（Hyde Park）[①]，任何人到里面去都可以发表演讲，大家在旁边听。可是这种自由后来不流行了，为什么？传播力太小了，讲出来的话只有几个人听，没意思。

大家看当年所谓反清“四大寇”[②]的照片，孙中山跟他的好朋友们一起

---

① 海德公园（Hyde Park），英国最大的皇家公园，位于伦敦市中心的威斯敏斯特教堂地区，占地360多英亩（1英亩＝4047平方米）。其东北角的“讲演者之角”（Speakers' Corner）曾是英国民众发表演说、抗议和集会的场所。

② 即孙中山、陈少白、尢列、杨鹤龄。四人常在香港中环歌赋街24号杨鹤龄家的一处店面聚会，倡言革命，鼓吹共和，被满清政府称为“四大寇”。

从左至右为杨鹤龄、孙中山、陈少白、尢列，后立者为关景良。

照的。其中有一寇叫尢列[1]，当年跟着孙中山闹革命，后来成了反革命。当然在国民党的统治之下也没人敢动他，因为他是先总理的老朋友。

尢列怎么样宣传他的思想呢？搞一部油印机，用刻板刻上去，印几十张传单到处散发。我必须说，这种言论自由有了等于没有，为什么？影响力太小了，言论不能够散播。当你的言论不能够散播的时候，任何宣言里、宪法里、教科书里给你的保障通通都是空的。这就是我对言论自由的理解！

现在全世界有名的媒体大亨梅铎（Murdoch）[2]，他名下有上百亿美元的资产，手里控制的电台、电视台、报纸、杂志有几百个，全世界绝大部分人的言论自由都没有他的多。换句话说，有没有言论自由，有时候也要看你有没有钱。

有一种人没有钱，可是他很特殊——敢坐牢。北洋时代的老报人龚德柏一辈子坐过七次牢，最后一次在台湾蒋介石关他关得最久。他说为什么我有言论自由啊，我写文章骂你，你抓我我就坐牢，干脆得很，不啰唆！我敢坐牢，敢

---

① 尢列（1866—1936），字令季，晚号钵华道人。广东顺德人，曾参加广州起义和惠州起义的筹划工作。辛亥革命后反对袁世凯称帝，晚年居香港设书院讲学。著有《四书章句易解》《四书新案》等。

② 鲁伯特·梅铎（Rupert Murdoch，1931—　），大陆译为默多克。澳大利亚人，全球最大的跨国媒体集团新闻集团的董事长兼行政总裁。

写，所以我有言论自由。我李敖敢坐牢，也敢写，可是我比较滑头，我在争取言论自由的过程中，会用技巧使我的言论散播得很远而使我受到的压力降到最低。换句话说，我不要做烈士，我要做战士！

我在大陆出过一本小说《北京法源寺》，赞美为了“戊戌变法”牺牲掉的谭嗣同，同时也赞美没有为“戊戌变法”牺牲的梁启超。谭嗣同做了烈士，被敌人杀掉了，被西太后干掉了。对敌人而言，他是个失败者，可是千古留名万古流芳。梁启超不这样子，他逃掉了，跑掉了，然后峰回路转，寻找机会打击他的敌人，为推翻满清王朝立下了功劳。他是一名战士，是成功者。

当烈士做失败者好呢，还是当战士做成功者好？当然是后者好，我李敖就是后者。我跟国民党斗了这么多年，经过多少艰辛、波折、痛苦，最后我赢了，证明我是对的，他们是错的。曾几何时，当年查禁我书的国民党上将许老爹，在大集会里公开向我道歉，说原来不应该把李敖的书查禁，不查禁这个世界也会很好。——他革了一辈子命，最后总算觉悟。

这个故事告诉我们，有些言论自由的拦路虎并不是我们真正的敌人，而是由于他们爱国的方式、见识的程度、是非的标准、下手拿捏“软硬劲儿”的程度跟你不一样，所以才制造了那么多悲剧、错误和冲突。可是有朝一日，当言论自由越来越开放、开放、开放，或者说难听一点，越来越被突破、突破、突破，那时候整个局面都会发生逆转。我相信在可以预见的将来，这一天会到来。

贰／

一流知识分子的境界

傅斯年其人其事

《毛泽东选集》第四卷里有篇文章《丢掉幻想，准备斗争》，是毛在1949年8月14日讲的，里面有段话：

> 为了侵略的必要，帝国主义给中国造成了数百万区别于旧式文人或士大夫的新式的大小知识分子。对于这些人，帝国主义及其走狗中国的反动政府只能控制其中的一部分人，到了后来，只能控制其中的极少数人，例如胡适、傅斯年、钱穆之类，其他都不能控制了，他们走到了它的反面。学生、教员、教授、技师、工程师、医生、科学家、文学家、艺术家、公务人员，都造反了，或者不愿意再跟国民党走了。共产党是一个穷党，又是被国民党广泛地无孔不入地宣传为杀人放火，奸淫抢掠，不要历史，不要文化，不要祖国，不孝父母，不敬师长，不讲道理，共产共妻，人海战术，总之是一群青面獠牙，十恶不赦的人。可是，事情是这样地奇怪，就是这样的一群，获得了数万万人民群众的拥护，其中，也获得了大多数知识分子尤其是青年学生们的拥护。

毛泽东在这篇文章里面点名批判了三个人：胡适、傅斯年和钱穆。很有因缘，这三个人里面的两个——胡适和钱穆，我李敖都认识。傅斯年我不认识，他什么人啊？他是当年北京大学赫赫有名的学生领袖。五四运动之前，中国共产党的创始人陈独秀创办了《新青年》杂志，参与撰稿的人有胡适、鲁迅、周作人他们。同一时期，北大的学生里面也办了个杂志叫《新潮》[①]。《新潮》就是傅斯年他们办的。

傅斯年做北大学生领袖的时候，北京大学图书馆里有一个默默无闻的管理员，他的名字叫毛泽东。后来毛泽东在延安做了中国共产党的领袖，那时候傅斯年是国民参政会的参议员。有一次参议员们组织了一个小组到延安参观，毛泽东就下帖请他们吃饭。傅斯年跟毛泽东说，你写个字送给我作为纪念吧。第二天早晨毛泽东写好了，说孟真先生，我照你的嘱咐写了一首唐朝人的诗：

傅斯年

《新潮》杂志

> 竹帛烟销帝业虚，
> 关河空锁祖龙居。
> 坑灰未尽山东乱，
> 刘项原来不读书。

什么意思啊？你皇帝焚书坑儒，以为这些知

---

①《新潮》杂志是1919年1月由北京大学学生团体“新潮社”出版的，傅斯年、罗家伦、杨振声等为主要编辑，陈独秀、鲁迅、周作人、毛子水、顾颉刚、陈达材、孙伏园等教师也给予了支持和帮助。《新潮》直接受到《新青年》的影响，提出反对“桎梏行为，宰割心性”的宗法社会及其“恶劣习俗”，主张民主思想和解放个性，提倡用“现世的科学思想”引导中国“同浴于世界文化之流”，并以中国的“文艺复兴”为号召，刊登了大量白话文学，译介易卜生、萧伯纳、托尔斯泰、王尔德等人的作品，扩大了新文化运动的影响。1922年3月出至3卷2号停刊。

识分子会抢你的天下，会闹事；想不到真正推翻你的人根本不看书的，老子不看书，老子是行动派！毛泽东给傅斯年写这个诗别有用意：当年你是北大的头牌学生，我是个默默无闻的管理员；你们是学者，我不要做学者，可是你们这些人打不到天下，我毛泽东会打天下。

傅斯年代表什么呢？代表那个时代最优秀的一批知识分子。当时他们面临的情况是向左靠还是向右靠。新文化运动出来以后，很多人才都倒向了国民党，像北大教授王世杰①、北大学生罗家伦②等，都跑到国民党那边去了。傅斯年一辈子虽然也不得不跟国民党虚与委蛇，但他始终不肯加入国民党。不但他不肯加入，还鼓动他的老师胡适采取跟国民党不合作的态度。

台湾有一个“老贼”“立法委员”叫张九如③，他有一次跟我讲了个故事，说当年共产党到重庆跟国民党谈判的时候，每次大家吃饭共产党都会同时出现两个人，好比周恩来跟张三，周恩来跟李四，或者张三跟李四，从来没有一个人单独出现的。为什么呢？他的看法是共产党互相证明对方没有不可靠，你在监视我，我也在监视你。

有一次张群请周恩来吃饭，周恩来那天一个人出现了，他感到很奇怪。吃饭的时候，张群提出一个问题，说我们国民党的人才比你们共产党多，你怎么解释这个现象？周恩来说，没错，国民党的人才的确比共产党

---

① 王世杰（1891—1981），字雪艇，湖北崇阳人。巴黎大学法学博士。曾任北京大学法学教授、武汉大学首任校长。后加入国民党，出任法制局局长、教育部部长、外交部部长、“国民政府行政院”政务委员等要职。

② 罗家伦（1897—1969），字志希，五四运动北大学生领袖。留学欧美名校，专治历史与哲学。回国后投笔从戎，参加北伐军。1928 年出任清华大学首任校长。1950 年到台后，先后出任“总统府”国策顾问、“考试院”副院长、“国史馆”馆长等职。

③ 张九如（1895—1979），江苏武进人，北大出身。曾任中央政治学校教官、国民党中宣部委员、中央银行经济研究室委员等。1948 年当选为中华民国行宪后第一届立法委员。去台后继续任“立法委员”，直至 1979 年病逝。

1946 年 9 月，傅斯年（左一）与胡适、胡祖望（胡适长子）在北平

的多，可是有人才你们不能用，有什么用呢？这是周恩来的解释。

我觉得傅斯年有一点很了不起，当年蒋介石希望胡适加入国民党政府，担任“国府”委员兼“考试院”院长，几次三番请傅斯年帮忙劝胡适。结果傅斯年写了一封信劝胡适怎么样不跟蒋介石合作。其中有一段话很精彩，他说：

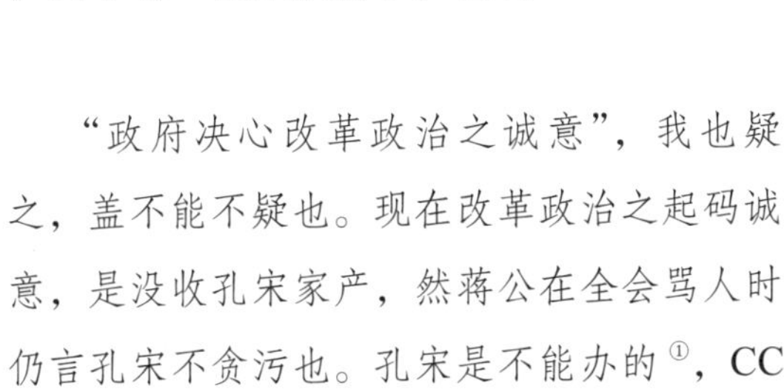

> “政府决心改革政治之诚意”，我也疑之，盖不能不疑也。现在改革政治之起码诚意，是没收孔宋家产，然蒋公在全会骂人时仍言孔宋不贪污也。孔宋是不能办的[①]，CC是不能不靠的，军人是不能上轨道的。借重先生，全为大粪堆上插一朵花。[②]

傅斯年说他怀疑政府改革的决心，因为蒋介石的立场是他的亲戚孔祥熙、宋子文这些人是不能查办的；CC 就是陈立夫、陈果夫这些人是不能不靠的，而军人、武夫这些人不能上轨道，因此就要借重你胡适的声望来给他们国民

---

① 李敖所著《中国现代史定论》中有一篇《傅斯年论豪门资本》，其中收录傅斯年于 1947 年二三月间发表的三篇批判孔、宋的文章，计有《这个样子的宋子文非走开不可》《宋子文的失败》《论豪门资本之必须铲除》。

② 见傅斯年 1947 年 3 月 28 日致胡适信。

党天下美容，把你胡适这朵鲜花插在国民党的大粪上，所以胡老师你可千万不能干。

> 此公表面之诚恳，与其内心之上海派决不相同。我八九年经历，知之深矣。此公只了解压力，不懂任何其他。今之表面，美国之压力也。

傅斯年说蒋介石表面诚恳，内心是什么呢？“上海派”，上海滩的流氓，“不懂任何其他”，美国给他压力，叫他接受中国的自由主义派，他就打起了胡适的主意。

> 我们若欲于政府有所贡献，必须也用压力，即把我们的意见consolidated,articulated（加强并明确）表达出来，而成一种压力。一入政府，没人再听我们的一句话！先生是经验主义者，偏无此八年经验，故把我们政府看得太好，这不是玩的。

傅斯年说我们要想对政府有贡献，必须也用压力，压谁呢？压蒋介石。可是我们一旦加入蒋介石的政府，我们的话就没人听了；你胡老师是经验主义者，可是偏偏抗战这八年你没有经验[①]，你把政府看得太好了，你以为蒋介石是好人，“这不是玩的”。

> 先生自己之损失，即是国家之大损失，我看法如此。云五一参加，声名尽矣，彼今日悔不听我去年之劝告也。

---

① 胡适于抗战开始后受命出任中华民国驻美大使，卸任后又在纽约逗留了几年，抗战胜利后才返国出任北京大学校长，故傅斯年在信中说胡适“偏无此八年经验”。

王云五是胡适的老师。傅斯年说王云五一加入国民党政府，声名就不值钱了，很后悔当初没有听他劝告。

傅斯年这么样劝胡适，所以胡适最后拒绝加入国民党政府。从这封秘信里，我们可以看到傅斯年这些知识分子是怎么样周旋在蒋介石政权里的，他们要发挥知识分子的力量，又不想被国民党同化。

中国国民党1919年成立[①]，中国共产党1921年成立[②]，两个党前后只相差两年，双方都在拉拢知识分子。有的人就加入国民党，有的人则加入共产党，“不入于杨，则入于墨”。像胡适跟傅斯年这种真正无党无派、坚持自由主义路线的知识分子是很孤单的、很苦的。一般知识分子会被政党吃掉，胡适和傅斯年还有一点点地位，所以就陷入了进退维谷的境地。

傅斯年最后到了台湾。他是反共的，不相信共产党，可是他也不加入国民党。他在私下里说的话很气愤：

> 责备政府不可忘共党暴行，责共党不可忘政府失败，此谓左右开弓，焉得尽此两极败类而坑之哉。

什么意思？国民党、共产党都是败类，真正的自由主义者不做国民党，也不做共产党。傅斯年后来死在台湾大学校长任上，他的死代表了一个激烈的自由主义知识分子的死亡。

---

① 国民党前身最早为成立于1894年的兴中会，而后分别改组为中国同盟会、中国国民党及中华革命党，1919年10月10日经孙中山改组正式定名中国国民党。

② 1921年7月23日，中国共产党第一次全国代表大会在上海召开，各地共产主义小组推举代表出席了会议。由于会场受到暗探注意和外国巡捕搜查，最后一天的会议转移到浙江嘉兴南湖的游船上举行。会议通过了中国共产党的第一个纲领，选举产生了党的中央领导机关中央局，陈独秀任中央局书记。

1958年4月10日，胡适就任台湾“中研院”院长，与蒋介石合影

今天台湾的知识分子已经被国民党吃掉了，吃得鸦雀无声。大陆的知识分子在“文化大革命”的时候也被吃掉了，吃得也不敢讲话了。可是大家不要忘记，搞科技的这批知识分子最后还是把祖国建设成了富国强兵的中国，没有人再敢打中国了，所以这批知识分子最后还是成功的。可是搞思想、搞社会科学的这批知识分子呢？垮掉了，头脑坏掉了，话也不敢讲了，怎么讲都出错，不管是在台湾还是在大陆。

人才为何做忠狗

人跟地理的关系常常有意想不到的因缘。好比说我本来好端端地住在中国北方，忽然阴错阳差到了南方的台湾岛来，并且一住就是几十年。这几十年间，有的人你觉得跟他相见恨晚，有的人你觉得跟他相见恨早，有的人你觉得根本就不该相见，可是阴错阳差大家都跑到同一个岛上来了。

我在台湾跟国民党伪政府这些我所谓“老而不死谓之贼”的老贼[①]，有过很漫长的相处经验。这里头有的人我认识，有的人不认识，可是不认识的这些人，他的某样东西忽然有一天会阴错阳差落到我手上。好比这本美国陆军部长赫尔利（Hurley）[②]的英文传记，我打开一看，扉页上赫然印着两方大印，一个叫“山阴俞氏”，一个叫“大维长寿”。

山阴，是浙江绍兴山阴县。山阴姓俞的这位先生什么人呢？就是“大

① 指1949年随国民党撤退到台湾的“立法委员”。

② 帕特里克·杰伊·赫尔利（Patrick Jay Hurley，1883—1963），美国俄克拉何马州人，共和党。曾任美国陆军部长、驻新西兰公使。1944年9月作为罗斯福总统私人代表来华，任美国驻华大使，曾亲赴延安试图调解国共争端，失败。1945年11月被迫离职，著有《1944—1945年间的蒋介石政府与红色中国》。

俞大维

维长寿"的俞大维[①]。俞大维我在台湾没见过，可是对他我是领教过了，原因是我在做预备军官的时候，他正好是台湾的"国防部长"。

大家看俞大维的照片，长得五短身材，肩膀上星光闪闪。他参加过把国民党赶到台湾来的决定性战役——淮海战役。当时蒋介石叫他去空投物资给前方的国民党部队。蒋介石问：你投过去没有？俞大维说：投过去了。蒋介石说：你怎么知道你投过去了？俞大维说：因为我亲自去了，我亲自把这些物资从飞机上面丢下去。这个对话显示出俞大维是非常务实的一个人，你要我去空投物资给前方部队，好，我亲自去。

俞大维生于1897年，1913年进复旦大学，

---

① 俞大维（1897—1993），浙江绍兴人。1918年入哈佛大学哲学系，以3年时间拿到博士学位，12门课全A。后获奖学金赴德国柏林大学深造，攻读哲学及数理逻辑，听过爱因斯坦的相对论课程。1925年，俞大维写了一篇论文刊登在爱因斯坦主编的德国著名数学杂志上，成为在该刊物发表论文的第一个中国人（第二个中国人是华罗庚）。后因兴趣转向弹道研究，遂成为弹道学和兵学专家。回国后俞大维在军界任职，担任兵工署署长兼兵器教官，官至陆军中将。抗战爆发后，俞大维指挥将中国沿海的30余座兵工厂、钢铁厂、材料厂及兵工技术单位，以有限之人力、物力与兽力陆续西迁至内陆继续生产，为抗战中国的国防工业做出巨大贡献。1946年出任国民政府交通部部长。1954年出任台湾"国防部长"，亲历金门炮战，险些殒命。1965年因病辞职，转任"总统府"资政。1993年病逝，享寿96岁高龄。

1914 年入南洋公学（后来的交通大学）。1918 年他去了哈佛大学，得到哲学博士学位。后来他又到德国学习，成为弹道学专家。来台湾以后他做了“国防部长”，1966 年又做了所谓“总统府”资政。1993 年他死在三军总医院，活了 96 岁。

俞大维有什么特色呢？这个人书念得极好。他母亲是曾国藩的孙女[①]，所以他跟曾国藩还有血缘关系。他自己又是山阴俞明震家族[②]的后代，俞家是一个大家族。他姑姑是历史学家陈寅恪的母亲，所以他和陈寅恪是表兄弟。他讨的老婆陈新午是陈寅恪的妹妹。他的妹妹俞大綵嫁给了台湾大学校长傅斯年。所以他们这些人完全是大家族联姻。

我李敖看俞大维是个怪物，为什么这么看呢？这么有学问的一个人[③]，怎么会跟蒋介石扯在一起啊？！可是俞大维一辈子都跟蒋介石扯在一起[④]。他死了以后，1993 年当时的所谓“中华民国总统”李登辉还给了他一个总

---

① 俞大维的母亲为曾国藩的孙女、曾纪鸿之女曾广珊。

② 俞明震（1860—1918），字恪士，号觚庵，浙江山阴人。晚清著名政治人物、诗人、教育家。俞明震是俞大维的大伯。俞大维的父亲俞明颐曾任湖南督练公所（清政府训练新军的部门）兵务总办。俞明震为光绪十六年（1890 年）进士，曾任台湾布政使。甲午战争后，清廷据《马关条约》将台湾割让给日本。俞明震与唐景崧、丘逢甲等人组织台湾守军抵抗，不久兵败离台。戊戌变法期间，俞明震积极支持康、梁，并参与湖南巡抚陈宝箴在当地推行的新政。变法失败后，转任南京江南水师学堂兼附设矿务铁路学堂总办。民国初年，任平政院肃政使。不久，辞归故里。晚年寓居沪、杭等地。著有《觚庵诗存》四卷。

③ 俞大维常说自己“半生戎马，半生书生”。他一生爱好读书，手不释卷，仅去世后捐赠给台大的文史哲类书籍就有 7000 余册。当晚年视力变差时，他决定“读了一辈子书，现在要收摊了”，但收摊的程序竟是把以前念过的书温习一遍，之后才不读书。俞大维决定每个月温习一门学问，如天主教神学、物理、音乐、美术、哲学、数学、美学等，而打了一辈子交道的军事学不在其温习之列，“因为那不是高深的学问”。

④ 俞大维的长子俞扬和，娶了蒋介石的孙女、蒋经国的女儿蒋孝章为妻。俞家和蒋家成了儿女亲家。

统褒扬令，说他“性行坚贞，器识宏远，既承家学，复累新知”，用这么多词赞美他。

我必须说，俞大维在金钱上是绝对清廉的。他做兵工署长的时候，有一次到外国买军火，人家把回扣给他，他不动声色、严肃地说，这笔钱刚刚够再买三门炮。换句话说，回扣我不要，这个钱请再多给我三门炮。[①]

中央研究院院长蔡元培也是这样子啊。他盖房子的时候，商人送红包给他，他怎么做？把红包收下来交给国库，说这是我替政府省下来的钱，还给政府。我觉得这一点很了不得。一般人看起来，以你蔡元培的声望和地位，你怎么敢收人家的红包啊？他就敢收，为什么？没有人相信中央研究院院长蔡元培会收红包，他就收了，然后转给国库。他可以有这样的气魄，好像明目张胆地做了一件坏事，可是又心如日月，大公无私。俞大维也属此类。

可是在我李敖看起来，俞大维头脑是不清楚的，为什么？在大的原则、大的方向、大的正义标准方面，他站错了位置，走错了方向。你怎么可以跟蒋介石这个政权扯在一起啊？表面是爱国爱民，骨子里呢，做了蒋介石的鹰犬而不自知，或者自知以后也很难迷途知返。

俞大维自己说，不近人情的事情我不做，我从来不发脾气，不交个性暴躁的朋友，也不聘用大吼大叫才能做好事的人。他说我就是个普通人，过着和一般人没有两样的生活，所有老百姓相信的我都信。举个例子，他到台湾北港妈祖庙去，看见当地一些善男信女抽签、卜卦、磕头，他也跟着向妈祖磕头。有人就笑他，你是学科学的啊，你是大学者啊，为什么也相信这一套呢？他说因为老百姓磕头，我也是老百姓，与民同乐，所以我

---

① 俞大维1929年返国后，任军政部参事，负责采购德国军备。有一次政府命他采购大炮，按值计量，可买12门，但运回中国时却为15门。询其缘故，他仅轻描淡地说：“是送的。”原来他用采购所得的佣金另购了3门炮。与其他军政要员相比，俞大维的清廉极为可贵。

也跟着磕头。

这是俞大维个性中有趣、亲和的一面。可是从他的遗嘱里也可以看到他奴性的一面。他说：

> 余追随故总统蒋公四十七年，曾任兵工署长、交通部长、国防部长。赖蒋公专纯信任，得达成艰巨任务，知遇之感，永志难忘。
>
> …………
>
> 余去世以后，遗体火化。不举行任何吊祭或纪念仪式，亦不得收受亲友赙赠，骨灰由长子扬和驾机撒于金门海面，先飞过故总统蒋公之陵寝及故副总统陈公之墓园，以致余最后之敬礼。

看到没有，死了以后，骨灰由他儿子架飞机撒于金门海面，可是撒到海里之前，要先飞过蒋介石的陵寝，干什么？致最后的敬礼。大家想想看，蒋介石有什么办法能够吸引到俞大维这样的大知识分子啊？

我曾经说过，蒋介石是有好多个面相的。对黄埔军官学校的学生而言，他是校长；对浙江同乡会而言，他是乡长；对国民大会代表而言，他是总统；对俞大维这种思想很封建、很保守的人而言，他就是皇上。

他这样子千变万化跟大家玩，能玩到俞大维这种人，我认为是最高境界。为什么？俞大维不贪污、不舞弊、不搞钱，做了“国防部长”以后甚至也从来没去过“立法院”。为什么？他心里看不起这些“立法委员”。你们这些人都是鬼混的，我俞大维是做事的。“国防部长”这个官儿也不是我求来的，是蒋介石找我做的。所以他不买账，从来不去“立法院”，派他一个将军坐在那儿。

有一次一个“立法委员”看不过去了，就问这个将军，为什么你们部长从来不到“立法院”来给我们质询啊？这个将军向“立法委员”敬个礼说：部长为什么不来我不清楚，可是如果你们觉得我也不该来，我可以不来。——讲这种狠话！“立法委员”一听，也不敢问了，就算了。

俞大维有他特殊的、极好的声望。我当兵的时候听到一个故事，金门前线有些老兵情绪太坏，最后反了，把那些政工人员扣留在山洞里当人质，说我们有话要呈请，最后被枪毙我们也愿意，可是有话要说。要跟谁说呢？跟俞大维说。去请“国防部长”过来，到我们山洞口，我们跟他讲。

由此可见俞大维的声望是多么好。其实这位老先生也有滑头的一面。他晚年说，如果孙立人将军当年跟着他，就不会出事了。[①] 那我请问你，当时孙立人出事的时候，案子签报上去是经过“国防部”的，那时候部长就是你本人，如果案子是假的，你应该替他申冤啊，可是为什么你不敢讲话？你不愿意为了孙立人而破坏了跟蒋介石的关系，不是吗？可见这位部长表面是那么样清高，骨子里也有滑头的一面。

可是我必须说，俞大维的确是我们中国近代史上一位了不起的人才，虽然在某些方面他也笨笨的。好比他弟弟俞大纲[②] 曾经跟朋友说，千万别和我哥哥谈文学，谈文学我哥哥只有中学生的程度，李敖办的《文星杂志》我哥哥就看不懂。

当然这话有挖苦的意思在里面。事实上俞大维的英文、德文都极好。这么一个人，曾经在台湾走过，做了很多贡献，却一辈子给蒋介石做了一条莫名其妙的忠狗，虽然他本人是一个好人。

---

① 见 159 页《万古春宵一羽毛》文中所讲的孙立人将军冤案。

② 俞大纲（1908—1977），俞大维的弟弟，中国戏曲专家。早年入读燕京大学研究院，曾在陈寅恪指导下学习。1949 年赴台，应台静农之邀，在台湾大学中文系教诗学。张其昀办中国文化大学时，他任戏剧学系首位主任，培养出台湾最早期的一批艺术硕士。林怀民、施叔青、蒋勋、李昂等许多台湾文艺界人才，都曾是他的学生。1977 年病逝，享年 69 岁。

一流知识分子的境界

蔡元培（1868—1940）

李敖在蔡元培墓

我这次去大陆看了两个人的坟，在北京我看了利玛窦他们的墓地①，在香港我点名要看蔡元培先生的坟。新文化运动时期北京大学的保姆校长蔡元培埋在香港华人公墓里，碑上写着“蔡孑民先生之墓”。当我看到这个碑时，我说这个“蔡”字写错了。蔡，上边是个草字头，下面是祭祀的“祭”，“祭”里头是两点，可是这个字写成一点，严格说起来写错了。

这个字谁写的呢？当年大名鼎鼎的一位政治人物，也是书法家、艺术鉴赏家，他的名字叫叶

① 李敖在2005年9月的“神州之旅”北京行程中，特别提出要去拜访明代意大利传教士利玛窦的墓。此墓位于北京西城区车公庄大街北京行政学院的后院，墓地曾在“文化大革命”中被毁，墓碑幸存，1979年重建。

叶恭绰

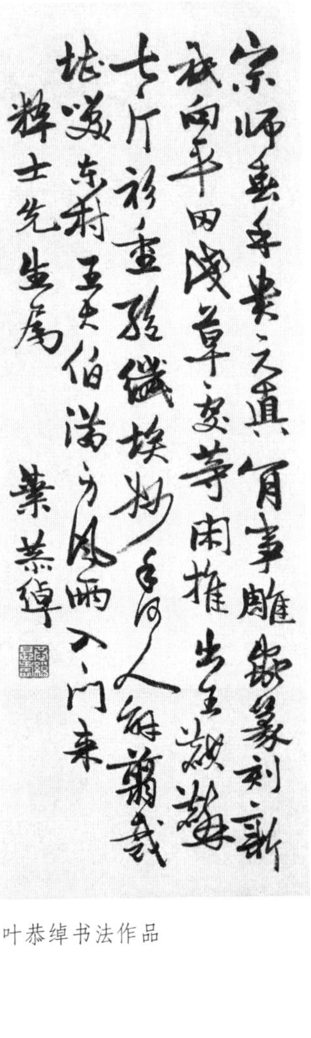

遐庵[1]。他有个侄子叶公超[2]在台湾做过“外交部长”“驻美大使”。大家看叶遐庵的书法。以他的文化水平不应该把这个“蔡”字写错，可是很不幸他写错了。

我上中学的时候有位国文老师叫杨锦铨，他后来写了一部书送给我，叫《说文意象字重建》。杨老师在这部学术著作里谈到“祭”这个字，他说“祭”里头的两点代表血，用手拿着肉，肉上面还滴着血，代表血食[3]。古代的人死了以后，后人要拿着带血的肉去祭祀他，带血的肉就是“牺牲”[4]。好比猪被杀掉了，牺牲了，人带着流血的

叶恭绰书法作品

---

① 即叶恭绰。叶恭绰（1881—1968），字誉虎，号遐庵，晚年别署矩园。广东番禺人。书画家、收藏家、政治人物。出身书香门第，留日时加入同盟会，曾任北洋政府交通总长、南京国民政府铁道部长。1927 年出任北京大学国学馆馆长。1949 年后任中央文史研究馆副馆长、北京画院院长。1958 年被划成“右派”，“文化大革命”中受迫害，1968 年病逝。叶恭绰于诗文、考古、书画、鉴赏无不精湛，书法绰约多姿，自成一家。著有《遐庵汇稿》《矩园馀墨》《叶恭绰书画集》等。

② 叶公超（1904—1981），原名崇智，字公超。学者兼外交家，新月派代表人物之一。曾任清华大学、北京大学外文系教授，西南联大外文系主任。去台后任“外交部长”“驻美大使”。晚年醉心于诗词和书画艺术。著有《中国古代文化生活》《叶公超散文集》等。

③ 古代杀牲取血以祭，故称血食。

④ 牺牲，古指祭祀用的纯色全体牲畜。色纯为“牺”，体全为“牲”。

猪肉去祭祀，表示有人接续你的使命，接续你的传统，接续你的香火，表示你没有绝后，这就是“祭”。蔡元培坟上这个“蔡”字的两点少了一点，所以我说他写错了。

为什么蔡元培会死在香港呢？他是中央研究院的院长，当年国民党政府请他做监察院院长的时候，他没有就职。后来蒋介石派人暗杀了中央研究院总干事杨杏佛①，他非常不满，抗战开始后没去重庆，去了香港。在日本人打下香港之前，他死在香港，埋在这片华人公墓里。②

我非常佩服蔡元培先生，到香港的时候特地要去看看他的坟，最后在一个几乎是荒坟的地方找到他。很多人都把他的坟忘记了，没想到蔡元培居然会埋在香港。

同样的，我也非常佩服另外一位北京大学校长马寅初。他是很优秀的经济学家，跟蔡元培一样都是国民党。当年他批评蒋介石的经济政策，被软禁起来。1949 年以后他做了北京大学的校长，后来为了人口问题跟毛泽

---

① 杨杏佛（1893—1933），名铨，江西清江人。早年留美，获哈佛大学商学院商科硕士。1925 年创办《民族日报》，成立“中国济难会”，筹款营救政治犯。1928 年任中央研究院总干事。1932 年任中国民权保障同盟筹备委员会副会长。因抗议政府秘密处决邓演达和参与营救被捕的共产国际特工牛兰夫妇，1933 年 6 月 18 日在上海法租界遭军统特务暗杀，年仅 40 岁。

② 1937 年底，蔡元培从上海到香港。1940 年 3 月 3 日，蔡元培于寓所失足仆地，口吐鲜血。3 月 5 日病逝于香港养和医院，葬于香港仔华人永远坟场。蔡元培一生清廉，身后无半点积蓄，衣衾棺木的费用及所欠的千余元医药费，都是商务印书馆经理王云五代付的。

东搞翻[1]。他说中国的人口要注意，要控制，否则的话，不可收拾。毛泽东说，人多好办事。结果毛泽东赢了，马寅初被批斗。

我们现在可以从揭秘的文件里看到当时康生他们是怎么样来策划批斗马寅初的。康生说我们要有计划地来斗倒马寅初，斗倒之后再解除他北京大学校长的职务。怎么样斗呢？贴大字报。从北京大学校长室的墙上一路贴到北京大学校长宿舍的床头。可是马寅初说我虽然孤军奋斗，但我绝不违反我的学术良知，你们就是把我斗死我也不会投降。结果呢，他没死，活了一百岁，别人都死光了。

马寅初 97 岁的时候，已经不太能动了。这时候中央正式给他下文件，表示过去对马寅初人口论的打击、批判是错误的，很有度量地向他道歉，要给他平反。可是平反了怎么样呢？中国已

马寅初（1882—1982）

① 1951 年，马寅初出任北京大学校长。1953 年，大陆进行了历史上第一次人口普查。结果表明，截至 1953 年 6 月，中国人口为六亿，估计每年要增加 1200 万人，增殖率为 20‰。这引起了马寅初的注意。经过三年调查研究，马寅初于 1957 年 6 月召开的第一届全国人代会上提出了《新人口论》，认为中国的人口照此发展下去，以后连吃饭都成问题，建议政府控制生育率。然而毛泽东的观点与此完全相悖，他说中国人口就是增加十亿又何妨？此后两年里，马寅初遭到两轮批判，罪名是他的人口论企图怀疑社会主义优越性以及蔑视人民大众。1960 年 1 月，马寅初被迫辞去北大校长职务，居家赋闲。

经多出来六亿人，到今天为止只得搞一胎化，只能生一个。

生一个虽然控制住局面了，可是中国人的老毛病又出来了。什么毛病呢？重男轻女，女孩子我们不要，要生男孩。结果造成今天女孩子跟男孩子的比例是 100 ： 119。换句话说，六分之一的中国男人可能找不到老婆。

为什么会有这个现象？毛病出在哪里？就出在当时的执政人物毛泽东那里。打天下毛是第一流高手，可是治天下他不是专家。他自己也跟美国记者埃德加·斯诺[①]承认说，我搞革命是第一流的，可是搞经济、搞生产力我不懂。不懂还不严重，关键别人懂的时候，像马寅初校长提醒他的时候，他不听，说人多好办事，然后举国都说马寅初错了。后来虽然给马寅初平反，可是已经来不及了。

我讲这个故事干什么？告诉大家，真正第一流的知识分子、伟大的知识分子，是像蔡元培校长、马寅初校长这样的人。他们具有第一流的头脑、第一流的眼光，并且能够站在第一线来表达知识分子的风骨，坚持自己的学术良知。可是当统治者不懂得尊重他们先知性的见解，抹杀他们先知性的言论，下场是什么呢？下场就是今天大陆遭遇的问题，被人口压得喘不过气来。

可见先知者是多么重要，一个真正第一流的知识分子是多么重要，他的勇气、智慧、敏锐是多么重要，这些人是我们的国宝。可是有的人还七嘴八舌讲三七四六的话，或者糊里糊涂跟着政治人物走。政治人物在上面登高一呼，大家都跟着走，他说谁错，大家就都批斗谁，最后就出现了那

① 埃德加·斯诺（Edgar Snow，1905—1972），美国新闻记者、作家。1936 年 6 月到 10 月，斯诺在陕甘宁边区采访了毛泽东、彭德怀等人，成为第一个采访中共领导人的西方记者。一年后，他据此写成 30 万字的《西行漫记》（Red Star Over China），出版后畅销一时。1960 年、1964 年和 1970 年，斯诺三访中国，在美国《生活》杂志上发表与毛泽东的谈话。毛在其中向美发出了示好信息。

种恐怖的结果。

我认为大家应该在这个问题上整体反思。我觉得海峡两岸太缺少这种真正第一流的知识分子了。像蔡元培、马寅初这样的人，真的了不起。他们示范给大家看，什么是富贵不能淫，什么是贫贱不能移，什么是威武不能屈，什么是时髦不能动。当整个时髦都说中国人口不多，人多好办事的时候，有一个人就敢于站出来不接受这种时髦，宁愿受批判。我觉得这种人在中国实在太少了。

当然我要告诉大家，我李敖也是这种知识分子，可是我的形象跟他们不一样。为什么不一样？我等于把我自己某种程度给消解掉了，因为我跟他们所处的年代不一样。当年一个知识分子是多么被人家重视啊，不管是蔡元培还是马寅初，中国那个时代是重视知识分子的，尊敬知识分子的。今天知识分子成了什么呢？臭老九，没人看得起，并且这批人还不成才，没出息，没骨气，还酸气。毛泽东骂这种人是“秀才”[1]。我李敖虽然不是“秀才”，可是我被“秀才”给包围了。

① 见281页。

马屁诗人马屁诗

过去北京有所谓“四大不要脸”，第一名就是郭沫若。因为郭沫若作为知识分子，写出了很多肉麻的文字来歌颂统治者。他在诗里可以写出“伟大的斯大林，亲爱的钢，永恒的太阳”[①]这种肉麻的话。我认为知识分子的天性和职业道德是要跟执政者作对的，是要用良知、良心、批评、批判来监督政府的，而郭沫若不属于这一类知识分子。

台湾有没有这样的人呢？在我李敖看来，台湾也有“四大不要脸”或“十四大不要脸”，其中一个就是余光中[②]。当年文星杂志和文星书店被蒋介石下令查封关门的时候，余光中在香港讲演居然替蒋介石擦屁股，说文星的结束不是政治压力，而是财务压力，经营不善。他可以这样瞪着眼睛胡扯，真是不要脸。

蒋经国死了以后，余光中写了一首诗，名字叫《送别》：

---

① 见郭沫若为斯大林 70 岁生日写的祝寿诗《斯大林万岁》：伟大的斯大林，亲爱的钢，永恒的太阳 / 人类有了你，马列主义才能有今天的发扬 / 人类有了你，无产阶级才能有今天的茁壮 / 人类有了你，解放事业才能有今天的辉煌 / 是你领导着我们，朝宗于大同世界的海洋 / 是你教育着我们，西方切莫要忘记了东方 / 是你团结着我们，形成了史无前例的力量 / 有和平堡垒的苏联，屹立着，无比坚强 / 有亚欧新民主国家，蝉联着，蒸蒸日上 / 人类史的内容，已经改换了崭新的篇章 / 自然界的序列，也将服从于革命的方向 / 斯大林的名号，永远成为了人类的太阳 / 万岁！伟大的斯大林！万岁，亲爱的钢。

② 余光中（1928—　），当代名作家、诗人。台大外文系毕业。李敖文星时期，两人曾是好友，后反目。

悲哀的半旗，壮烈的半旗，为你而降；
悲哀的黑纱，沉重的黑纱，为你而戴；
悲哀的菊花，纯洁的菊花，为你而开；
悲哀的灵堂，肃静的灵堂，为你而拜；
悲哀的行列，依依的行列，为你而排；
悲哀的泪水，感激的泪水，为你而流；
悲哀的背影，劳累的背影，不再回头；
悲哀的柩车，告别的柩车，慢慢地走；
亲爱的朋友，辛苦的领袖，慢慢地走。

你说肉麻不肉麻？我给这首诗补充了一下：

悲哀的马屁，臭臭的马屁，为你而拍；
悲哀的新诗，无耻的新诗，为你而写；
亲爱的朋友，辛苦的领袖，慢慢地走；
快了我跟不上，因为我是你的狗。

这就是我李敖的恶作剧！告诉大家这种马屁诗人的新诗是怎么一回事。同样押韵押得非常好，不是吗？余光中在一本传记里说，国民党固然不好，共产党只有更糟，我不会歌颂国民党，但一定反对共产党。可是今天我们看了这个诗，他歌颂国民党歌颂得肉麻之至，不是吗？他真的反对共产党吗？过去反对，现在也经常在大陆游走，不是吗？

大家想想看，真的诗人是什么样的人啊。真的诗人，他的性格、信仰、热情都是混在一起的，他想什么事情就扑上去做了。像英国诗人拜伦

（Byron）[①]，他赞成希腊独立战争，反对土耳其人压迫希腊，怎么办呢？不是写了诗就算了，他亲自跑去希腊参加抵抗土耳其人的斗争，虽然得热病死掉了，没有成功，可是他的言行是一致的。

再看意大利诗人邓南遮[②]，他相信军国主义这些东西，就自己搞了支军队，代表意大利去占领一个港口。这也是言行一致的。换句话说，诗人的信仰、热情、作品、行为都是一致的，这才叫诗人。

可是台湾诗人余光中是分两节的。他说他反共，可是《亚洲周刊》报道他在大陆得了第二届华语文学传媒奖，他就“反”到北京去了，在大陆招摇撞骗。台湾报纸登出来，七名台湾笔会历任会长控诉余光中盗名在大陆招摇撞骗。为什么？他明明知道台湾笔会会长另有其人，却未拒绝大陆以“台湾笔会会长”来称呼他。

余光中是我的老朋友啊，当年我们办《文星》杂志的时候，他整天把他那些新诗挤进版面来登。他也写文章，他的稿子排版工人最喜欢，因为

---

① 乔治·戈登·拜伦（George Gordon Byron,1788—1824），英国诗人、浪漫主义文学代表人物，代表作有《恰尔德·哈罗德游记》《唐璜》等。拜伦生于伦敦一个没落贵族之家，出生后不久父亲就遗弃家庭不知所终，加之他先天性跛一足，性格忧郁而孤僻。10岁时拜伦承袭贵族头衔，成为拜伦六世勋爵。从剑桥大学毕业后，他周游葡萄牙、西班牙、马耳他岛、阿尔巴尼亚、希腊和土耳其等地，陆续写出许多诗篇，获得了巨大声誉。1823年，拜伦去了希腊，加入希腊反抗土耳其人的斗争中。他担任一支希腊军队的司令，每天忙着战备工作。过度劳累和奔波使得他的身体健康恶化，在一次行军途中遇雨受寒，一病不起，1824年4月19日逝于希腊军队的军帐中。临终时，他说：“我的财产，我的精力都献给了希腊的独立战争，现在连生命也献上吧！”

② 加布里埃尔·邓南遮（Gabriele D'Annunzio,1863—1938），意大利著名诗人、小说家，代表作有《玫瑰小说》三部曲等。邓南遮是墨索里尼的支持者，在政治上颇受争议。一战爆发后，邓南遮志愿奔赴前线作战，在一次飞机迫降中右眼受伤失明。1919年11月，为反对意大利政府在和谈中所持的妥协立场，邓南遮率领一支志愿军夺取了南斯拉夫和意大利之间有争议的城市——阜姆，并在此宣布建立共和国，自任“自由之国”首领一年之久。

字写得非常清楚。他的《论半票读者的文学》里有一段话：

> 半票读者就是这么一种充满矛盾的人物——他常常发脾气，可是缺乏真正的愤怒；常爱嬉戏，可是没有真正的享受；常常忧郁，可是没有悲剧的庄严；欢喜孤寂，可是没有独立的精神。

他说这是半票读者，可是他这种“半票作者”也如此，不是吗？所以这篇文章对他而言是“夫子自道”。我李敖最恨以笔杆为业的所谓知识分子、作家、文学家、诗人逃避现实。余光中在梁实秋家里喝了一瓶1842年的葡萄酒，就写了很长的臭诗《饮一八四二年葡萄酒》，我觉得这就是一种逃避现实。在国民党白色恐怖统治之下，在蒋介石、蒋经国父子高压之下，身为知识分子的人，身为所谓作家、诗人的人，居然拍马屁，居然不知道反抗，我认为这是很可耻的。

当然这种类型的人不止余光中一个，鲁迅曾经赞美过的一个有名的作家叫台静农[1]，他被国民党抓住以后吓破了胆，后来阴错阳差到了台湾，做台大中国文学系的主任。整天干什么呢？喝酒、吃螃蟹、刻图章、写毛笔字。整天干这个一直到死，都这样子消极。我们觉得他也许是不得已，因为他是鲁迅系统的人，到台湾来被打压也在情理之中。

可是蒋介石死了之后，他竟然很恭敬地用毛笔字把蒋介石发表的《中庸要旨一则》，什么“凡事凡物皆能反求诸己”一大堆话写出来，干什么？“以志追念”，追念蒋介石。可耻不可耻啊？你是高等知识分子，是台湾大学的教授，是鲁迅捧出来的人，你居然用毛笔字来拍蒋介石的马屁到这种

---

① 台静农（1903—1990），安徽霍邱人，作家。早年加入鲁迅支持和影响的文学社团未名社，发表短篇小说集《地之子》，为鲁迅所赏识。1946年赴台，任教于台湾大学中文系。擅篆刻、书法，著有《静农书艺集》等。

程度，当然我们要谴责你。你可以沉默，可以逃避，可以继续刻图章、喝酒、吃螃蟹、写毛笔字，可是毛笔字写到蒋介石头上去了，这是不可以原谅的。

台静农写了一部书《静农论文集》，我把它统计了一下，整本书475页，写作时间长达55年，写作篇数只有25篇。换句话说，每年写八页半，每天写0.023页，每页840个字，每天写19个字。干教授干了这么多年，干到八十几岁死掉，一天只写19个字，这叫学者吗？这不是典型的“学阀”吗？人怎么可以堕落到这个程度？知识分子怎么可以这么懒惰？就这样喝酒、吃螃蟹、刻图章、写毛笔字，最后写出捧蒋介石的毛笔字来，我再也无法忍耐了。

余光中也一样，你可以做你的诗人写你的烂诗嘛，怎么后来变成给蒋经国写这种诗呢？你不觉得很肉麻吗？作为一个知识分子，做不到积极作战，消极抵抗至少要做到吧，可是你还要拍马屁，当然会被我逮到然后攻击你。

肉麻的知识分子

1988年1月13日，蒋经国死掉了。当时我好高兴，为什么？他是我的敌人，我恨蒋氏父子。蒋经国死了以后，跟我同岁的、他的大儿子蒋孝文[①]也死了。接着老二蒋孝武[②]也死了，老三蒋孝勇[③]也死了，私生子章孝慈[④]也死了。现在只剩下另一个私生子章孝严[⑤]，他跟我当选了同一届"立

---

① 蒋孝文（1935—1989），生于苏联，蒋经国与蒋方良长子，蒋介石长孙。性格叛逆，喜欢开车、喝酒、夜生活。蒋家早年欲培养他入军界不成，后送到美国学企业管理。1970年因遗传性糖尿病外加酗酒，突然昏迷，记忆力受损，缠绵病榻达19年。1989年4月病逝，距蒋经国逝世不过15个月，享年54岁。

② 蒋孝武（1945—1991），生于重庆，蒋经国与蒋方良次子。早年读军校，后被送往德国留学。蒋孝文卧病后，蒋孝武成为蒋家重点栽培对象。1984年"江南案"后，主管台湾"情报机构"的蒋孝武被外放新加坡。后担任驻日代表。蒋孝武也长期患有糖尿病及高脂血症。1991年7月1日凌晨猝死于台北荣民总医院，享年46岁。

③ 蒋孝勇（1948—1996），生于上海，蒋经国与蒋方良幼子。从小个性脾气比两个哥哥温和。读军校期间扭伤脚踝，后转入台大政治系就读。毕业后加入商界，出任鸿霖公司董事长、中兴电工董事长、中央玻璃纤维董事长等职。蒋经国逝世后，举家迁往加拿大定居。1996年12月因食道癌去世，享年48岁。

④ 章孝慈（1942—1996），生于桂林，蒋经国与章亚若所生双胞胎之一。章亚若过世后，两兄弟由舅舅章浩若扶养，后赴台定居新竹。家境的清贫使章氏兄弟从小吃了不少苦，但也磨砺了坚韧的个性。章孝慈留学美国，获杜兰大学法学博士。1992年任东吴大学校长。1994年11月14日在北京进行学术访问时中风并陷入昏迷，于北京治疗数日后，以飞机经香港转送回台治疗，卧病一年多后过世。

⑤ 章孝严（1942—），章孝慈孪生哥哥。蒋方良去世后，正式改称"蒋孝严"，2005年经由一系列复杂法律程序，将身份证父亲栏改为蒋经国。现任中国国民党副主席、"立法委员"。

法委员”。

孝慈、孝严兄弟

报纸上报道章孝严的言论，他说历史发展由历史评断，从我方拥有改变香港命运的《南京条约》正本来看，“中华民国政府”继承清廷清朝是毋庸置疑的。请问这是什么鬼话啊？《南京条约》的确在台湾，我还见过这个条约。可是章孝严说条约正本在台湾，就表示“中华民国”继承了清朝政府；按照这个逻辑，人家小偷把这个条约偷走了，好比日本偷走了，难道就变成日本继承了清政府吗？根本不通嘛。

章孝严用这个方法证明什么？证明了他是蒋经国的儿子。他终于认祖归宗，由章孝严变成了蒋孝严。他妈妈章亚若[①]当年是蒋经国的情人，生了一对双胞胎，就是章孝严和他弟弟章孝慈。生了以后，这个章亚若据说有一点点招摇，在外面说她是蒋专员的女人（当时蒋经国在江西做专员），有一天就忽然死掉了。换句话说，章亚若是被杀掉的。

后来章亚若的哥哥用“爸爸”的名义给章孝严和章孝慈兄弟报了户口，到了台湾。章孝慈跟

① 章亚若（1913—1942），籍贯浙江。蒋经国就任赣州行署专员时，章进入公署担任书记员，后担任蒋经国秘书，两人发展出地下恋情。1941年怀孕后隐居广西桂林。1942年5月产下双胞胎，乳名为大毛和小毛，后采用蒋介石钦定的名字孝严、孝慈。1942年8月猝死，终年29岁。坊间传言是被谋杀的。

我单独吃过一次饭，当时他请我到东吴大学教书。他跟我说，我和哥哥约好，为了我父亲的名誉，都不承认自己是蒋经国的儿子，可是我哥哥忽然对外面承认了，我也只好跟着承认。

章孝慈讲他们小时候在台湾生活得好苦啊，有时候连饭都吃不上一顿，到街上买一大堆花生，把花生煮来当晚饭吃。他说我在整个中学时代从来没有看过电灯以外的电器，为什么？家里穷。我说我跟你一样，我上中学的时候也没见过什么电冰箱、电暖炉、电熨斗，都穷得很。

他为什么这么穷？因为蒋经国没有好好照顾他们，根本不承认他们。我问章孝慈：在你爸爸生前，你们有没有以父子关系见过面？他说李先生不要问这个问题吧。后来章孝慈去了北京，中风变成植物人回到台湾来，已经没知觉了。我感念他在东吴大学校长任上敢请我李敖来教书，特别为他举办了一次义卖会，拿出一些艺术品来卖，送了七百万给他。其中一百万以章孝慈的名义捐给东吴大学，因为章孝慈最后一个愿望是给东吴大学盖一栋第五女生宿舍，使女孩子们住得比较安全。

虽然我对章孝慈这么友好，可是我对他的双胞胎哥哥章孝严很看不起。章孝严说蒋经国追思的时候，他以家属身份在旁。为什么要以家属身份在旁啊？蒋家都不认你们，让你们吃花生过活，为什么你还要这样贴人家冷屁股？

章孝严还说，他回忆过往的时候有感激没抱怨。然后他邀宴蒋经国在民间的老朋友，干什么？表示了他是蒋经国的继承人。然后又追随李登辉一起做坏事，接任了国民党秘书长以后到埋蒋介石的慈湖和埋蒋经国的头寮行礼，俨然以蒋家后代自居。

1996 年 10 月 6 日台湾的报纸报道，章孝严说经国先生过世前，曾经交代过秦孝仪[①]先生，表示让他认祖归宗的最后心愿……请问，秦孝仪有什么公信力啊？说了那么多谎话，捏造了蒋介石的遗嘱，有什么公信力？

如果蒋经国要你认祖归宗，为什么生前不做，死后要你自己往里钻营？蒋家跟你同辈的孝文、孝武、孝勇兄弟都死掉了，可是蒋家的女眷还在啊，蒋经国的太太蒋方良、蒋经国的假妈妈宋美龄都在啊。为什么宋美龄不肯见你？为什么蒋家的女眷们都不赞成？

当年章孝严还说，认祖归宗只是为了尽人子之孝道，将来不会改姓蒋。现在怎么样？改姓蒋了，不是吗？为什么改姓蒋？为了要接收蒋介石、蒋经国这些资源。台湾有一批对两蒋存有怀念的老人，章孝严要他们的选票，就这样来拉拢他们，从章孝严变成了蒋孝严。

整个过程在我李敖看起来非常没有志气，非常可耻。可是我必须说，台湾在两蒋的统治之下，道德标准已经变得非常混乱了。其中最混乱的一点就是，作为知识分子，应该跟政府对干啊，应该是监督政府的啊，怎么可以跟政府苟合或者去巴结当权者呢？这种知识分子，我李敖通通看不起。这种知识分子我李敖认为是骗子，是绝不可靠的。

大家看1988年1月13日蒋经国死了以后，报纸上登出来“中央研究院院士等电请经国夫人节哀”，吊唁名单：丁邦新、于宗先、毛高文、石璋如、李镇源、邢慕寰、阮维周、周法高、芮逸夫、徐贤修、高去寻、孙震、陈雪屏、陈奇禄、陈槃、黄彰健、郭南宏、张玉法、叶曙、虞兆中、蒋硕杰、蒋复璁、蒋彦士、阎振兴、钱煦、钱穆、钟皎光、魏火曜、韩忠谟、吴大猷……

---

① 秦孝仪（1921—2007），字心波，湖南衡东人。早年留美。年轻时就受蒋介石重用。赴台后任“总统府”侍从秘书、国民党副秘书长等职。蒋介石临终时负责起草遗嘱。后任台北“故宫博物院”院长。蒋经国八十冥诞时，秦孝仪特别引介日本人所写的《蒋经国先生传》，里面以6000字篇幅记载蒋经国与章亚若及孝严、孝慈兄弟的事，被认为是国民党党史会为章氏兄弟认祖归宗铺路。

这些人有的是“中央研究院”院士，有的是学术界的重要人物，可是你们跟蒋经国什么关系啊？人家家里死人，干你屁事啊？香港学者劳思光还发表谈话赞美蒋经国使台湾转型，使台湾开放、解严种种。劳思光这种知识分子有没有想到，使台湾几十年来不开放、不解严的又是什么人啊？不是别人，就是蒋经国。

临死前几个月，他忽然说开放了、解严了，他过去打压的那二三十年就可以不提了吗？等于你恶霸的脚一直踩在我脚上面二三十年，后来你临死以前忽然把脚拿开，我还要感谢你、赞美你，可以这样讲话吗？还有没有是非啊？这种货色的人，我李敖怎么会看得起你们！他活在你的心里，是你的主子、你的恩人，可是我李敖根本不承认。为什么不承认？因为你们荒谬！

再看国民党《中央日报》负责人彭歌写了一大篇肉麻的文章来赞美蒋经国，恶不恶心啊？这些字连郭沫若都写不出来。再看《蒋经国评传》发表的时候，什么政大教授胡春惠、“中央研究院”前所长陈三井，都来赞美蒋经国。陈三井说：“除了十大建设等外，绝不能忘记经国先生解除戒严、开放党禁、开放报禁和开放大陆探亲等重大决策。”

可是不许办报纸、不许回家乡探亲、白色恐怖一搞搞了几十年的人，不也是蒋经国吗？他临死前几个月表示开放，这笔账就可以一笔勾销了吗？他们竟然可以这样颠倒是非，胡说八道！

“中央研究院”院士许倬云还说，蒋经国先生是权威型领袖中难得未被权力腐蚀的特例。请问顾正秋的案子[1]怎么解释？他要搞人家唱戏的女

---

① 顾正秋原名丁兰葆，南京人，曾拜梅兰芳为师，是唱京剧的青衣，扮相十分华美。1948年应邀到台湾演出，留在台湾。不久获得蒋经国的关注，蒋在戏院包下固定座位，经常打着盛宴款待剧团的名义接近顾正秋。1953年，顾正秋与已有家室的台湾“财政厅”厅长任显群走到了一起。任为了顾与原配离婚，并且辞去官职，下海当律师。很快，任就以“包庇匪谍”罪被判入狱五年。

孩子，就把这女孩的情人说成是共产党关在牢里，怎么解释?

许倬云说蒋介石先生一生的事业，历史学家至今还不能取得定评，我个人对他的作风基本上并不赞同，不过我们终究欠他两次情，一次是抗战期间坚持了八年，另一次就是在中共席卷大陆时，他挽回了台湾不被浪潮卷去。

这是什么鬼话！抗战抗了八年，蒋介石跟日本秘密谈判了三次，干什么？停止抗战。因为日本人的价码太高，蒋介石才不得不搞下去。说蒋介石保护台湾没让共产党“席卷”而去，可是是什么人搞得整个大陆丢掉了被共产党“席卷”而去？就是你蒋介石啊。

这些人、这些文章我看了就来气。他们不是普通人啊，他们是台湾有头有脸的知识分子，说这种颠倒黑白、谄媚权贵的话，可不可耻啊？连战还说，经国先生让权威政治过渡到民主化。胡扯！在台湾制造权威政治的就是蒋介石、蒋经国父子。而今天过渡到民主化没有？根本是过渡到旁门左道、妖魔鬼怪的假民主化了。

所有这些赞美在我李敖看起来统统是胡说八道，统统是典型的混蛋话！当然这里面不能忽略李登辉，李登辉在蒋经国逝世周年会上致辞，说经国先生是爱国者，是宗教家，是改革家……还是宗教家?！他可以肉麻到这个程度!

整个结论是，我们看到在蒋介石、蒋经国的威权统治之下，老百姓对他们盲目崇拜也好，歌功颂德也好，这是可以理解的；可是高层知识分子也来赞美，也来谄媚当道，这是绝对要不得的，绝对有问题的。

报界枭雄龚德柏

我 1949 年到台湾，在这个小岛上住了 60 多年。1949 年跟我一起来的人里面，有没有令我很关心、很好奇的人物呢？我算了一下，偶尔会有，可是基本上这些人都跟国民党团队有一种共犯关系。这里面有一个人可以说是特立独行，并且跟我还有一点点渊源的，他的名字叫作龚德柏[①]，外号“龚大炮”。

龚德柏什么人呢？他是国民党里面一个重要的主持新闻的人。年轻时候在军阀统治之下办报，后来跟国民党纠缠在一起，在国民党的统治之下也办报，闯了很多祸。

当年蒋介石选所谓总统的时候，大家都没话说，反正你是老大嘛。可是副总统大家要抢，李宗仁、孙科都是国民党自己人，也要抢。蒋介石属意孙科，孙中山的儿子。

---

① 龚德柏（1891—1980），湖南泸溪县人。早年留学日本，攻读政法、外交。后进入新闻界，与成舍我合办《世界晚报》，兼《世界日报》总编辑，创办《大同晚报》等。因抨击时政，涉及当政者，数度被捕入狱，被称为“龚大炮”。1931 年“九一八事变”后，他出版《征倭论》一书，主张对日长期作战，轰动一时，销售 10 万册。1932 年于南京创办《救国晚报》《救国日报》，被蒋介石聘为国民政府军事委员会少将参议。抗战中专事写作和演讲，支持全民抗战。日本投降后，他应何应钦之邀，随赴芷江、南京受降。1949 年去台后，蒋介石委其为“国大代表”“光复大陆设计研究委员会委员”。1950 年 3 月至 1957 年 2 月，被秘密关押于台情报部门的自备监狱。出狱后继续担任“国大代表”。1980 年病逝于台北。著有《龚德柏回忆录》《愚人愚语》等。

当时龚德柏办了一个《救国日报》。他支持李宗仁，在报纸上写了篇文章《孙科依然是吴下阿蒙还无定见为共匪利用》，里面既骂了共产党，也骂了孙科，引起“广东帮”的不满。广东两个上将，一个张发奎[①]，一个薛岳[②]，带了十几个“国大代表”跑到《救国日报》社去砸这个报纸。[③]

在全世界争取言论自由的历史里面，从来没有这样的大笑话！居然国民党的两个上将带着十几个中央级的民意代表去砸报社！后来蒋介石干不下去了，下台的时候龚德柏写了一篇文章《蒋公不出国，中国无救》，你蒋介石不离开我们国家，中国就没有救。为什么？虽然你下了台，还在暗中指挥。

果然蒋介石余威还在，不但把《救国日报》停刊，龚德柏本人也被关起来了。关起来以后呢，因为他是有名的反共人士，那时候国民党的中央

---

① 张发奎（1896—1980），字向华，广东始兴县人，国民党陆军上将。曾任孙中山侍卫。抗战爆发后，任第八集团军司令，参加淞沪会战、武汉保卫战。后任第四战区司令长官，负责两广抗战。日军投降后，任广州、香港、海南地区受降官。1949年初，蒋介石下野后，任中华民国陆军总司令。6月底辞职，赴港定居。国民党败退台湾后，张始终拒绝到台北“国民政府”任职，也未返回大陆。1980年病逝于香港。

② 薛岳（1896—1998），原名薛仰岳，字伯陵，广东韶关人。国民党一级上将。曾任孙中山警卫团营长。蒋介石追剿红军时，薛为大将，有“红军一路跑，薛岳一路追”之说，被红军视为“长征头号敌人”。抗日战争期间，参加淞沪会战、武汉会战、徐州会战、长沙会战等，战后荣膺美国总统杜鲁门所授的自由勋章。解放战争中因山东莱芜战役落败，损失6万人而被蒋介石撤职。1949年退至当时属广东的海南岛任海南特别行政区长官。海南岛战役失败后赴台，任“总统府”战略顾问、“行政院”政务委员、“光复大陆设计委员会主任委员”等。后隐居于嘉义县农村大宅，深居简出。1998年逝世，享寿102岁。

③ 1948年民国竞选总统，龚德柏在报纸上猛轰行政院长孙科，说他贪污行贿、玩女人、用黄片招待外宾等，激怒了广东代表团。张发奎、薛岳两名上将亲率多名“国大代表”，直扑《救国日报》，见人就打，见物就砸。而报馆工作人员也不甘示弱，奋起还击。一时间椅子、棍子、墨水、糨糊、排字盘满天飞。当张薛二人想冲上楼，打进总编室，活捉龚德柏时，却不料迎面遇上龚德柏拔枪相向。两位抗日名将只好像妇人似的隔着楼梯与“龚大炮”对骂一阵，然后愤愤而去。

政府已经乱掉了，行政院秘书长黄少谷①跟龚德柏当年一起在北京办过报纸，觉得如果南京丢掉，共产党来了以后，“龚大炮”恐怕老命不保，就下令把他放出来，并且给了他一张飞机票。

妙就妙在这里！大家逃难上飞机的时候，龚德柏带着大包小包的行李——做饭的锅碗瓢盆都带来了，一大堆东西，只拿了一张机票要上飞机。人家说我们是在逃难啊，你怎么连做饭的锅都带出来了？他说不能带吗？不能带。好，龚德柏一掏掏出一把枪，你们不让我东西上来我就开枪。大家吓死了，赶紧让他上来。这个故事告诉大家，1949 年兵荒马乱逃难的时候，会有这种怪现象！

龚德柏到了台湾以后住到新竹，“国防大学”请他去演讲。他去演讲说我们丢掉大陆的原因是蒋介石指挥军事不内行……这还得了！蒋介石本来就记他仇，你上次写文章说蒋公不出国中国无救，现在又在“国防大学”演讲骂我。怎么办？关起来。关的时候，没人知道他去哪儿了②。他太太都找不见他，最后做了尼姑。

关了多久呢？七年。七年以后放出来，国民党的特权制使他又补上了“国大代表”。——这就是蒋介石厉害的地方！你骂我，我把你关起来，可是你放出来以后，我还给你饭吃。

龚德柏领着“国大代表”的干薪活到九十岁，临死的时候得了老年痴呆症。他一辈子写了三千多万字，比我李敖写得还多，可是最后老得提笔

---

① 黄少谷（1901—1996），湖南南县人。曾赴伦敦政治经济学院研究国际经济关系。抗日时回国，出任国民政府中宣部长、行政院秘书长等。1949 年去台，历任“行政院”副院长、“外交部”部长、“司法院”部长等职。1996 年病逝，终年 95 岁。

② 1950 年 3 月 9 日，龚德柏应邀到新竹的“国防大学”演讲，谈的虽然是反共问题，但他不改本性，在针砭国民党的反共政策时，也不忘痛骂国民党高层人物。演讲结束之后，他突然不知去向，没有人知道他去哪里了。他的太太、朋友向“国防大学”打听下落，不得要领；请警察单位协寻，也始终没有消息。日子一天一天过去，龚德柏仿佛从地球上消失般没了踪影。

忘字，连“龚德柏”三个字都忘了怎么写。

他当年出狱以后，不能写文章。这老家伙厉害，自己偷偷摸摸写了一部书，油印了好多本，送给张三藏给李四。他觉得有一天这些油印稿子也许阴错阳差落到有心人手里可以出版。好像落花一样，搞不好一朵花被有心人捡走了，好比被林黛玉捡走了，她可能很宝贝，来个“黛玉葬花”。他希望有这么个结果。

结果阴错阳差，一部稿子流到了他的湖南朋友周德伟[1]家里。周德伟死了以后，他儿子周渝在台北开了一家店叫紫藤庐。有一次清理东西的时候，正好我在他那儿看到这部稿子。周渝搞不清是什么东西，我一看就知道是龚德柏留下的稿。我说这个东西送我好了，周渝就送给我。我就成了那个有心人，最后帮他把书印出来。

这本书写的什么内容呢？骂蒋介石，骂蒋介石无能。他还有一部稿子写他在台湾监狱里的生活，怎么样被蒋介石关起来，在牢里什么都没有就一双布鞋，布鞋穿破了光着脚等等，这部书稿也阴错阳差落到我李敖手里。

大家注意，龚德柏坐牢的时候已经六十岁了，当时谁都不晓得他在哪里。他有一个老朋友，当年跟他一起在北京办过报纸的成舍我[2]，当时是“立法委员”，忍不住在“立法院”提出来，说“龚大炮”这个人虽然没有人缘，喜欢骂人，可是他有人权啊，这个人哪里去了，几年来不见踪影，到底还在不在？逼着蒋介石出面答复这个问题。蒋介石说，龚德柏还在，

---

① 周德伟（1902—1986），湖南长沙人，赴台后任“财政部”关务署署长，并在台湾大学、政治大学兼任教授。译有哈耶克巨著《自由宪章》。

② 成舍我（1898—1991），湖南湘乡人，原名勋，舍我为其笔名。民国时期著名报人。1952年冬赴台定居，任“立法委员”。其间为龚德柏失踪五年，有关当局“不审、不判、不杀、不放”在“立法院”提出质询。1956年在台北创办世界新闻职业学校，后改制为世新大学。

我已经把他关起来了，他思想有偏差我们要给他洗脑给他改正，可是据报告他很顽固，死不悔改，所以我们继续关。

后来没办法，到龚德柏六十七岁的时候，还是把他放出来了。到这次释放之前，他总共被抓过七次，坐过七次牢。他有句名言，你们没有言论自由，因为你们怕死，我不怕死所以我有言论自由。——就这么个家伙，很有湖南人那种劲头！

龚德柏在北洋军阀时代被抓过六次，后来在南京写《蒋公不出国，中国无救》，第七次被抓。到了台湾第八次被抓起来，这次关的时间最长，关了七年。前面几次军阀只关了他几天而已，证明什么？证明军阀比蒋介石宽大多了。

蒋经国在回忆录里谈道，“李宗仁指使南京《救国日报》以‘蒋不出国则救国无望’等标题，对父亲连日攻击”，认为这件事是李宗仁在幕后指使的。事实上不是，就是“龚大炮”自己干的。后来龚德柏写了一篇文章《我与文字狱结不解缘》，讲他几次被关起来的经过。他说“我做新闻记者三十余年，三十八年以来发表的言论至少有两三千万字”，这些文字中的许多篇现在都流落到我李敖手里。

我必须说，“龚大炮”的论政文字有时候难免粗糙。举个例子，他曾在《大公报》发表《山本五十六之死》，说山本五十六[1]之死绝非美国人干的，因为山本五十六不可能坐飞机给美国人打。现在的事实证明，日本的海军大将山本五十六就是坐飞机被美国人打下来的。当时美国人否认，否认的原因，一是美国人不愿意日本人知道我们已经破译了你们的密码；二

---

① 山本五十六（1884—1943），毕业于日本海军大学，曾在美国哈佛大学留学。亲手组建了日本海军航空兵部队。二战中任日本海军联合舰队司令长官，策划并指挥了多场战役，如珍珠港事件、中途岛战役。1943年4月18日，搭乘飞机前往所罗门群岛前线视察的路上，遭美军战斗机拦截，座机被击落。日本当局一直拖到一个月后才公布山本死讯，朝野震惊。

是那个把日本飞机打下来的美国飞行员，他的兄弟被日本人俘虏了，美国人怕日本人报复。

多少年以后，资料解密了，证明龚德柏当时的判断是错误的，所以我说龚德柏的求证方法难免粗糙，因为国民党集团里这批耍笔杆的人，在我李敖看起来并不高明。可是龚德柏这个人的性格深深地吸引了我。他一辈子坐牢八次，六次被北洋军阀抓到，两次被蒋介石抓到。抓到以后他还不服气，偷着写了两部书，最后流落到我李敖手里，我把它印出来。当然他也不知道，他死掉了。

山本五十六

证明什么？证明人间有一种奇缘，会在你想不到的时候，机缘巧合凑在一起，最后出来一个结果。所以你想封锁这个言论吗？你想制造不公平吗？碰到龚德柏这种货色，他会偷着把它写出来，然后有一天落到我李敖手里，真相曝光！这绝非你蒋介石所能控制的，也绝非你国民党所能控制的。

大人物对撞记

我曾经跟大家举过一个例子，证明我们的记忆力是多么不可靠。[①] 胡适先生在临死以前的那个月有一封信给我，信里说你李敖说我最喜欢的一句话是 You can't beat something with nothing（你们是不能拿没有东西来打有东西的），我就不记得我说过这句话。言外之意，可能是你李敖搞错了。

事实上呢，这句话我们可以在胡适 1936 年 12 月 14 日写给苏雪林的信里面找到。证明什么？证明胡适老的时候会发生这种记忆力的问题。这句话的原文是 You can't beat somebody with nobody，你不能拿小人物来打大人物；小人物是 nobody，大人物是 somebody。今天我就给大家讲一个 somebody 跟 somebody 面对面发生冲突的例子。

《毛泽东选集》第五卷里有一篇文章《批判梁漱溟的反动思想》[②]。梁漱溟[③] 什么人呢？他是个 somebody，是有两下子的人，1917 年就做了北京大

---

① 见《深夜十堂·大师的葵花宝典》中的《记忆靠边儿站》一文。

②《批判梁漱溟的反动思想》为毛泽东 1953 年 9 月 16 日至 18 日在中央人民政府委员会第二十七次会议期间当众点名批判梁漱溟的发言内容。

③ 梁漱溟（1893—1988），原名焕鼎，字寿铭，广西桂林人。新儒家早期代表人物。早年对佛法感兴趣，后转向儒学。1917 年至 1924 年，应蔡元培之聘，任北京大学印度哲学讲席，认识了做图书馆管理员的毛泽东。1931 年在山东邹平县创办乡村建设研究院。抗日战争爆发后，任最高国防参议会参议员、国民参政会参政员。1938 年，第一次访问延安，见到毛泽东。1946 年，任中国民主同盟秘书长，第二次访问延安，又见到毛。1949 年后任全国政协委员。“文化大革命”中，因拒绝“批林批孔”而遭批斗。1988 年，病逝于北京。著有《东西文化及其哲学》《乡村建设理论》《中国文化要义》等。

学的教授。当年这位老先生跟毛泽东面对面起了冲突[①]，大家看毛泽东是怎么应对的。他说：

> 讲老实话，蒋介石是用枪杆子杀人，梁漱溟是用笔杆子杀人。杀人有两种，一种是用枪杆子杀人，一种是用笔杆子杀人。伪装得最巧妙，杀人不见血的，是用笔杀人。你就是这样一个杀人犯。

毛泽东在大庭广众之下指着梁漱溟说，你是杀人犯。这个冲突不可谓不严重。再看：

> 爱国主义有三种，一种是真爱国主义，一种是假爱国主义，一种是半真半假、动摇的爱国主义。各人心中有数，梁漱溟的心中也是有数的。

---

① 1953年9月17日下午，中央人民政府扩大会议在中南海怀仁堂举行，梁漱溟作为政协委员列席参加。会上，周恩来发表长篇讲话，追述往事，说到1946年、1949年两次国共和谈，梁漱溟的立场都站到了蒋介石国民党一边，批其有“升官发财”思想。周发言时，毛泽东插话说：梁先生的立场是完全帮助蒋介石的，人家说你是好人，我看你是伪君子等。毛的话激怒了梁漱溟，他向会议主席高岗要求给他时间，由他将历史上的这些问题向大家说清楚。但是梁漱溟刚刚开始讲话，高岗就宣布今天会议到此结束，明天允许梁漱溟接着发言。第二天（9月18日）下午，梁漱溟走到台上拿出讲稿发言，讲了不到十分钟，会场秩序混乱，有人起来打断他的话，阻止他再讲下去。于是梁漱溟离开讲稿，把话头指向主席台，向毛泽东要求发言权。梁说：我要求给我充分的说话时间……想考验一下领导党，想看看毛主席有无雅量。毛说：你要的这个雅量，我大概不会有。梁说：主席您有这个雅量，我就更加敬重您；若您真没这个雅量，我将失掉对您的尊敬。毛说：这一点雅量还是有的，那就是你的政协委员还可以当下去。梁说：这一点倒无关紧要……我是说主席有无自我批评的雅量。毛厉声回答：告诉你，我没有雅量！就这样，两人一来一往，言语针锋相对，底下不少人哄然而起，要求梁漱溟下台，不容他再发言。最后梁漱溟下台，静听别人发言批判自己。

梁漱溟

1938 年 1 月，梁漱溟与毛泽东在延安见面

…………

梁漱溟是野心家，是伪君子。他不问政治是假的，不想做官也是假的。他搞所谓“乡村建设”，有什么“乡村建设”呀？是地主建设，是乡村破坏，是国家灭亡！

毛泽东说你梁漱溟是假爱国主义，是野心家，是伪君子。骂得不可谓不凶。再看：

和他这个人打交道，是不能认真的。和他是永远谈不清任何一个问题的，他没有逻辑，只会胡扯。

可是我们是不是就此和他绝交呢？不和他来往了呢？也不是。为什么呢？毛泽东说：

因为还有一些人愿意受他的欺骗，还不了解他，他还有充当活教材的作用，他还能欺骗一部分人，还有一点欺骗的作用，所以他还有资格当选为委员，除非他自己不愿意借政协的讲坛散布他的反动思想了……中共为什么提他做这个委员呢？就是因为他还能欺骗一部分人，还有点欺骗的作用。他就是凭这个骗人的资格，他就是有这个骗人的资格。

因为你梁漱溟还能充当活教材，所以我们还用你。然后毛泽东说：

> 批评有两条，一条是自我批评，一条是批评。对于你梁漱溟，我们实行哪一条呢？是实行自我批评吗？不是，是批评。
>
> …………
>
> 但是同他辩论是有益处的，不要以为是小题大做，不值得辩论。跟他辩论可以把问题搞清楚。要说他有什么好处，就是有这么一个好处。

我必须说，梁漱溟和毛泽东起冲突的这个例子是很少有的。一般人根本不敢在大庭广众之下跟毛泽东对干，梁漱溟居然敢！毛泽东也公开反驳他，并且在《毛泽东选集》里收录了《批判梁漱溟的反动思想》。

多少年以后，毛泽东死了，"文化大革命"也过去了，可是梁漱溟老不死，活了94岁才死。当他很老很老的时候，汪东林访问他，写了一部书《梁漱溟问答录》，其中第七章《错误始末与闭门思过》里，梁漱溟回忆当年跟毛泽东对干的情形。他开始忏悔：

> 九月十八号大会我目中无人，顶撞毛主席，铸成大错之始末，事后我醒悟反悔，给毛主席写信要求闭门思过，三十四年后我对这场荒唐的错误之反思。
>
> …………
>
> 我发言刚刚开了头，会场上就有人轰我，不让我讲下去。在这种情况下，我把话头转到主席台上，特别是毛主席身上，以争取发言权。我接着说……昨天的会上各位为我说了那么多的话，今天不给我充分的时间，是不公平的，我想共产党总不会如此。

一开始毛泽东让他讲，可是底下许多人大声呼喊：

“梁某人是胡说八道”“民主的权利不能给反动分子”“剥夺他的发言权”“让他滚下台”“停止他的胡言乱语”等等。我当然说不下去了，但我坚持不下讲台。我要看看主席台，特别是毛主席的态度。如果他叫我下台我就下台。

毛主席没有叫我下台。口气缓和地说：梁先生，你今天不要讲长了，把要点讲一讲好不好？我说：我刚才说过了，我希望主席给我充分的时间。毛主席又说：你讲到四点钟好不好？我一看表都三点过了好多了，便说：我有很多事实要讲，让我讲到四点哪能成……会场上再一次大哗，接着又有几位即席发言，指责我狂妄之极，反动成性，不许我发言等等。批了我一阵后，毛主席对会场的人说：让他再讲十分钟好不好？会场便安静下来。

…………

毛主席接着说：不给他充分的说话时间，他说是不公平，让他充分说吧，他就可以讲几个钟头。而他的问题又不是几个钟头，也不是几天，甚至不是几个月可以搞清楚的……毛主席又对我说：梁先生，再讲十分钟好不好？我依然回答：我有许多事实要讲，十分钟讲不清楚。

他非跟毛泽东闹个没完，十分钟不讲，时间不够。

执行主席高岗宣布，关于梁漱溟讲不讲话的问题现在进行表决，请赞成梁漱溟讲下去的举手，毛主席带头举了手，政府委员中的中共委员也举了手，但占会场中的少数。毛主席还边举着手，边对我说：梁先生，我们是少数啊……会场大呼，“服从决定”“梁漱溟滚下来”。

毛泽东说我赞成让你讲，可是别人不赞成，那么你被赶下台来，不要怪我。当然这里头有一点作弄梁漱溟的意味。最后梁漱溟被赶下台来。三十四年后他回忆这件事，说因为自己阶级立场不对，与中共理论认识差异以及严重的个人英雄主义，才闹出这么个事；但是“毛主席当时何以如此严厉批评我，至今还是一个谜”。他自己也搞不清楚怎么回事。

我讲过熊十力的一个故事。他当年是老革命党，发现辛亥革命失败以后，改行教书，在北京大学当教授，脾气非常大。有一天他看报纸，一看到上头有蒋介石照片。好，这个报纸遭殃了，“咔！”团成一团，然后裤子解开，把这个报纸塞到裤裆里擦，用蒋介石的照片擦自己的生殖器来解恨。

熊十力是这么有火气的一个人。梁漱溟没他火气大，可是在整个国家没有一个人敢跟毛泽东顶嘴的时候，他站出来跟毛泽东死皮赖脸地纠缠。毛泽东等于求他一样，梁先生再讲十分钟，好不好？不好，十分钟不够，对我不公平，我要争取时间。结果整个大会为他表决，大家都不许他讲，他才下台。

在这场争执中，虽然看起来梁漱溟势单力孤，可是他毕竟给历史留下了这么一场戏。这场戏就是一个知识分子居然在一个机会里，一个人出来跟共产党的领袖对干。一般人是没有这个胆量的，或者没有这个脸皮，做不出这种事情，可是阴错阳差被梁漱溟做出来了，于是历史上就留下了这么了不起的一个纪录。

胡适也疯狂

我给大家讲过，当年毛泽东在一个会议上批评民主人士梁漱溟，梁漱溟不服，公开跟毛泽东对干起来。他要求公平发言，毛泽东只给他十分钟，他不同意，两个人纠缠不清。毛泽东骂他的那段话收在了《毛泽东选集》第五卷里，题目叫《批判梁漱溟的反动思想》。

毛泽东骂梁漱溟是杀人犯、是伪君子、是野心家，骂得不可谓不凶。梁漱溟后来虽然头脑不清楚了，可是当时他彰显出了知识分子的勇气：我为了我所相信的真理，敢于跟你统治者分庭抗礼，争是论非。

台湾也发生过这种现象。在蒋介石讲过话以后，有一个人站起来说："你错了。"这个人谁呢？胡适。胡适当时是"中央研究院"的院长，他们开会的时候蒋介石跑来致辞。胡适在蒋介石讲完以后站起来公开指责蒋介石说错了，蒋介石居然没有吭气。底下的人都觉得奇怪，怎么你胡适有这个胆量敢跟蒋介石对干啊？而你蒋介石又怎么会有这个雅量能够接受呢？

这件事怎么发生的，大家看台湾师范大学校长刘真[①]先生在访问记录里的一段话：

---

① 刘真（1913—2012），字白如，安徽凤台人，教育家。曾任台湾师范大学校长、台湾"教育厅"厅长、"总统府"资政等职。台湾师范大学的校训"诚正勤朴"即由刘真于第三任校长任内所订。诚：不虚伪、不欺妄；凡事能做到始终如一、择善固执。正：不偏私、不枉曲；凡事能做到光明正大，贞固刚毅。勤：不怠惰、不因循；凡事能做到自强不息、锲而不舍。朴：不奢靡、不浮华；凡事能做到质朴无华，闇然尚絅。

蒋中正总统为表示对胡先生的尊敬，亲自参加胡适先生就任“中央研究院”院长的典礼。因为“中研院”有许多人与北大有关联，蒋总统在典礼中对“五四运动”颇有微词。胡先生在蒋总统致辞完毕后，立刻对蒋总统说，总统你错了，“五四运动”纯粹是一种文化运动，与以后的“左倾”思想，与共产党活动，并无很大的关系。

蒋介石在讲话中谈到“五四运动”的一些是非，胡适站起来说：“总统”你错了，事实真相不是这样子的……当时在场的知识分子看到这个场面觉得不可思议，蒋介石是多么凶悍的人啊，居然在大庭广众之下被胡适指责“你错了”，这太罕见了。[①] 所以“中央研究院”院士李亦园[②] 先生说他一辈子最佩服的人就是胡适。他说：

---

① 除了对蒋所谈及的“五四运动”和中共坐大的关系，胡适表示反对外；蒋还在演讲中号召“中央研究院”配合当局实现“反共复国”的使命，胡适公开反对说：“我们所做的工作还是在学术上，我们要提倡学术。”言下之意是怎样走学术道路是学术界自己的事，与政治最高领导者无关。蒋介石听完胡适这番讲话后，怫然变色，硬着头皮勉强参加完会议。当天他在日记中写道：“今天实为我平生所遭遇的第二次最大的横逆之来。第一次乃是民国十五年（1926年）冬、十六年（1927年）初在武汉受鲍尔廷宴会中之侮辱。而今天在‘中央研究院’听胡适就职典礼中之答拜的侮辱，亦可说是求全之毁，我不知其人之狂妄荒谬至此，真是一狂人。今后又增我一次交友不易之经验。而我轻交过誉，待人过厚，反为人所轻侮，应切戒之。惟仍恐其心理病态已深，不久于人世为虑也。十时，到南港‘中央研究院’参加院长就职典礼，致辞约半小时，闻胡答辞为憾，但对其仍礼遇不予计较……因胡事终日抑郁，服药后方可安眠。”（蒋介石日记，1958年4月10日。）

② 李亦园（1931—　），福建晋江人，早年留学哈佛大学，台湾人类学家。常年任职于台湾“中央研究院”民族学研究所。台湾大学、“清华大学”任教授。1984年获选为“中央研究院”院士。

胡适在四十七年四月十日接任院长当天，蒋故总统中正说，“五四运动”造成共产党坐大，最后政府只好退来台湾。胡适竟当场指正说，总统你错了，“五四运动”是民国八年（1919年）的事，共产党坐大是十几年以后的事，跟“五四运动”无关。胡适这番话让当时在场的所有人脸色发白，老总统当场没有说什么，只是直到逝世都未再到“中央研究院”。

为什么当场所有人脸发白啊？他们是一群胆小鬼，忽然来了个胆儿大的，公开反驳老蒋，所有人都害怕，都不适应。在当时那种恐怖气氛里，大家都觉得蒋介石是高高在上的，是不可侵犯的，忽然有个人当着蒋介石的面说：你错了，你不对；然后怎么不对一五一十说出来，听的人都觉得害怕，脸色发白，听都不敢听。

后来台湾有所谓“党外运动”[①]，一些非国民党的人出来搞运动推翻国民党，这个过程中经常会有一些演讲。有一次我的好朋友孟绝子去演讲，正讲着，我的另一个朋友《时报周刊》的负责人听到一半吓跑了。哎呀，你讲得太可怕了，我不敢听，跑了！可见在那种常年的高压之下，在国民党白色恐怖之下，即便有胆儿大的人上去演讲，可是底下的听众都不敢听下去。

---

① 党外运动，指国民党之外的反对派人士以类似政党形式进行的民主运动。国民党政府迁台后实行戒严，剥夺人民集会和结社的自由，也包括组织政党之自由。为了争取民主，自20世纪50年代起党外活动就以零散的方式存在。少数非国民党人士参与县市长及议会选举，创办启蒙刊物，提出民主诉求，最有名的就是“雷震案”和“美丽岛事件”。蒋介石去世后，国民党政府对党外运动的控制有所放松。1985年底蒋经国出人意料地宣布要沿着“宪政道路”走下去，陆续开放党禁、报禁，解除戒严。1986年11月10日，台湾第一个反对党民主进步党在台北举行第一次全国代表大会，标志着党外运动告一段落。

我必须说，胡适站出来跟蒋介石顶嘴，虽然没有梁漱溟顶撞毛泽东的场面那么火爆，比较文明一点，可是这也是一种冲突，也是一种对干。代表什么？代表当真正的知识分子跟真正的统治者意见发生不合的时候，知识分子要不要讲真话？要不要据理力争？要不要犯颜直谏？而统治者又有没有度量来接受这个场面？至少我们看到梁漱溟这样做过，至少我们看到胡适也这样做过。那么多知识分子，不管他们多么聪明，不管他们多么有学问，可是在这种场合下不敢站出来跟统治者对干，我总觉得比起梁漱溟和胡适来，他们要差一级。

当年北京大学图书馆馆长李大钊欣赏一个年轻的知识分子，请他来做图书馆的管理员，这个人的名字叫毛泽东。那时候胡适在北大当教授，他跟李大钊发生了一场“问题与主义”的辩论[①]。胡适说，你们提倡共产主义，国民党提倡三民主义，可是我认为谈问题比谈主义更重要：

> 我常说中国人（其实不单是中国人）有一个大毛病，这病有两种病征：一方面是“目的热”，一方面是“方法盲”。蓝君[②]所说的“主义

---

① 1919年6月，《每周评论》主编陈独秀因散发政治传单被捕，胡适接任其工作，发表文章《多研究些问题，少谈些主义！》，劝大家“多多研究这个问题如何解决，那个问题如何解决，不要高谈这种主义如何新奇，那种主义如何奥妙”。其后，研究系的蓝公武在《国民公报》发表《问题与主义》一文，从哲学角度阐述了“主义”的重要性。不久，在家乡避难的李大钊也致信胡适谈了一些意见，后者为它加了《再论问题与主义》的标题登在《每周评论》上。李大钊说：“我是喜欢谈谈布尔扎维主义的”，“布尔扎维主义的流行，实在是世界文化上的一大变动。我们应该研究他，介绍他，把他的实象昭布在人类社会”。此文刊出后，胡适又发表《三论问题与主义》，继续阐明自己的观点。很快，《每周评论》被北洋政府查禁，“问题与主义”之争遂告一段落。

② 蓝公武（1887—1957），字志先，江苏吴江人，早年留学日本、德国。“五四运动”后，开始接触马克思主义理论。1923年起先后在北京大学、中国大学任教，讲授马克思的《资本论》。1949年后任最高人民检察署副检察长兼政务院委员。1957年病逝。

并不一定含着实行的方法”，便是犯了这两种病。只管提出“涵盖力大”的主义，便是目的热；不管实行的方法如何，便是方法盲。[①]

什么叫“目的热”和“方法盲”？当年我很穷困没饭吃的时候，我的好朋友施珂在台北市成功中学教国文。他找了一些国文老师不愿意批改的作文本（有的老师很忙或者有的老师很懒）包给我，让我替国文老师改作文，改一本一块钱，改五十本我就赚五十块。可是我批改了一段时间后，我的文章也写不好了，为什么？被这些烂作文给洗脑了。有一次作文的题目叫《我的志愿》，我看到一个中学生写“我的志愿很小，只是要把中国救起来”，我给他批改：“你的志愿不小，这是个好大好大的志愿……”大家想想看，要把中国救起来，需要解决多少问题啊？！

外国有一句谚语：“你为主义牺牲比实行主义还容易。”为什么呢？你实行一个主义，千头万绪，很多实际问题要解决，难得不得了；可是你为它宣传为它死，反倒简单干脆。同样的，我的志愿很小，只要把中国救起来，怎么救呢？许多问题要解决。所以“我的志愿很小，只是要把中国救起来”，这是目的热；可是如何救起来，我没有方法，这是“方法盲”。没有方法而空喊口号，是没用的。胡适说：

> 为什么谈主义的人那么多，为什么研究问题的人那么少呢？这都由于一个懒字。懒的定义是避难就易。研究问题是极困难的事，高谈主义是极容易的事。[②]

研究问题太复杂了，宣传主义只要一句口号。以为这句口号可以包治

---

① 见胡适1919年8月24日发表在《每周评论》上的文章《三论问题与主义》。

② 见胡适先生的文章《多研究些问题，少谈些主义！》

百病，解决中国所有问题，这种想法未免太天真了。所以邓小平会说，我们要走中国式的社会主义。为什么？外来的社会主义不够用了，我们面对的问题千头万绪，问题解决不了，任何主义都没用。

叁／

狠话说尽　马屁拍足

群胡同笑　四座并欢

狠话说尽　马屁拍足

打压封锁　后患无穷

欲加之罪　何患无辞

笑而不辩　一辩就俗

童子操笔　所伤实多

见仁见智　开骂无害

抓辫扣帽　小人心理

群胡同笑　四座并欢

传说台湾这个地区有所谓的新闻自由，可是我在凤凰卫视做《李敖有话说》的时候，看不到自己的节目，不晓得这个节目什么模样。为什么看不到？台湾不准凤凰卫视播出。直到他们从香港给我运来一些节目光碟，我才看到我的尊容。

看了以后我吓了一跳，我发现自己老态毕露。我觉得如果大家只看我写的文章，不看我本人的模样，也不错，可是不幸给你们看到了，看到了就看到了。事实上，我有四种不同的表达方式：第一是谈话，第二是演讲，第三是电视，第四是写文章。每种表达方式的效果都不一样。

譬如什么是谈话的效果呢，我比我太太大三十岁，我们快要结婚的时候，有一个朋友跟我讲，李敖啊，你跟你太太差三十岁，上了床以后要出人命的。我就笑说，她要死我有什么办法。用英文讲就是 If she dies she dies，她要死让她死好了 —— 表示在床上怎么是我死呢，也可能是她死啊。这个回答代表了我的自负和口才。

谈话这种方式，只有很小范围的人能接收到。好比现在大家都不知道鲁迅是怎么样谈话的，只能根据传说。过去北京大学有一位国文系学生上过鲁迅的课，他说鲁迅怎么样对学生呢？拿了考卷往地下一丢，大家捡起来。他待人接物是这样子不友善！这个学生不是别人，就是我爸爸[1]。我爸爸跟我讲鲁迅待人接物、谈话是不友善的。鲁迅的太太许广平也说，鲁迅“性喜疑人”，性格是多疑的。

有些人非常会讲话。历史记载晋朝有一个人叫王导[2]，他一开口，“群胡同笑，四坐并欢”，所有宾客都很高兴，口才非常好，言语有效果。台湾流传过一个笑话，挖苦“总统”候选人连战、宋楚瑜和陈水扁，说连战一边说话一边眨眼睛的时候，就是在说谎；宋楚瑜一边说话一边掉眼泪的时候，就是在说谎；陈水扁呢，他一张嘴就在说谎。这个笑话很传神，不是吗？

希特勒苦练演讲术

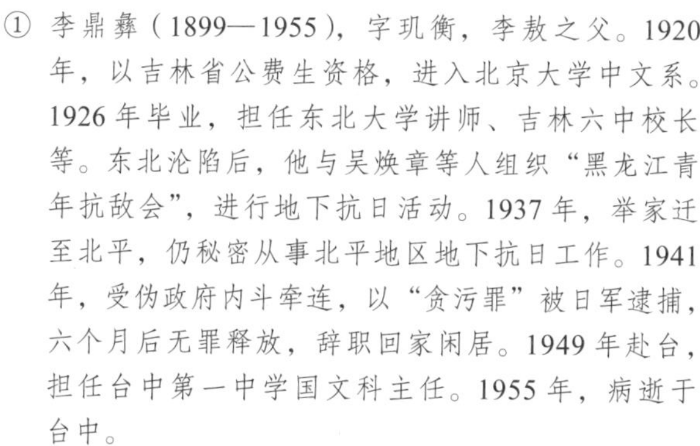

① 李鼎彝（1899—1955），字玑衡，李敖之父。1920年，以吉林省公费生资格，进入北京大学中文系。1926年毕业，担任东北大学讲师、吉林六中校长等。东北沦陷后，他与吴焕章等人组织“黑龙江青年抗敌会”，进行地下抗日活动。1937年，举家迁至北平，仍秘密从事北平地区地下抗日工作。1941年，受伪政府内斗牵连，以“贪污罪”被日军逮捕，六个月后无罪释放，辞职回家闲居。1949年赴台，担任台中第一中学国文科主任。1955年，病逝于台中。

② 王导（276—339），字茂弘，山东临沂人，东晋权臣。历仕元、明、成三帝。《世说新语》里记载了王导一则故事：王丞相拜扬州，宾客数百人并加沾接，人人有说色。唯有临海一客姓任及数胡人为未洽。公因便还到过任边，云：“君出，临海便无复人。”任大喜说。因过胡人前，弹指云：“兰阇，兰阇。”群胡同笑，四坐并欢。

第二种表达方式是演讲。德国的大独裁者希特勒就很会演讲。每次他在演讲以前，都会先练习，做各种手势，然后由他的摄影师拍下来供他研究，说什么话用什么样的手势，做什么样的表情来抓住群众。后来他下令叫摄影师把这些照片毁掉，摄影师没有毁，流传到现在，所以我们现在还可以看到大独裁者练习演讲时做的这些动作。

我在台湾也做过演讲，因为我耳朵不太好，有时候会请大家把问题写在纸条上传给我。有一次我收到一张纸条子上面没有问题，只写了三个字"王八蛋"。我看了以后讲，每个人都问了问题没有签名，这一位只签了名，没有问问题！

第三种表达方式是电视，这个效果因为声光电这些科技手段的帮忙，变得多彩多姿。第四种写文章表达的效果也很特殊，很细腻，可是没有电视效果那么丰富。很多东西你如果只看文章，看不出来的。

我曾经在电视节目里喊过一个人"万岁"，这个人就是辜振甫①。他看起来非常斯文，在台湾人里面是非常有文化水平的一个人。他爱好京剧，喜欢演诸葛亮。台湾的国民党上将郝柏村②也演过诸葛亮，可是郝柏村长得太威武了，所以演的诸葛亮看起来太粗糙。辜振甫演诸葛亮还不错，虽然唱得不怎么样。

诸葛亮就是孔明，我写过一首诗叫《孔明歌》：

心热不能成大事，

---

① 辜振甫（1917—2005），字公亮，生于台湾彰化，台湾知名企业家，被喻为"红顶商人"。曾当选海峡交流基金会董事长，投资涉及水泥、橡胶、地产、电信、金融等。辜振甫爱好广泛，写诗著文，收藏文物，爱唱京剧，晚年常登台慈善义演，喜欢扮演诸葛亮。

② 郝柏村（1919— ），江苏盐城人。国民党陆军一级上将，曾任台湾"国防部"部长、"行政院"院长。现任台北市市长郝龙斌为其长子。

因为它常错。
要用大脑指挥心，
这样才上策。

如何变得有大脑?
那要隆中卧。
孔明一旦出茅庐，
风云全变色。

孔明具有大头脑，
羽扇真开廓。
他使孙权成孙子，
曹操空横槊。

孔明才是政治家，
他不是政客。
政客其实没大脑，
政客常失落。

孔明只要出山清，
不要清君侧。
心知最后一场空，
但他不说破。

孔明鞠躬又尽瘁，
只有做做做。

但问耕耘好不好，
不再问收获。

孔明明知无大将，
他们太软弱。
但他仍要斩马谡，
当头给棒喝。

孔明未捷身先死，
一切云烟过。
孔明大脑终成灰，
孔明心儿热。

最后一句“孔明大脑终成灰，孔明心儿热”，什么意思啊？他的智慧、他的努力都变成一片灰了，没有了，可是他的热情还在，他的精神还在。换句话说，我在理智上知道很多事情是没有希望的，可是我的感情、我的热心会驱使我做下去，所谓“鞠躬尽瘁，死而后已”。

有名的诺贝尔和平奖得主史怀哲[①]讲过一句话，他说人家问我是悲观主义者还是乐观主义者，我的答复是我的认识告诉我是悲观的，但是我的

① 阿尔伯特·史怀哲（Albert Schweitzer，1875—1965），亦译为施韦策，德国人，1952年度诺贝尔和平奖得主。拥有神学、音乐、哲学及医学四个博士学位，曾在西非加蓬创立兰巴伦医院，成为一个以行动实践基督信仰的丛林医生。史怀哲的世界观是以尊重生命为基础的，他认为西方文明腐化的原因是只把人对人的行为才当作伦理，而事实上，人如何对待世界，人如何对待他所接触的所有生命，才是问题的关键。著有《历史真实中的耶稣之研究》《文明的哲学》等。

感情、我的意志、我的希望是乐观的[①]。史怀哲在非洲做医生的时候，有一次从火车上下来，一个女孩子向他一鞠躬，说爱因斯坦先生，你可不可以为我签个名——她把史怀哲当成爱因斯坦了，因为俩人长得很像，都留着大胡子，头发散散的。史怀哲怎么反应呢？他二话不说，立刻为这个女孩签了名。签的什么？爱因斯坦，然后括号里注明“爱因斯坦的朋友史怀哲代签”。

史怀哲

我觉得这个故事代表了人类的一种智慧，史怀哲可以用这么好的反应当场把问题化解掉；否则的话，不光这个认错人的女孩子会很窘，史怀哲自己也会很窘，搞不好被爱因斯坦听到，爱因斯坦也会觉得窘。

《三国志·简雍传》里有个故事：“**时天旱禁酒，酿者有刑。**”当时大旱，刘备禁酒，谁酿酒就把谁抓起来。“**吏于人家索得酿具，论者欲令与作酒者同罚。**”警察在人家里搜到酿酒的工

---

① 史怀哲在《我的生活与思想》一书的最后一章里写道：“对于我是悲观主义还是乐观主义的问题，我的回答是：我的认识是悲观主义的，但我的意志和希望是乐观主义的。我之所以悲观，是因为痛感整个世事的变化缺乏目的。只有在很少的瞬间，我才为我的存在真正感到欢欣。对于发生在我周围的一切痛苦——不仅是人类的痛苦，也包括动物的痛苦，我总是无法视而不见。我不禁同情他们，也跟他们一起受苦。我们必须共同承担这个世界中的痛苦的重负。对我来说，这是理所当然的。”

具，就把人当作酿了酒来惩罚。有一天简雍跟刘备出门巡视，看到马路上走着一对男女，简雍跟刘备说：“彼人欲行淫，何以不缚？”这两个狗男女他们要性交，为什么不把他们抓起来？刘备说：“卿何以知之？”你怎么知道他们两个要性交？简雍说：“彼有其具，与欲酿者同。”他们身上有生殖器啊，跟在老百姓家里搜到的酿酒器具一样；他有酿酒的器具，警察就认为他酿酒，把他抓起来；这对男女身上有性交的工具，是不是也要按作奸犯科抓起来呢？刘备听了，哈哈大笑，下令放了那些藏有酿酒器具的老百姓。“雍之滑稽，皆此类也。”简雍的滑稽搞笑，大抵是这类风格。

这类风格代表了一种智慧。什么智慧？并不正经八百地跟你谈大道理，一切点到为止。你要我签名，我就签爱因斯坦的名。你要惩罚那些藏有酿酒器具的老百姓，我也不劝你不应该这么做，我只是讲个例子来使你大笑，然后这个禁令就解除了。我觉得运用语言到这种巧妙的境界，才算是有智慧的、有本领的。

讲话能够“群胡同笑，四坐并欢”的王导，他的第五代孙叫王僧虔[①]，毛笔字写得很好。当时的皇上也喜欢写毛笔字，“孝武欲擅书名，僧虔不敢显迹”，王僧虔知道皇上爱显摆毛笔字，就不敢好好写，不敢表示他的毛笔字写得比皇上还好。“大明世常用拙笔书，以此见容”，公元457年，他用很烂的毛笔来写字，字写得不好，用这个方法使皇帝不忌惮他，他能够活下来。后来到了齐高帝，齐高帝比较人道一点，他问王僧虔，是你的毛笔字写得好，还是我写得好？谁是第一？王僧虔说：“臣书第一，陛下亦第一。”我是第一，皇上也是第一。什么意思啊？“臣书臣书中第一，陛下书帝书中第一。”我跟所有大臣来比，我的毛笔字是第一；皇上跟所有皇帝来比，毛笔字也是第一。

---

① 王僧虔（426—485），王羲之四世族孙，南朝宋书法家。才学高，以幽默机警著称，官至尚书令。著有《论书》等，提出“书之妙道，神采为上”的理论。

这个回答很聪明，不是吗？我知道讲真话会惹来麻烦，可是我也没有讲假话。我把毛笔字分成两个范围，一个是大臣的范围，我最好，我第一；一个是皇上的范围，你也是第一。我不做违心之论，也不做谄媚之言，可是我会把我要说的话很有技巧地表达出来。

这就是我反反复复告诉大家的，我们要在语言上、谈话上表现出这种水准，话说出来说得那么真又说得那么巧，说得大家哈哈大笑、心领神会，说得对方恨你恨得牙痒痒，可是又不得不佩服你，不想把你怎么样，觉得还是让你过这个关。我觉得我们追求言论自由的人，要学会用这种技巧把我们所要说的真理很适度地表达出来。

狠话说尽　马屁拍足

辛亥革命以后，清朝政府被推翻了，可是清朝政府遗留下来的一些人才在中华民国甚至在中华人民共和国还在发挥作用。清朝政府人才的最高标准是进士、翰林，像蔡元培[①]就是翰林，他做北京大学校长的时候，大家都没话说，老一派的、新一派的都服他。

到 1949 年，清朝政府垮台已经 38 年了，很多翰林都垂垂老矣，有的也死掉了，有的还在挣扎。其中一个翰林叫张元济[②]，后来做了中华人民共和国上海文史馆馆长。他写过一副对联：

言或自生天趣，事当曲尽人情。

什么叫“言或自生天趣”？我讲的言论里忽然冒出来那种神来之笔，讲出来的内容非常有味道、有智慧、有情感，所谓绝妙好辞是也。我李敖就常常干这种事，讲话很自然就讲出那种灵机一动的灵感。

讲话这样子，做事呢？“事当曲尽人情”。大家注意这个“当”字。

---

① 蔡元培（1868 – 1940），字鹤卿，浙江绍兴人。光绪十八年（1892 年）进士，授翰林院编修。戊戌变法失败后，离开翰林院南下，走上武力推翻清廷之路。任中华民国首任教育总长、北京大学校长、中央研究院院长。1940 年病逝于香港。

② 张元济（1867—1959），号菊生，浙江海盐人。光绪进士，曾任总理各国事务衙门章京等。后进入商务印书馆历任编译所长、经理、监理、董事长等职。1949 年后，担任上海文史馆馆长。1959 年逝世。著有《校史随笔》等。

"当"跟前一句的"或"不一样：或是也许，也许讲出绝妙好辞来，也许就讲得比较普通；当是必然，必然干什么呢？曲尽人情。尽，是做到最好的状态。曲尽，就是用心、细心、婉转、刻意、小心翼翼地做到。整句话的意思是说，人世间有各种各样复杂的关系，你做事情的时候呢，要能够把这些关系很周到、很体贴人意地照顾到，把人情的部分做到极致。

换句话说，你做到这副对联里说的，你就达到了讲话、做人的最高境界。像《大学》里说的："于止，知其所止，可以人而不如鸟乎？"鸟都知道栖息在最好的、最恰当的、它最该站的位置上，人怎么还赶不上鸟吗？鸟能够"知其所止"，人与人的关系也应该做到"曲尽人情"。

我李敖现在七十多岁了，我的社会经验其实并不多，为什么？我没有正式职业。2005 年我做了所谓的"立法委员"，算是我生平第一个正式职业。换句话说，我活到了七十岁才找到一份正式职业。

因为我没有那么多在职场中跟别人来往的经验，所以我对很多人情世故的理解跟一般人不太一样。我是一个人独来独往、横行霸道的。举个例子，大家看这个人的照片，高金素梅[①]。她是台湾少数民族高山族的代表，她妈妈是高山族。这一次她锁定了日本鬼子，到东京靖国神社去闹，我帮她开记者会，送她十五万台币。后来她跑到纽约联合国总部去闹，我又送她一百万台币，相当于二十五万元人民币。

我这个钱哪来的啊？就是做了"立法委员"，从我的薪水还有我助理的薪水中挪过来的，捐给了高金素梅。高金素梅去联合国控告日本暴行的

① 高金素梅（族名：吉娃斯·阿丽，1965— ），台湾演艺明星，生于台中，母亲为泰雅族。她要求日本政府将台湾本土居民当年受征阵亡人员的祖灵从靖国神社迁出，并为此多次到东京靖国神社和纽约联合国总部抗议，向日本法院提出控告小泉首相参拜违宪。2005 年 9 月，大阪高等法院二审宣判原告败诉，但认定小泉首相违反日本《宪法》20 条。

高金素梅

高金素梅带领台湾本土居民在东京靖国神社门前抗议，要求“还我祖灵”

时候，马英九的表现也很好，他捐的钱是我的十分之一，捐了十万台币，相当于两万五千元人民币。

高金素梅去日本、去美国闹的成绩非常好，并且她和台湾本土居民 180 多人到日本法院去告日本政府，要日本人赔钱。结果大阪高等法院判高金素梅输了，但同时判决日本首相小泉参拜靖国神社，相当于参加规定政教分离的宪法所禁止的宗教活动，属于公职行为，违反宪法。我觉得这个判决很智慧，高金素梅是假输真赢。

后来高金素梅跟我商量要不要上诉，因为要求日本人赔钱这部分败诉了。我说可不要上诉啊，一上诉这个案子会翻案，万一法院判日本首相祭拜靖国神社非法的这部分也翻了案，这个判决的良法美意就丢掉了，所以宁肯要求赔偿的部分败诉，而要祭拜靖国神社非法的这部分通过，以此得到一个非常重要的判例。这就叫“事当曲尽人情”。我很奸，知道这个官司不上诉对我们更有利，只是拿不到钱而已，可是在道义上面我们占到了便宜。

高金素梅非常勇敢，后来他们游行请我去，我没去，没去的原因是说那天我在“立法院”很忙。后来我告诉高金素梅：我是故意不去的，因为这是你的场子，是你高金素梅努力造成的结果，我们这种“立法委员”跑去站在旁边，等于分掉了你的光彩，抢了你的风头，不可以做这种事。虽然我们也帮了一点小忙，好比道义的支援、金钱的援助，可是为了这个站在你身边分掉你的光芒，是不好的。这就是我李敖的“曲尽人情”。

美国有两个卡内基（Carnegie），一个是老卡内基，Andrew Carnegie[①]，钢铁大王；另一个 Dale Carnegie[②]，是搞企业的，他写了一本很有名的书《如何赢得朋友和影响众人》，归纳出来许多如何交朋友、如何影响别人的技巧。其中有一条原则很有趣，叫“别吝于给出真的赞美”。一个人做了件好事，我在旁边看到了，心里很想夸奖他，可是我没有夸奖，我保持沉默，或者笑一笑就过去了。照着卡内基的原则，你应该赞美他啊，为什么该赞美而不赞美呢？因为你吝啬，你觉得这话不说也可以啊。错的！该赞美别人的时候，一定不要吝啬，一定要把你真心的赞美说出来，并且这个赞美必须是真心的，如果拍马屁，言不由衷，公然扯谎，不可以的！

我五十年前看到这段话，虽然觉得这种教你如何交朋友、解决问题的书写得很生硬、很商业化，可是也有可取之处。好比这一条“别吝于给出真的赞美”，我就觉得很好，并且我告诉各位，我越老越会干这个。不管这是个小女孩还是个成年人，或者是五十岁的老头子，或者是政府机构，我李敖觉得该赞美的时候，绝对不会吝啬给出赞美。

我把这戏言叫“狠话说尽，马屁拍足”。我对很多事情，尤其对政府会用这种态度。我要批评你的话，一句话都没少说，我可能金刚怒目地说，菩萨低眉地说，尼姑思凡地说，也可能重话轻说，严肃话开玩笑说；

---

① 安德鲁·卡内基（Andrew Carnegie，1835—1919），美国钢铁大王兼首富、慈善家。他有一句名言：“一个人死的时候如果拥有巨额财富，那就是一种耻辱。”

② 戴尔·卡内基（Dale Carnegie，1888—1955），美国著名的人际关系学大师。大陆译为卡耐基。1936 年出版的著作《人性的弱点》（*How to Win Friends and Influence People*），多年来被视为社交技巧的“圣经”之一。

我该给你的赞美，我不吝啬地给出来；真的该拍马屁，我就拍你；可是不管怎么样，我要说的话，一句话都没少说。

西班牙有一个佛朗哥（Francisco Franco）将军[①]，他在西班牙内战的时候联合反动势力，包围了马德里，消灭了合法政权。什么人支持他呢？希特勒的纳粹政权支持他。所以佛朗哥取得西班牙的统治者地位，欠了希特勒很大的人情。

到了第二次世界大战，希特勒打仗统一欧洲，希望西班牙出兵帮德国人，好说歹说，费尽了唇舌，佛朗哥就是不出兵。希特勒很生气，佛朗哥说你也不要气，我一直在赞美你啊，我唱歌给你听……总之马屁拍足，可是狠话说尽，我西班牙为了我的国家利益，绝对不会出兵，不跟你德国合作。希特勒气得回去以后，发誓说我宁肯拔掉三颗牙，也不要再见他，这个人忘恩负义，我们德国人帮你取得了政权，现在我们需要你跟我们联合出兵，你不出兵，什么意思啊？

因为不出兵，西班牙在第二次世界大战结束后保持了它的国家地位。本来它也是个纳粹政权，全世界都骂它，[②]美国人搞《北大西洋公约》的时候，各国都不跟它合作，可是你也不能消灭它。怎么办呢？美国人就跟佛朗哥定了一个《美西协定》[③]，与西班牙结盟。

---

① 弗朗西斯科·佛朗哥（Francisco Franco，1892—1975），西班牙独裁者，1936 年在摩洛哥的西班牙占领区发动叛乱，回国后成为“国家元首”。这个政府得到了希特勒和墨索里尼的支持。但在二战期间，佛朗哥却使西班牙在名义上保持中立，没有被纳粹德国和意大利拖进战火。

② 佛朗哥掌权后，在西班牙推行军事独裁统治，大批异议人士被搜捕、关押，甚至处死。1946 年，联合国通过决议，建议所有联合国成员国从西班牙召回大使，决定只要西班牙保持现行制度，今后就不接纳西班牙为联合国成员国。

③ 1953 年，佛朗哥与美国签订了《美西协定》。根据这个协定，西班牙向美国提供海、陆、空四个军事基地，从而获得美国经济、技术上的援助，打破联合国对西班牙的制裁。

西班牙军事独裁统治者弗朗哥

大独裁者佛朗哥当然是个坏东西，可是我觉得他为了国家利益，能够干出这种“狠话说尽，马屁拍足”的事情来，宁愿忘恩负义，也不为你希特勒出兵，算是团体不失立场，个人不失身份，也是一件值得赞美的事情。我李敖做人就这样子啊。“言或自生天趣，事当曲尽人情”，我千方百计做到我该做的最好状态，这个状态用开玩笑的话说就是八个字：“狠话说尽，马屁拍足。”我拍足马屁，使你不要觉得不愉快，可是我也把该说的话都说了。这样做以后，我没有失掉我自己，我还是我，可是我在谈笑之间维护了自己的利益或者大家的利益。

这就是我李敖干的事，这是我的一个人生观。我年纪越大越觉得我们做事不要硬邦邦的，硬干的，硬来的，吵得脸红粗脖子的，不好，这都不是智慧的态度。智慧的态度是在谈笑之间能够达到我的目的，或者能够说服别人。我们在古往今来很多智者的身上都能看到这种态度。

像中国古代的公孙龙子[①]，人家批评他“能胜

① 即公孙龙（约前320—前250），战国时赵国人，做过平原君的门客，名家的代表人物，擅辩，以“白马非马”和“离坚白”等论题而著名。《庄子·天下篇》里称他“饰人之心，易人之意，能胜人之口，不能服人之心，辩者之囿也”。

人之口，不能服人之心”，嘴巴上、言语上能够胜过别人，可是不能让人心悦诚服。这就是一个失败者，不是成功者。成功者怎么样呢？“言或自生天趣，事当曲尽人情”，狠话说尽，马屁拍足。

打压封锁　后患无穷

《新青年》

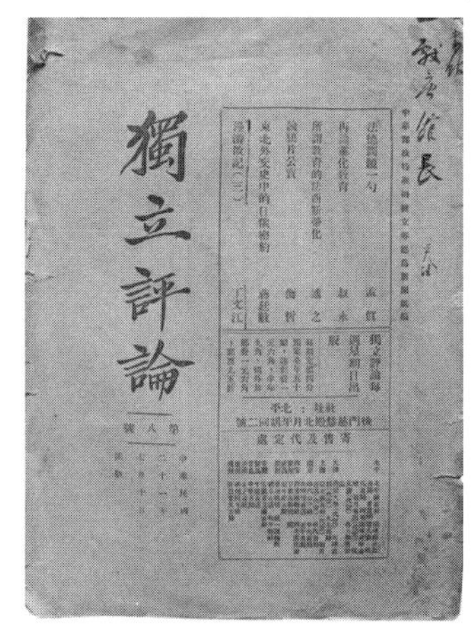

《独立评论》

我所收藏的一件国宝是那个“先天下之忧而忧，后天下之乐而乐”的范仲淹用毛笔写下的韩愈的《伯夷颂》。这个东西有上千年的历史。一千年后，它怎么会流传到台湾，流到我李敖手里？这是一个谜，非常不可解，非常神秘。在搞艺术史、玩古董的专家看起来，这叫“文物有灵”。文物、古物有它的生命力，有它的灵性。它会在你看不见、想不到的时候，在你看不见、想不到的地方，突然出现在你眼前。

不但古代的文物有灵，我认为现代的文物也有灵。好比一个政府做了很多坏事，自以为神不知鬼不觉，自以为天衣无缝，事实上在你看不见、想不到的时候，在你看不见、想不到的地方，这些秘密会被我们看到，被我们曝光，被我们拆穿。

我认为 1911 年以后中国有五份真正影响了人民的杂志，第一个就是陈独秀所办的《新青年》[1]，第二是胡适他们办的《独立评论》[2]，第三是储安平办的《观察》[3]杂志，第四个是台湾雷震他们办的《自由中国》[4]，第五个就是我李敖办的

---

①《新青年》是一本综合性文化月刊，1915年9月在上海创刊，初名为《青年杂志》，后更名为《新青年》，编辑部迁往北京，由陈独秀、鲁迅、胡适、钱玄同、沈尹默等一大批知识精英轮流编辑，在哲学、文学、教育、法律、伦理等领域向古老中国的陈旧意识形态发起攻击。《新青年》倡导白话文，使用新式标点，宣传民主和科学，为新文化运动中最具影响力的刊物。从1919年10月前后，编辑部迁至上海，由于陈独秀个人立场发生转变，《新青年》开始大量刊登关于马克思主义、十月革命和工人运动的文章。成为中国共产党中央委员会的理论性机关刊物。1926年停刊。

②《独立评论》是1932年5月于北平创刊的一份政论周刊，由胡适主编，丁文江、傅斯年、任鸿隽等一批自由主义知识分子为主要撰稿人。此刊宣称不依傍任何党派，不迷信任何成见，具有独立精神；提倡民主政治，反对独裁专制，反对国民党党化教育和尊孔读经。1936年底曾被迫停刊。1937年4月复刊，7月终刊，共出版244期。

③《观察》是储安平1946年9月在上海主编的一份时事政治评论性周刊。INDEPENDENCE（独立）、NON-PARTY（无党无派）、THEOBSERVER（观察），这是《观察》的基本立场。《观察》的作者群汇集了当时中国知识分子中最“星光灿烂”的一群人：曹禺、胡适、卞之琳、周子亚、宗白华、吴晗、季羡林、柳无忌、马寅初、梁实秋、冯友兰、傅雷、费孝通、钱锺书等。《观察》杂志成为战后中国民主进步运动的一面旗帜，影响极大。1948年12月，《观察》杂志社被国民党政府勒令停刊。

④《自由中国》杂志1949年11月在台北创办，由胡适担任发行人，主要编辑为雷震和殷海光。创办之初，《自由中国》与国民党政府关系友好，立场亦倾向拥蒋。但是随着朝鲜战争的爆发，蒋介石重获美国支持，原本希望任用自由派人物改善政府形象、争取美援的必要性大减，强人威权政治体制逐渐成形、巩固，党内自由派人物纷纷离开权力核心。在这种情况下，《自由中国》的方向和风格也逐渐改变，从批判共产主义转向检讨台湾内部问题及批评国民党政府政策弊病，和执政当局关系逐渐恶化。从1957年7月起，《自由中国》以“今日问题”为总标题，连续发表十五篇社论，指出蒋政府一党独大，为所欲为。1959年3月，胡适撰写《自由与容忍》一文，表达“容忍比自由更重要”，主张台湾必须出现一个反对党，以适度给予执政党压力制衡。1959年6月起，《自由中国》连续发表多篇文章，反对蒋介石寻求“总统”三连任，后雷震宣布组建新党。1960年，雷震遭到逮捕，被判刑十年，《自由中国》亦遭停刊。

《文星》[①]。

这五个杂志的气魄是很大的，视野是很宽的。其中雷震办的《自由中国》前后十年，出版时间最长。国民党伪政府为了对付这个杂志，费尽心机，甚至特别为它通过了一个“出版法”，用法律来整《自由中国》。

后来雷震被抓起来，坐了十年牢。[②] 当年整雷震的这些内部资料现在都曝光了。大家看当时抓他的所谓“台湾警备总司令部内部文件（极机密）”，上头说：

……十月八号上午十一点在“总统府”集会 商讨雷案 由“总统”

---

①《文星》杂志是由萧孟能、朱婉坚夫妇于台北开设的“文星书店”于1957年11月创办的一份文艺杂志，标榜“思想的”“生活的”及“艺术的”。20世纪60年代初，李敖、胡秋原、徐复观、居浩然等人在《文星》杂志上展开中西文化论战，引起轰动。1963年7月，李敖接任《文星》主编。随着文星在台湾青年中的影响力日渐扩大，国民党当局不断施压，于1965年8月查禁《文星》杂志第90期，理由是“为匪宣传”。1965年底，《文星》杂志被迫停刊，共计出版98期，历时8年余。

② 1960年9月4日，“警备总司令部”以“涉嫌叛乱”为由，拘捕《自由中国》的发行人雷震、编辑傅正、经理马之骕等人，是为轰动一时的“雷震案”。雷震以“知匪不报”等罪名被判处十年徒刑。雷震及其主持的《自由中国》一度曾是国民党政府威权体制中自由、开明势力的代表。但随着《自由中国》的思想取向与当局越来越对立，且以雷震为中心的外省籍知识分子又与本土精英相结合，欲筹组反对党以抗衡国民党，最终触及当局底线，当局决心除之而后快。1960年雷震与李万居、郭雨新、高玉树等人共同连署反对蒋介石违背“中华民国宪法”三连任“总统”。2月1日《自由中国》发表《敬向“蒋总统”做一最后的忠告》社论。5月4日又发表《我们为什么迫切需要一个强有力的反对党》一文，鼓吹成立新党，要求公正选举。9月1日，《自由中国》刊出殷海光写的社论《大江东流挡不住》，声言组党就像民主潮流，是无法阻挡的。至此，国民党的容忍已到极限，蒋介石亲自指示雷震的“刑期不得少于十年”。随后，《自由中国》被迫停刊，“中国民主党”组党活动亦告沉寂。十年后，雷震刑满出狱。1972年他撰写了《救亡图存献议》，提出十点政治改革建议，当局不予理睬。1979年雷震病逝于台北。

亲临主持 出席人员计有陈副“总统”诚[①] 张秘书长群[②] 唐秘书长纵[③] 谷秘书长凤翔[④] 谢院长冠生[⑤]……

注意这个“谢院长冠生”，他是什么院长呢？“司法院”院长。大家想不到一个军法审判的场合，居然有“司法院”院长参加！当年孙中山规定行政院、立法院、司法院、监察院、考试院五院相互独立，各自行权。司法本身是独立的，怎么可以由“司法院”院长来跟你们国民党中央党部秘书长、“总统府”秘书长、“副总统”、“总统”来开会啊？

---

① 陈诚（1898—1965），字辞修，浙江青田人。中华民国陆军一级上将。早年毕业于保定军校，是自黄埔军校成立后蒋介石执政的心腹之一，有“小委员长”之称。1948年任台湾省政府主席，后历任“行政院”院长、“副总统”等职，对稳定国民党在台统治作用甚大，台湾民众称其为“陈诚伯”。陈诚对知识界人物颇为礼遇，与胡适、蒋梦麟、梅贻琦、傅斯年等人皆保持友善关系。1965年因肝癌去世后，蒋介石曾题一挽联：“光复志节已至最后奋斗关头，那堪吊此国殇，果有数耶；革命事业尚在共同完成阶段，竟忍夺我元辅，岂无天乎。”

② 张群（1889—1990），四川华阳（今成都）人，国民党元老，蒋介石同窗。历任国民政府外交部长、行政院副院长、四川省政府主席等职。去台后，长期担任“总统府”秘书长等职。

③ 唐纵（1905—1981），湖南酃县（今炎陵县）人。毕业于黄埔军校。与戴笠、毛人凤同为国民党军统“三巨头”。去台后，历任“内政部”政务次长、国民党“中央委员会”秘书长等职。

④ 谷凤翔（1905—1988），察哈尔龙关（今河北赤城）人。去台后，历任国民党“中央政策委员会”秘书长、“中华复兴运动推行委员会”副会长、“中国电视公司”董事长等职。

⑤ 谢冠生（1897—1971），浙江嵊县人，早年赴巴黎大学深造，获法学博士学位。历任司法院秘书处秘书长、司法行政部部长，去台后任“司法院”院长等职。

还有什么人呢？沈部长昌焕[①]（“外交部”部长）、郑部长彦棻[②]（“法务部”部长）、沈局长锜[③]（“新闻局”局长）、赵检察长琛[④]（“总检察长”），还有国民党的文胆陶希圣[⑤]、中央党部第四组文工会主任曹圣芬[⑥]、“国防部”军法处覆判局局长汪

《观察》

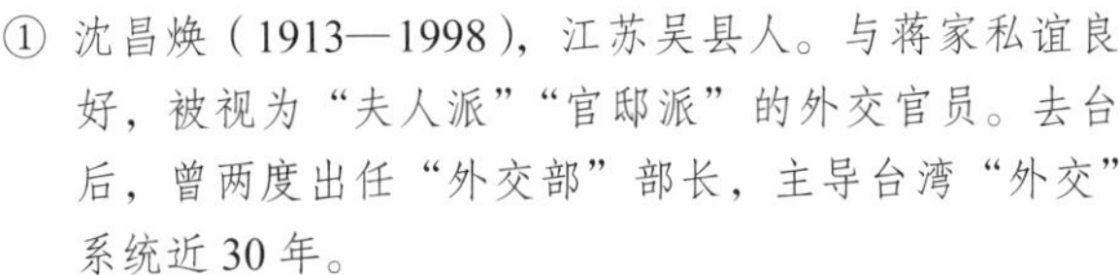

① 沈昌焕（1913—1998），江苏吴县人。与蒋家私谊良好，被视为“夫人派”“官邸派”的外交官员。去台后，曾两度出任“外交部”部长，主导台湾“外交”系统近30年。

② 郑彦棻（1902—1990），广东顺德人。早年留学法国。曾任中山大学法学院院长、广东省政府委员兼秘书长、立法院第一届立法委员。去台后主要执掌侨务工作，后出任“司法行政部”部长、“总统府”秘书长。

③ 沈锜（1917—2004），浙江德清人，外交官。毕业于中央政治学校。曾任蒋介石英文秘书。历任“行政新闻局”局长、“外交部”政务次长、“台湾驻美公使”等职。

④ 赵琛（1899—1969），浙江东阳人，民国时期著名法学家。早年留学日本。抗战胜利后，任首都高等法院院长，审理汉奸殷汝耕、王荫泰、周佛海等案。去台后，官至“最高法院”检察署检察长。

⑤ 陶希圣（1899—1988），湖北黄冈人，国民党理论家，曾为蒋介石执笔《中国之命运》《苏俄在中国》等书。李敖形容他“长得小眼方脸，面似京戏中的曹操，讲话深沉多伏笔，是我所见过的城府最深的人物”。

⑥ 曹圣芬（1914—2003），湖南益阳人。毕业于中央政治学校。历任中央通讯社记者、委员长侍从室中文秘书、国民党“中央委员会”第四组组长、《中央日报》社社长、“中央通讯社”董事长等职。

《自由中国》

《文星》

道渊[①]及本部警备总司令部总司令黄上将、军法处长周处长等十四个人。讨论的主题是什么呢？怎么样整雷震。

大家觉得荒谬不荒谬啊？蒋介石可以找来“司法院”院长跟这些走狗、特务，一起开会来整雷震，成何体统啊？什么自由、民主、法治，通通狗屁啊！完全是一个独裁作业嘛。可是这里面也有人演白脸，有人演黑脸，有人演司法公正的脸。

再看《雷震等叛乱嫌疑案的分析（机密）》文件，旁边写“副总统退还”，就是陈诚看过以后退回来的文件，上面用红笔改的字，我李敖一看就知道是陈诚写的，他写“目前共匪统战的阴谋及其同路人……”

还有“国防”警备总司令部政治部给“军法处”的一封信，里面写：

> 庆祝“总统”七秩晋四华诞……雷案应为祝寿礼品……

蒋介石过七十四岁生日，我们要来庆祝，怎么样庆祝呢？把雷震非法抓起来，判十年徒刑，打压言论自由，居然变成送给蒋介石的一个礼

① 汪道渊（1913—2011），安徽歙县人。国民党元老。毕业于上海大夏大学。历任台湾“国防部”军法审判局局长、“国防部”部长、“司法院”副院长等职。

物。大家想想看，这些人混蛋到什么程度啊？可恶到什么程度啊？我李敖骂国民党黑暗，骂国民党不要脸，都不够明确，证据摆出来你才知道，他们黑暗到了要用别人十年的徒刑来给主子祝寿的程度！

再看台湾警备总司令部保安二处的《要情专报》，里面谈到了1960年“分歧分子雷震高雄集会情况”。现在我们看到这些集会名单，才知道当年有那么多人跟着雷震一起来搞新党——注意哦，不是搞“台独”，是搞新党，希望在一个自由民主的环境里创建一个反对党，来跟国民党抗衡。

结果呢，蒋介石不允许，打压他们，抓的抓，关的关，这批人就作鸟兽散了，最后变成我李敖所预言的“主流变成乱流”，到今天一发不可收拾。由此我们可以得出结论，任何政府在你可以给人民一个自由民主的时机而你不给非要打压的时候，最后引发的后患就是乱流，得不偿失，雷震案就是个典型例子。

再看台湾警备总司令部的机密文件，底下签字的是保安处处长刘醒吾，旁边跟他会签的是保安处副处长李竞俊。这个李竞俊什么人呢？几个月前我在台北去看骨科，旁边有个病人跟我聊天，说我们下楼喝杯豆浆好了，我告诉你一些事情。我就下去跟他喝豆浆，结果他告诉我，他不是别人，就是李竞俊，当年台湾警备总司令部保安处的副处长。当年他是显赫一时的抓雷震的大将，现在已经老病侵寻，变成一个可怜巴巴的糟老头子。

同样的，当年抓我的保安处第四组组长吴彰炯，八十多岁以后变成了植物人。我去看他的时候，他头发理得干干净净，躺在病床上，只有眼球还能动，浑身都不能动，旁边一个菲佣在照顾他。我去看他的时候，叉着腰站在那里跟他讲话。干什么呢？说得好呢，是我度量很大，敌人老了，我来看看你；说得坏呢，是我在报复，当年你这个老屌叉着腰跟我讲话，现在我来看你也叉着腰跟你讲话，可是你要死了，我还活着。

台湾这些机密资料现在整个都曝光了，有些内容看起来蛮好玩的，我李敖把它们印出来，挑出来，证明什么？文物有灵，历史资料也有灵，总有一天会被曝光出来。

有一天一个阿兵哥打电话给我，说李先生啊，我手里有你一张当年的照片，你要不要看看。我说什么东西啊。他说见面再讲。见面以后呢，他拿出一张照片给我，我一看就愣了。什么东西？当年雷震出狱的时候，国民党调虎离山把所有外国记者都调到日月潭去玩，我通知了当时《纽约时报》和美联社的两个记者，说雷震要出狱了，我带你们去接雷震。接雷震的时候，我被国民党特务跟踪，偷拍了这张照片。

后来台湾警备总司令部要解散了，一些机密文件要烧掉。这位阿兵哥烧文件的时候，一边烧一边随便翻，一翻就翻出这张照片来。这不是我所佩服的李敖先生吗？好，把这个文件揣在衣服里，然后找我，送给我。

这份文件上写着：

留呈

阅

杰　俊

什么杰呢？王杰，警备总司令部副司令，湖北人，是个可恶的中将。还有一个“俊”，什么人呢？警备总司令尹俊，上将。这个尹俊是个大老粗，当年我在“陆军”十七师当兵的时候，他是我的前任师长。有一天晚上他去查哨，看到一个阿兵哥一边在站岗，一边在手淫——军队叫“打手铳”，阿兵哥吓死了，手淫被师长抓到，吓得不得了。尹师长说，你叫什么名字，登记下来，明天开师召会的时候，我喊你名字你就给我站出来。

第二天开师召会，他就喊这个阿兵哥的名字，阿兵哥吓得哆哆嗦嗦地上来了。尹俊呢，当场掏出一百块钱，赏给这个阿兵哥。他说这个阿兵哥好，不去军中乐园，不去找那些私窑子，不去搞女人也不会被传染性病，自己“打手铳”，这个最卫生，表现最好，所以本师长要赏他一百块钱。——有这种笑话！

文件上签名“俊”，表明尹俊已经看过了，批过了。这里面不光有我李敖的照片，还有雷震出狱以后的照片剪辑。什么人来看过他，他跟什么人谈话，都一个一个被拍照记录下来。其中一张照片上出现一个老头子在雷宅门外散步张望，我李敖一看就知道是陶百川[①]。

陶百川什么人呢？他是当时所谓的“监察委员”，参与调查雷震案。现在曝光的秘密文件上记录：

> 总统曾召见陶委员一次，故此次调查对雷案本案当无异议。

蒋介石召见了陶百川，那意思是警告你不要乱调查。警备总司令部内部讨论认为既然陶委员被“总统”召见了，那他来调查就应该对雷案没有异议，只是形式上经过一个调查手续而已。换句话说，陶百川又是雷震的朋友，又是蒋介石的走狗。“监察院”的所谓调查是一场假戏，大家扮黑脸、白脸来演这个戏。

我拉拉杂杂拿这些曝光的资料使大家知道，在蒋介石的统治之下，所谓的自由、民主、法治通通是狗屁，只有一点是真的，那就是他是美国人的走狗。他所以能这样子抓人，这样子胡闹，都因为美国人给他撑腰，而美国人到处说自己是自由、民主、法治国家，在我看来也通通都是狗屁！

---

① 陶百川（1903—2002），浙江绍兴人。早年赴美国哈佛大学进修政治及法律，后加入国民党文宣系统，历任重庆《中央日报》总社社长、“监察院”第一届监察委员、“总统府”国策顾问等职，主张国民党体制内渐进改良。著有《比较监察制度》《人权呼应》等。

欲加之罪　何患无辞

我写过一个剧本叫《红色 11》，描写一个共产党在台湾被国民党逮住，最后被枪毙了的悲剧。整本书用文学的笔法写出了很多活生生的、血淋淋的、一般人想都想不到的观念和事实。好比罗马法里有一个很要命的概念叫“举证责任（Burden of proof）”[①]，谁轮到要举证，谁就会败诉。为什么？因为举证是相当困难的，常常事实是一回事，拿出证据来是另外一回事。很多事情是拿不出证据来的，拿不出证据而规定你来举证，你就输了。所以举证责任之所在，就是败诉之所在。

好了，现在说你是共产党。你说你不是，为什么不是，你要拿出证据来。你拿不出证据，证明不了。好了，我们帮你证明。怎么证明呢？站在牢里，几天几夜不让你睡觉，大刑伺候你，你

《红色 11》

① 举证责任，又称提供证明责任。指当事人对自己提出的主张有收集或提供证据的义务，并有运用该证据证明主张的案件事实成立或有利于自己的主张的责任，否则将承担其主张不能成立的危险。举证责任制度最早产生于古罗马法时代。

不承认，行吗？

我在《红色11》里写到一位调查局的史处长，他原本是负责抓共产党的，最后自己也被当成共产党关了起来。他对同牢房的人说，我做处长的时候，把蒋经国找来给我审，三天以内，我保证他也会承认自己是共产党，不但他知道的会全部说出来，不知道的也会说出来。——蒋经国是台湾情报部门的头子，大家想想看这个审问厉不厉害。

史处长说，不但蒋经国，什么文天祥、史可法也一样，统统给我招了。大家就奇怪，怎么文天祥、史可法，你也可以摆平啊？原因是现代的刑求技术比古代高明。古代也会大刑伺候你，可是因为方法不好，重刑之下，人很容易就嗝儿了死掉了。现在的科学方法不一样，把你人逮起来之后，会使你肉体上受到最大的痛苦，精神上受到最大的折磨，可是人不会死掉。换句话说，他会在你身心所受痛苦的极限的边缘让你招供。

与史处长同牢房的大学生余三共说，文天祥不是有一首《正气歌》嘛，里面写“鼎镬甘如饴，求之不可得”①；鼎镬就是大蒸笼、大汤锅；你把他蒸死、烫死，他都不怕，还求之不得呢，对这种人，你怎么让他招供？史处长回答：

---

① 见宋文天祥《正气歌》：天地有正气，杂然赋流形：下则为河岳，上则为日星，于人曰浩然，沛乎塞苍冥。皇路当清夷，含和吐明庭。时穷节乃见，一一垂丹青。在齐太史简，在晋董狐笔。在秦张良椎，在汉苏武节。为严将军头，为嵇侍中血。为张睢阳齿，为颜常山舌。或为辽东帽，清操厉冰雪。或为出师表，鬼神泣壮烈。或为渡江楫，慷慨吞胡羯。或为击贼笏，逆竖头破裂。是气所磅礴，凛烈万古存。当其贯日月，生死安足论！地维赖以立，天柱赖以尊。三纲实系命，道义为之根。嗟予遘阳九，隶也实不力。楚囚缨其冠，传车送穷北。鼎镬甘如饴，求之不可得。阴房阒鬼火，春院閟天黑。牛骥同一皂，鸡栖凤凰食。一朝蒙雾露，分作沟中瘠。如此再寒暑，百沴自辟易。嗟哉沮洳场，为我安乐国。岂有他缪巧，阴阳不能贼？顾此耿耿在，仰视浮云白。悠悠我心悲，苍天曷有极！哲人日已远，典刑在夙昔。风檐展书读，古道照颜色。

那是一千年前的事了，现在是什么时代了？现代的科学多进步！文天祥那时候有电吗？可以被“摇电话”那种刑摇得你屁滚尿流吗？文天祥那时候有汽油吗？可以被“杀猪”那种刑灌得死去活来吗？文天祥那时候有西医和听诊器在旁伺候吗？可以一边让你受刑，一边由医生听你心脏，让你肉体上痛苦到极限，不会被刑求致死吗？

结论是现代高科技的大刑伺候你，说你受不了，死了，没这事儿！现在审问你的时候，旁边坐一个医生拿着听诊器，一会儿就听你的心脏，然后点点头，什么意思？还可以继续折磨他。不会说你晕倒了或者心脏病发作了，没有！医生看着你，叫你受到最大的罪，可是不会死掉。

还有一种药丸，据说吃下去你什么都会说，不但承认你是共产党，还会承认你是毛泽东！就算你有本领不承认，身体铜墙铁壁精神坚忍不拔不怕大刑伺候抵死不招，他还有办法找证人从旁来证明你。什么证人？“职业证人”，国民党特务机关养的证人，专门做伪证。比如变节的共产党，招之即来，来就做证，说你也是共产党。

余三共就奇怪了：“只听过养猫养狗养汉养小老婆，从来没听过养证人的，太邪门儿了。”史处长说：“就这么邪门儿，它就活生生地发生在国民党的台湾，古之所无，今之罕有呀！”说你犯罪，你不承认；有人证明你犯了罪，并且讲得神龙活现，你能抵赖吗？并且你想也想不到，这个证人是他们专门养的。人间竟然有这种养出来的证人，这就是国民党干的事！

最后判决书写出来，写得天衣无缝，写得你一点机会都没有。一般人看了以后，哎哟，这写得好啊，绝对一点都没冤枉你。可事实上呢，就冤枉你！

史处长又说：我一直是国民党的忠臣啊，现在给我安个罪名说我是共产党，总不太对头吧，而且就一条罪名，这罪名也太单薄了吧。这时候同牢房的龙头[①]发话了，他说：

> 哈哈！你嫌罪名少吗？你喜欢多吗？告诉你吧，清朝雍正皇帝整兄弟，老十四罪名多到十四条，老九的罪名多到二十八条，老八的罪名多到四十条；整年羹尧，老年的罪名多到九十二条，包括大逆之罪五、欺罔之罪九、僭越之罪十六、狂悖之罪十三、专擅之罪六、贪渎之罪十八、侵蚀之罪十五、忌刻之罪四……使年羹尧变成了“犯罪大王”。你喜欢这样吗？

换句话说，他真想整你，给你安一条罪名跟安九十二条罪名，有什么区别啊？没区别嘛，罪名的多和少没有意义嘛。这也就是我李敖佩服法国戴高乐将军的原因。二战结束以后，戴高乐要在法国搞原子弹，说没有原子弹，就不能证明我们法国是强国。最后搞了半天，被他搞出一颗原子弹来。人家就奚落他，说你有一颗原子弹有什么用啊？苏联有两百颗呢，你只有一颗能怎么样？

这时候戴高乐讲了一句话：“他可以杀我两百次，我只要杀他一次。”什么意思？我法国这一颗原子弹扔到莫斯科，跟你苏联把两百颗原子弹炸到巴黎来，是同一个结果啊。我一颗就把你莫斯科毁了，你二百颗把我巴黎毁了，死猪不怕开水烫，你炸我干什么呢？两百颗浪费了嘛。换句话说，我要置你于死地，一颗原子弹就够了嘛，一条罪名就够了嘛，要那么多罪名干吗呢？

中国有句老话叫：“欲加之罪，何患无辞。”西方有个谚语说：“给狗一条罪名，就可吊死它（Give a dog a bad name and hang him）。”所以当别人要整你的时候，你在罪名上跟人家发生争执，你就太笨了。

---

① 龙头是《红色 11》的主人公，也是作者自己的角色化身。

为什么岳飞了不起？岳飞被抓的时候只是笑，不答辩。他知道是你皇上要整我，要把我整死，所以那些罪名统统都是假的，我跟你费这些唇舌争辩，有什么意思呢？反过来，年羹尧[①]就笨，浪费唇舌，斤斤计较，结果越计较罪名越多；好像鱼一样，被鱼钩钩住了，越挣扎钩子扎得越深，最后九十二条罪名把他锁定，把他干掉了。

结论是岳飞是一条罪名笑着死掉的，年羹尧被安了九十二条罪名还挣扎，最后还是一死了之。这就是聪明人和笨蛋的区别。

---

① 年羹尧（1679—1726），字亮工，号双峰，原籍凤阳府怀远县（今安徽怀远），后改隶汉军镶黄旗。进士出身，深受康熙帝赏识，在平定准噶尔叛乱中立下赫赫战功，官至总督、抚远大将军，其妹为胤禛侧福晋，雍正即位后封为贵妃，年羹尧可谓位极人臣，高官显爵集于一身。不料雍正三年末（1726年初），风云骤变，他被雍正帝削官夺爵，列大罪九十二条，赐自尽。对于年羹尧缘何失宠被赐死，各史家众说纷纭，按照官方说法，年是因为擅作威福、结党营私和贪赃枉法而获罪，雍正后有朱批：“大凡才不可恃，年羹尧乃一榜样，终罹杀身之祸。”

笑而不辩　一辩就俗

我李敖活到七十多岁，我觉得人间最吸引我的一个东西是什么呢？智慧。对于人间的很多事情，如果能做到用智慧的表达、智慧的处理来“止于至善”，我觉得是最令人愉快的。

好比交朋友，要找到那种很风趣、很知心的朋友需要一些智慧。我看到现在很多小朋友，张三不比李四知道得多，李四不比王五知道得多，大家整天搅在一起也很快乐，可是这种快乐里是没有智慧的。为什么没有？文化水平不够，大家在同一个层次里搅来搅去，没有智慧的火花散布开来。

我认为智慧本身是很重要的，可是智慧不完全来自于我们个人的经验。你个人能有多少见闻啊？你个人能有多少精力啊？聪明人要靠着很多别人的经验和遭遇来取得结论，获得教训。好比说不是你做过妓女以后，才知道妓女多么痛苦；不是你做了汉奸以后，才知道汉奸多么人格分裂。这样做太笨了，我们可以从别人的间接经验里来了解，这是一种智慧。

我的剧本《红色 11》里就包含了很多从别人的痛苦经验里得到的智

慧。好比台湾过去有所谓的“美丽岛事件”①，其中一位被告姚嘉文②是名律师。他在美丽岛大审的时候，法官问他话，他回答，回答以后书记官要做记录，记录完了被告要签名，表示你认可这个文件。这个姚嘉文不老老实实签名，一个字一个字地去跟法庭发生争执，什么这个字要加标点，那个字要给我删掉；逐字来折腾，为什么？他是律师，知道这个笔录多么重要，可是有一点他忘记了——判你们这些人多少年徒刑，是这个审你们的军法官能决定的啊？判你们多久是政治问题，是军法官的上司的上司的上司的上司蒋经国这些人来决定的。他怎么判你早都决定好了，哪里是根据你的口供，裁量你的口供，斟酌你的口供，最后判你几年？所以你跟他做这些文字上的修饰、争执、咬文嚼字，就是笨蛋！

姚嘉文后来做到陈水扁政府的“考试院”院长，但他还是笨蛋、笨蛋、笨蛋！因为聪明人会知道，那是个政治审判事件，你的罪名不是这些走狗奴才能决定的。好像《水浒传》里石秀说的话：“你这与奴才做奴才的奴才。”这种小奴才，你跟他咬文嚼字干什么？

我在《红色11》里写到一个高人岳飞，他被秦桧逮起来的时候，他知道一个国务总理哪敢随便抓“十大元帅”，不敢的。真正要整你的人是谁啊？秦桧背后的皇上。我违反了宋高宗的政治主张，是皇上要干掉我，

---

① 美丽岛事件，是1979年12月10日国际人权日发生在台湾高雄的一场重大官民冲突事件。以《美丽岛》杂志社成员为核心的党外人士组织群众进行示威游行，诉求民主与自由。其间长期积怨的群众与军警发生冲突，最后以台湾当局派遣军警全面镇压收场。美丽岛事件为台湾自“二二八事件”后规模最大的一场官民冲突。事后许多重要的党外人士遭到逮捕与审判，甚至一度以叛乱罪问死，史称“美丽岛大审”。最后在各界压力及美国关切下，终皆以徒刑论处。此事件对台湾日后的政局发展有重要影响，国民党逐渐放弃迁台以来一党专政的路线以应时势，最终解除38年的戒严，开放党禁、报禁等，台湾社会得以实现更大开放。

② 姚嘉文（1938— ），台湾彰化人，台大法律系毕业，留学美国。回国后开办“平民法律服务中心”，推动司法改革。1979年因美丽岛事件被捕，判刑12年。1987年获释出狱。陈水扁当政时期，任“考试院”院长。

不是吗？所以岳飞被抓的时候，他笑一笑说："皇天后土可表我的一片忠心。"然后就没下文了。从此一直到死，我们看不到岳飞的说话记录。为什么？他是高人，他是大将，他早已看清秦桧在"政治问题，法律解决"，所以多说是废话。他什么也不愿意说，他真高！

同样的，耶稣被抓的时候，最早的罪名说他要拆毁上帝的殿，后来又加上佞妄的话诱惑国民、禁止纳税给恺撒、说自己是王构成叛乱罪等，最后同两个强盗一起被钉死了。耶稣被审判的时候，也不愿意说什么。[①]他真高！做人做得高段。耶稣死时三十四岁，岳飞死时三十九岁，两人的年纪都不大，却对人间的真相了解得这样子老到，洒脱无比，对加诸自己身上的可笑罪名不屑置辩，为什么？一辩就俗。

我在书里写："耶稣只是没有辩而已，但是不如中国的岳飞。"因为岳飞被抓的时候还会笑，他不但不辩还会笑着不辩，这才是真正的高。基督徒的耶稣会笑吗？我觉得笑而不言涵盖了对人间一切真理、祸福以及人类的法律和政治关系的深刻洞察。在那种时候还能笑得出来，这是一种本领。

《伊索寓言》里有个故事：狼在河边喝水，看到羊也在喝水。狼说：你这个羊有罪，因为你把河水搞脏了。羊就辩论，说你狼在上游，我羊在下游，水这么流下来，怎么可能是我把河水搞脏了呢？狼说：也许你没有

---

① 耶稣受审的经过在《新约圣经》四福音书都里有所记载。《马太福音》第26章"耶稣在公会里受审"里记载：祭司长和全公会寻找假见证控告耶稣，要治死他。虽有好些人来做假见证，总得不着实据。末后有两个人前来，说："这个人曾说：'我能拆毁神的殿，三日内又建造起来。'"大祭司就站起来，对耶稣说："你什么都不回答吗？这些人做见证告你的是什么呢？"耶稣却不言语。《马太福音》第27章"耶稣在彼拉多面前受审"记载：耶稣站在巡抚面前，巡抚问他："你是犹太人的王吗？"耶稣说："你说的是。"他被祭司长和长老控告的时候，什么都不回答。彼拉多就对他说："他们做见证告你这么多事，你没有听见吗？"耶稣仍不回答，连一句话也不说，以致巡抚甚觉希奇。

把河水搞脏，可是你的爸爸、你的爷爷、你爷爷的爷爷……以前在上游喝过水，把水搞脏了，所以你有罪，我要吃掉你。什么意思啊？我要吃掉你，我总会找出理由来，“欲加之罪，何患无辞”嘛！

我认识一位律师叫林颂和，他给雷震的《自由中国》案做辩护，当时就被暗中记下一笔。后来他又替“涉匪”案的姚勇来[①]辩护，最后被抓起来算总账。刑求的时候，脚指甲都拔掉了，抓的理由是你一定是“匪谍”律师，否则你为什么要替姚勇来、替共产党辩护呢？

这就是我所说的“国特的逻辑”。与姚勇来同案的李世杰[②]被抓之后反问国特，凭什么证明我有罪？国特说，台湾一千五百万人口，我们不抓别人只抓你，这就是你有罪的证明。什么意思？就好像你家里被偷了，你去

---

① 姚勇来，福建莆田人，抗战时曾任《中央日报》(福建版)记者和副刊编辑。1946年秋赴台。任《新生报》编辑，其妻沈嫄璋为《新生报》记者。1966年5月，姚勇来夫妇被指为中共潜伏在台的“匪谍”，遭拘押逮捕。两人在调查局的审讯室里受尽折磨，沈嫄璋被刑求致死，姚勇来获刑12年。《柏杨回忆录》里对沈嫄璋受刑的经过有这样一段描写：“我还不知道就在这间审讯室里，三四个月前的一个夜晚，调查局把《新生报》的一位女记者，连当时‘副总统’严家淦先生都称呼她为‘沈大姐’的沈嫄璋女士，全身剥光，在房子对角拉上一根粗大的麻绳，架着她骑在上面，走来走去。沈嫄璋哀号和求救，连厨房的厨子都落下眼泪。那是一个自有报业史以来，女记者受到最大的羞辱和痛苦，当她走到第三趟，鲜血顺着大腿直流的时候，唯一剩下来的声音，就是：‘我说实话，我招供，我说实话，我招供……’她要求调查员们把她放下来，暂时离开，允许她自己穿上衣服。调查员离开后，沈嫄璋知道更苦的刑罚还在后面，她招供不出她从没有做过的事，于是迅速闩上房门，解下绳子，就在墙角上吊身亡。这个60年代的著名记者，除了留下若干有价值的采访文稿外，最后留下来的是一双几乎爆出来的眼睛和半突出的舌头。她后来被宣布的罪名是‘畏罪自杀’，调查局仁慈地为她修筑一个矮坟。”据人权团体查获资料统计，1949年迄解严止，台湾被枪毙及下狱的白色恐怖受难者约14万人，其中被刑求致死的政治犯也不在少数。

② 李世杰本为调查局三处副处长，与姚勇来夫妇是同乡好友，也是姚家孩子的干爹。当年蒋经国在调查局内部引发整肃斗争，有人检举姚勇来在福建当记者时曾参加共产党组织的读书会，但李世杰认为此言不可信而将公文签结，不了了之。由此李世杰被指控为潜伏匪谍而遭逮捕。

报警，警察不说被偷的原因是治安不好，他说贼不偷别人而偷你，原因在你。这个逻辑好有趣，不是吗？我们不抓别人而抓你，证明你有罪。

我在《红色11》里写道：

> 其实，这种令你哭笑不得的逻辑，在国民党内是全面的。以石油公司的工程师韩大梁为例，他被判十五年，理由是匪谍，案子屈打成招的细节不必说了，判决书有一段话，是一个加工业务，“被告韩大梁竟把十天才能完成之工作，不眠不休之三日夜内完成，足证被告深受共产党精神之熏陶……”

换句话说，雷锋不但大陆有，台湾也有，军法判决里就会判决出来。既然你这么努力工作，你就是共产党，你信共产主义才有这个结果。大家想想这种逻辑可怕不可怕？

当台湾白色恐怖时期“匪谍”也是有配额的。每年要枪毙多少共产党，要无期徒刑多少共产党，要十年、八年徒刑多少共产党，都有配额。当你变成配额、变成死刑犯以后，脚被钉上镣铐，待在牢房里。什么时候枪毙不告诉你，最后判决书确定的那一天就是枪毙你的那一天。清早五点钟门一开，冲进来把你逮出去，送到军法官面前，宣布判决下来了，死刑确定，立刻执行。然后把你捆住，五花大绑，灌酒灌肉，送到空军公墓枪毙。

这个过程里最可怕的一点是什么时候死你不知道，从星期一到星期五（星期六、星期日放假），每天清晨五点钟都可能是你死的时刻。头天夜里躺下来，第二天早上就可能死，大家想想这日子怎么过啊？所以死刑不是判你死刑这么一句话，死刑犯真正的折磨是从星期一到星期五，每天清早五点钟准备死，这个折磨太残忍了！

童子操笔　所伤实多

我这一次去大陆，带着我的儿子李戡、小女儿李谌。我儿子上初中二年级，小女儿上小学五年级。回到台北以后，有一天晚上他们兄妹二人突然起了冲突，冲突的原因是妹妹说她在北京的时候手机里存了一款很好玩的游戏，前后有十五段，结果这十五段游戏被我儿子偷看过以后，全部给破坏掉了。妹妹很气愤，我已经睡了，她跑到我的卧室来告状。我说我去查查看，就出来问我儿子，为什么你欺负妹妹？我儿子冷冷地回了一句，她的话还能信吗？那意思是妹妹过去经常欺负他、陷害他。

我一看调解不了，只好让这个事不了了之。结果第二天清早我一醒来，问题出现了。我的床头、浴室的玻璃和水龙头上面突然出现了好多"小字报"。——不是那种"大字报"哦，是一个十岁的小女生写的"小字报"来谴责她哥哥。

她在我床头贴的是："李戡非常不好。"到了浴室，发现越说越重了："李戡是白痴""李戡是智障儿""李戡是浑蛋""李戡是王八蛋"。还有一张小字报泄露了她哥哥的一个秘密："李戡在'国一'[①]的时候曾经在车上尿尿。"当时我儿子坐在我太太的车上，忽然忍不住，下面湿起来……这个历史丑闻、历史记录、历史反革命情况被我小女儿抓到，特别揭发出来。

我小女儿有一次跟她同学通电话，说那种张家长李家短的八卦，忽然骂出来一句"贱人"，被我太太当场抓到，要惩罚她，惩罚她用"贱人"

---

① 相当于大陆的初中一年级。

来骂别人。大家想不到，一个小学五年级的小女生在谴责别人、挖苦别人、恨别人、骂别人的时候，她讲的话，她写的字，出手之重超出我们的想象。

中国有句古话叫："童子操刀，所伤实多。"小孩子手里拿着一把刀，伤害别人会伤害得很严重。为什么呢？她没有轻重。我家小妹妹变成了"童子操笔，所伤实多"，她拿了一支笔，用她那种很朴拙的字体写出不知轻重的话来谴责她哥哥。

可是第二天，兄妹两人就和好了，若无其事。我把她这些小字报保留下来，展示给大家，证明什么？证明当一个小女孩有一支笔在手的时候，她会有她的言论自由 ，而这种言论自由你是挡不住的。你以为你可以挡住，可是在现代高科技的流传方法出现之后，常常你是挡不住的。

台湾有一个杂志《时报周刊》[①]，是我的好朋友高信疆[②]、简志信[③]他们创办的。当年《时报周刊》在蒋介石刚死的时候，对他还有某种程度的礼遇，原因是当时的老板是蒋介石时代的国民党"中央常务委员"余纪忠[④]。可是曾几何时，在蒋介石尸骨已寒之后，在国民党改朝换代之后，在今天阴阳大裂变之后，大家看蒋介石在《时报周刊》的广告里变成什么样子了！可以变成丑角，可以顶着英国足球明星的头发。

大家不觉得这个时代在改变吗？过去你跟统治者开玩笑，那是要杀头

---

①《时报周刊》，创刊于1978年，为台湾首创之大八开型综合性杂志。2000年起，改为一刊二本，一本提供政治内幕、财经消费、科技新知、旅游美食；另一本提供影剧动态、流行时尚、生活休闲等内容。

② 高信疆（1944—2009），生于西安，台湾报界名人。历任《中国时报》副总编辑、《时报周刊》总编辑、《中时晚报》社长等。

③ 简志信（1936—），台湾人，《时报周刊》董事长。

④ 余纪忠（1910—2002），江苏武进人，早年赴英留学，抗战返国，先后参与党、政、军、报业等。1949年去台，致力报业和出版业，创办《中国时报》《工商时报》等。曾任国民党"中央常务委员会"常务委员、"中央评议委员会"主席团主席。

蒋介石

的。可是当时代变迁以后，很自然的这些自由都有了。虽然在我李敖看来，自由来得太晚了一点、太迟了一点，可是毕竟有了。

大家知不知道在没有共产党革命以前、没有辛亥革命以前，我们中国人所享有的言论自由是什么样子吗？大家都痛骂慈禧太后“祸国殃民”，可是在西太后统治时期，中国人只要满足三个条件就可以办报纸：第一条，年满二十岁以上之中国人；第二条，无精神病者；第三条，未经处监禁以上之刑者。——你被法院罚钱不算，坐过牢才算。换句话说，只要没坐过牢、没精神病、年满二十岁，你就可以办报纸。

请问后来在国民党的统治之下，一直到今天，中国人办报的条件有这三个宽大吗？过去是无精神病，你可以办报；现在是有精神病，你才敢办报。并且你办办看，立刻被消灭，不是吗？证明什么？证明老朽昏庸的清朝政府、祸国殃民的慈禧太后，他们控制言论自由的本领，还赶不上现代的中国人；他们没有今天的政府这么有权力，控制得这么细腻。

可是反过来说，在某种程度上，政府要这么控制也有它的道理。什么原因？现代科技的传播力量太大了。在古代，一个邪教，黄巾起义或者太平天国，当它传播的时候，那个力量是非常有限的，大部分只能通过人与人之间的口耳相传。那时候没有收音机、没有电视、没有麦克风，也没有网络，传播的力量是缓慢的、微弱的、逐渐散布开的。

现在如果有一个邪教或者奇端异说出现，可以在转瞬之间通过声光化电视、报纸网络一下子传布开来。那个效果不是相加，而是相乘，掀起的波浪大得不得了。这时候就非常麻烦了。所以当年的言论自由尺度比现代宽，是因为言论传播的手段没有现代强。在现在这个时代，当人民掌握了传播工具以后，所发挥出的力量是非常巨大的。

美国大法官 Holmes 讲过一句话，他说什么是言论自由啊，当你的言论造成了明白而立刻发生的危险（the clear and present danger），你这个自由就没有了。[①] 譬如在电影院你忽然喊“着火了”，什么结果呢？造成明白而立刻发生的危险，这时候你就没有言论自由。

可是从我一个历史学家的角度来看，就纯粹的自由度而言，我们今天真的赶不上那个腐败的清政府。这就好像我们家的小妹妹，当她想要表达

---

① “明白而立刻发生的危险”是由美国联邦最高法院大法官霍姆斯（J.Holmes）于1919年提出的一条设定言论自由的司法标准。一战前后，美国左派势力号召民众反对美国政府的备战政策，为此国会于1917年制定了《反间谍法》（Espionage Act），该法提出任何人不得故意阻碍合众国的征兵计划，违者可判不超过10 000美元罚款或不超过20年的监禁。1919年出现了有名的“抵制征兵第一案”，被告为美国社会党总书记查里斯·申克（Schenck）。该党在散发的传单中呼吁人们“不要向恐吓投降”，指责美国政府无权把美国公民送往国外去枪杀其他国家的人民。联邦政府认为申克在鼓动抵制征兵，据《反间谍法》对他加以指控。申克认为《反间谍法》违背了第一条宪法修正案对言论自由的保护，将此案上诉至联邦最高法院。联邦最高法院最后还是裁决申克有罪。大法官霍姆斯针对此案首次确定了“明白而立刻发生的危险”的司法原则。他说，被告传单所说的一切，若在平时的许多场合，都属宪法所保障的权利；但一切行为的性质应由行为时的环境来确定，即使对自由言论最严格的保护也不会保护一个人在剧院谎报火灾而造成一场恐慌。霍姆斯认为，当一个国家处于战争状态时，许多在和平场合可以说的话如果对战争造成妨碍，那他的意见就不会受到容忍，而且任何法庭都不会把它们看作是受宪法权利保护的。此案为美国高等法院关于言论自由做出的第一个重要裁决。长期以来，该原则一直是美国司法界争论的重点问题之一，赞同者有之，反对者亦有之。

意见的时候，她不跑去跟她哥哥据理力争，也不跑去跟她妈妈据理力争，而跑到我的卧室里来，趁着我睡觉的时候在我的床头、浴室贴满了条子，揭发她哥哥怎么样对她不起。她知道如果在她哥哥或她妈妈跟前贴条子，会被撕掉或者被骂一顿，可是在我这个空间里，她可以自由施展，发表她的小字报。这是一个十岁小女生的言论自由！

见仁见智　开骂无害

有一个成语叫见仁见智，意思是对同一个问题，每个人因为身份背景的不同，看法和观点也不一样。好比一张裸体女人画，画家看到了，可能会思考从现代抽象画的角度怎么画她；大富翁看到了，会幻想自己客厅的虎皮毯子上也坐了这样一位美女；美国西部牛仔看到了，想这裸体女人骑在马上会是什么样子；律师看到了，觉得法庭上有个裸体女证人坐在那儿也不错；神父看到了，就给这女人增添一对翅膀，把她变成天使。换句话说，每个人看到一幅裸女画，所起的反应都不一样。为什么？见仁见智。

有个笑话：一个女人死掉了，她有四个男朋友，第一个是喜欢写诗的文人，第二个是有钱的商人，第三个是和尚，第四个是杀猪的。她死了以后，四个男朋友反应都不一样。文人说："一缕芳魂上玉楼。"一个漂亮女人就这样上天堂了。商人说："万斛明珠何处求。"这么值钱的一个女人哪儿去找呢？和尚说："阿弥陀佛西天去。"我的女朋友一命归西，到西方极乐世界去了。杀猪的说："我的肉来我的油。"身材这么好的女人死了很遗憾。换句话说，一个女人死了，她的男朋友因为身份不同，反应不一样，这就是见仁见智。

我有一本小说《上山上山爱》，这本小说一翻开，头两句话就是："清者阅之以成圣，浊者见之以为淫。"如果你是很纯洁的一个人，你看到我这部小说会成为圣人，可如果你本来就是脑筋糨糊的一个人，看了以后会认为这是淫书。什么原因呢？见仁见智，一个人在成长过程中，因为身份背景的不同，对事情的看法会不一样。

大家看邓小平1978年12月13日的一篇谈话《解放思想，实事求是，团结一致向前看》。他说：

> 不少同志的思想还很不解放，脑筋还没有开动起来，也可以说，还处在僵化或半僵化的状态。这并不是因为他们不是好同志。这种状态是在一定历史条件下形成的。

在什么历史条件下形成的呢？他没有受过那种开放的、开明的影响或者教育，思想因此变得很僵化。是不是好同志呢？也是好同志，可是思想跟不上整个时代。

思想虽然跟不上时代，可是他们有权力啊。有权力他们就会拦截或者阻碍整体的进步。譬如以前讲“全世界无产者联合起来，团结起来争取更大的胜利”，什么叫更大的胜利啊？更大的胜利是比资本主义更有钱的胜利。结果呢，你闹了半天，比资本主义还穷。这不是胜利，是失败！

再看毛泽东在《论十大关系》[①]这篇文章里说的话：

> 在抗日反蒋斗争中形成的以民族资产阶级及其知识分子为主的许多民主党派，现在还继续存在。在这一点上，我们和苏联不同。我们有意识地留下民主党派，让他们有发表意见的机会，对他们采取又团结又斗争的方针。一切善意地向我们提意见的民主人士，我们都要团

① 见1956年4月25日—28日毛泽东在中共中央政治局扩大会议上的讲话。

结。像卫立煌[1]、翁文灏[2]这样的有爱国心的国民党军政人员，我们应当继续调动他们的积极性。就是那些骂我们的，像龙云[3]、梁漱溟、彭一湖[4]之类，我们也要养起来，让他们骂，骂得无理，我们反驳，骂得有理，我们接受。这对党，对人民，对社会主义比较有利。

毛泽东说，那些骂我们的让他们骂。——没有说不许骂啊！他说骂得有理，我们接受；骂得无理，我们不理你。什么意思啊？言论是开放的，大家都可以讲话，没有说不许你讲，没有说我动辄查禁你。所以今天如果有些同志不让别人讲话，查禁别人的书，这不是毛主席的意思，也不是邓

---

① 卫立煌（1897—1960），字俊如，安徽合肥人，国民党陆军二级上将，曾任中国远征军司令。国共战争任东北“剿匪”总司令部总司令。因未执行上级做出的“撤出沈阳，集中兵力于锦州”军事策略，导致锦州被林彪东北野战军抢占，从此共产党掌握了东北战事的主动权。沈阳解放之际，卫立煌携家小乘飞机逃离，被蒋介石撤职软禁。1949年初共产党占领南京前夕获释，随即出走香港，拒绝去台湾。1955年经劝说，回大陆担任国防委员会副主席、全国政协常委、民革中央常委等职。1960年病逝于北京。

② 翁文灏（1889—1971），字咏霓，号君达，浙江鄞县（今属宁波）人。学者，地质学家。后从政任行政院秘书长，抗战期间主管矿务资源及工业生产。1948年担任中华民国行宪后第一任行政院院长，主持货币改革，推出金圆券，结果造成金融失调。1951年，翁从法国经香港回到大陆，获任政协委员。晚年主要从事翻译及学术研究。1971年病逝于北京。

③ 龙云（1884—1962），字志舟，彝族，云南昭通人。滇军将领，云南省政府主席。1928年至1945年主政云南17年，人称“云南王”。抗战中，先后派遣20多万滇军奔赴前线。抗战末期，中共委派代表与龙云接触，试图争取其支持。1945年10月，蒋介石突然解除其武装并把他软禁起来。1949年龙云从香港赴京，后任国防委员会副主席、西南军政委员会副主席等职。1957年被划为“右派”。1962年病逝。1980年平反。

④ 彭一湖（1887—1958），字忠恕，湖南岳阳人。早年留学东京加入同盟会。曾任湖南省立第一师范学校校长、湖南衡山实验县县长。后受黄炎培相邀加入中国民主建国会，与一些民主人士联名邀请毛泽东去重庆谈判。1957年被划为右派，1958年在武汉去世，1980年平反。

小平的意思，并且这种同志还被邓小平点破——头脑僵化。

当年毛泽东死了以后，《人民日报》《解放军报》和《红旗》杂志发表社论《学好文件抓住纲》。纲是什么啊？两个凡是：凡是毛主席做出的决策，我们都必须拥护；凡是毛主席的指示，我们要始终不渝地遵循。换句话说，一切毛主席所说的都是对的。可是邓小平后来在给叶剑英、华国锋的亲笔信里写得很清楚：

> 在伟大领袖毛主席逝世的时候，我曾向中央用书面表达我内心的悲痛和深切的悼念。我们必须世世代代地用准确的完整的毛泽东思想指导我们全党、全军和全国人民，把党和社会主义的事业，把国际共产主义运动的事业，胜利地推向前进。[①]

什么叫“准确的完整的毛泽东思想”？毛泽东说过，骂我们的，让他们骂。毛泽东有这个度量，允许别人来骂，而不是拒人于千里之外，不是把人家的言论挡住，把人家的书查禁，原来的构想不是这样子的，不是吗？

今天我们口口声声谈马克思主义，可是邓小平在《结束过去，开辟未来》[②]的谈话里说：

> 马克思去世以后一百多年，究竟发生了什么变化，在变化的条件下，如何认识和发展马克思主义，没有搞清楚。绝不能要求马克思为解决他去世之后上百年、几百年所产生的问题提供现成答案。列宁同

---

① 见邓小平1977年4月10日写给华国锋、叶剑英的信。

② 1989年5月16日，邓小平在北京会见苏共总书记戈尔巴乔夫，谈话的一部分收入《邓小平文选》第三卷，题为《结束过去，开辟未来》。

样也不能承担为他去世以后五十年、一百年所产生的问题提供现成答案的任务。真正的马克思列宁主义者必须根据现在的情况，认识、继承和发展马克思列宁主义。

世界形势日新月异，特别是现代科学技术发展很快。现在的一年抵得上过去古老社会几十年、上百年甚至更长的时间。不以新的思想、观点去继承、发展马克思主义，不是真正的马克思主义者。

列宁之所以是一个真正的伟大的马克思主义者，就在于他不是从书本里，而是从实际、逻辑、哲学思想、共产主义理想上找到革命道路，在一个落后的国家干成了十月社会主义革命。中国伟大的马克思列宁主义者毛泽东，并不是在马克思、列宁的书本里寻求在落后的中国夺取新民主主义革命胜利的途径。马克思能预料到在一个落后的俄国会实现十月革命吗？列宁能预料到中国会用农村包围城市夺取胜利吗？

革命是这样，建设也是这样。在革命成功后，各国必须根据自己的条件建设社会主义。固定的模式是没有的，也不可能有。墨守成规的观点只能导致落后，甚至失败。

什么意思？列宁、毛泽东没有把马克思主义变成教条。把毛泽东的话当成圣旨，当成教条，邓小平认为是错的。

再看毛泽东自己当年是怎么说的：

如果有人说，有哪一位同志，比如说中央的任何同志，比如说我自己，对于中国革命的规律，在一开始的时候就完全认识了，那是吹牛，你们切记不要信，没有那回事。过去，特别是开始时期，我们只是一股劲儿要革命，至于怎么革法，革些什么，哪些先革，哪些后革，哪些要到下一阶段才革，在一个相当长的时间内，都没有弄清楚，或者说没有完全弄清楚。

…………

对于社会主义建设，我们还缺乏经验。我向好几个国家的兄弟党的代表团谈过这个问题。我说，对于建设社会主义经济，我们没有经验。[①]

没有经验怎么办？一边摸索，一边试验，一边走。可是有时候会走错路，有时候会走得很辛苦。照着邓小平的说法，从“大跃进”到“文化大革命”，我们整整浪费了二十年时间。浪费二十年换得一个经验，什么经验呢？知道有些路是走不通的。

我觉得邓小平最了不起的一点是他说共产主义不代表穷，共产主义是要发财的，至少要让一部分人先发财，后面的人跟着发财。穷不是共产主义，穷算什么本领啊？有朝一日我们能够比资本主义还有钱，这才是我们真正的目的。

至于言论自由，根本就是要开放的嘛！毛泽东说让他们骂，没有说不让他们骂。不让人家骂，就不是言论自由。我拉拉杂杂拿出这些资料给大家看，让大家见仁见智，想一想什么路线才是我们未来要走的正确方向。

---

① 见毛泽东1962年1月30日《在扩大的中央工作会议上的讲话》。

抓辫扣帽　小人心理

我跟大家讲过，不要用百分之百的二分法来看人，什么好人、坏人、善人、恶人。当我们越来越成熟的时候，我们会知道好坏善恶不是那么明确就能划分的。好人可能做一件坏事，反过来坏人也可能做好事。

美国小罗斯福总统时代有个国务卿叫赫尔（Hull）①。他是非常谨慎小心、讲话细腻的一个人。好比人家问他，这匹马什么颜色？他不会说这匹马是白马，他说我看到的这一面是白色，那一面什么颜色我不知道。请问，他这样说对不对呀？对的，这是科学的方法、科学的态度。可是如果平时我们这样子讲话，我们会被当成精神病。这是人话吗？符合常识吗？按常识那一半也是白的才对嘛。

同样的，说一个人万分之九千九百九十九是好人，万分之一不是好人，话能这样讲吗？这样讲话还能办事吗？所以大家一般讲话基本都会用绝对的全称肯定命题，可是真相往往不是这样子。

当年胡适在北大做教授的时候遇到一件事情。有一次他赞美了当时的

---

① 科德尔·赫尔（Cordell Hull，1871—1955），美国政治家，1945 年诺贝尔和平奖获得者，曾任美国国务卿。

国民党高官王正廷[①]，引起很多人的议论，说你怎么可以赞美这个坏人呢？有人化名“新猛”先生写了篇文章《胡适之与王正廷》，说“王正廷是什么一种人，胡君还要和他说话，恐怕人家未必因此而相信王正廷，却更因此而怀疑胡适之了”，结果是“未吃得羊肉，反惹一身膻气”。胡适怎么反驳呢？他说：

> 中国人不信天下有“无所为”（不是为了利益）的公道话。凡是替某人某派说公道话的，一定是得了某人某派的好处的，或是想吃羊肉的。老实说罢，这是小人的心理，这是可以亡国的心理！

这个人有万分之九千九百九十九的“不是”，你讲了他一句“是”，他明明该被赞美的部分被你客观地赞美了，有些人立刻就不高兴了。为什么你讲他好话？为什么你要媚俗、拍马屁？你是不是拿了人家什么好处？是不是给了钱，你才讲他好话？胡适说，这种人是小人的心理，是亡国的心理，他不相信人间有一种不是为了利益、不是为了金钱，也不是为了某种好处而绝对是客观的、公道的赞美。

胡适讲得对不对呢？对的。可是有时候当一个坏人或者一个坏政府做

---

① 王正廷（1882—1961），字儒堂，浙江奉化人，民国时期外交高级官员。早年留美，毕业于耶鲁大学，与后来供职于外交界的王宠惠、王景春合称“耶鲁三王”。1919年，王正廷作为出席巴黎和会的中国全权代表之一，坚持拒签对德和约，获得国人好评。1922年3月王正廷任鲁案善后督办，在与日本人进行长达数月的谈判后，代表中国政府接收胶州租借地行政权，但仍允许日本在山东继续享有某些特权。这使他成为社会舆论中的“民族罪人”和“卖国贼”，各种尖锐的批评纷至沓来。胡适随后在1922年11月5日的《努力周报》上发表社论为王正廷鸣不平。他说：“山东人监督王正廷，是应该的，山东人在这个时候仇视王正廷，是应该慎重的，到的这个时候，鲁案督办公署已渐渐的成了一个专门的技术机关了……试问赶走王正廷之后的第二步又该是什么？”

了一件好事的时候，我们是不能赞美甚至不能讲的，讲了也没有用。好比我写过两本书，一本叫《国民党研究》，一本叫《国民党研究续集》。我李敖一辈子写了一百多本书，我的书基本都很好卖，可是这两本书的销路却不好。我就奇怪，为什么别的都好卖，这两本不好卖呢？

后来我自己研究出来了，“国民党”这三个字太臭了！即使你骂它，即使你研究它，即使你批评它，别人一听到“国民党”三个字出现，就躲得远远的！它的臭，使你谈它都会影响到你；它糟糕的程度，使你要替它讲好话都没有立足点，没有见缝插针的机会。

同样的，对那些禁止我们发表言论的团体、衙门，我李敖常常说，这只是一部分人的行为，不能够代表全体。有人说你李敖讲错了，他们就代表全体。我不这样看。请大家看《邓小平文选》里的一篇文章《解放思想，实事求是，团结一致向前看》[①]。邓小平说：

> 对于思想问题，无论如何不能用压服的办法，要真正实行“双百”方针。一听到群众有一点议论，尤其是尖锐一点的议论，就要追查所谓“政治背景”、所谓“政治谣言”，就要立案，进行打击压制，这种恶劣作风必须坚决制止。毛泽东同志历来说，这种状况实际上是软弱的表现，是神经衰弱的表现。

为什么是软弱的、神经衰弱的表现呢？对自己没有信心，一听到别人批评我们，就想打压它。邓小平说这段话也是有感而发，劝他的同志里面那些管制言论的人，无论如何不能用压服的办法对付不喜欢的思想。为什么对尖锐一点的议论，就要追查、打击、压制呢？邓小平说，这种恶劣

①《解放思想，实事求是，团结一致向前看》是邓小平1978年12月13日在中共中央工作会议闭幕会上的讲话。这次会议为随即召开的中共十一届三中全会做了准备。

作风必须坚决制止。邓小平之所以会这样说，可见他也感觉到有这种作风了，不是吗？

证明什么？证明当一堆人打压言论自由的时候，他们高高在上的那个领袖级的人物也许并不赞成。这时候我李敖就说了，为什么我们不向领袖级的标准看齐呢？为什么我们要接受那种被打压的标准呢？为什么我们不可以抬出你们的领袖说的话？

有人说，毛泽东的一些开放言论是当年搞大鸣大放，要引蛇出洞、骗人的话。我李敖不这样看。即使毛泽东讲的那些话没有兑现，为什么今天我们不要求共产党兑现呢？当年毛主席讲的话，我们今天把它兑现了，不更好吗？

再看邓小平的话：

> 当前这个时期，特别需要强调民主。因为在过去一个相当长的时间内，民主集中制没有真正实行，离开民主讲集中，民主太少。现在敢出来说话的，还是少数先进分子。我们这次会议先进分子多一点，但就全党、全国来看，许多人还不是那么敢讲话。好的意见不那么敢讲，对坏人坏事不那么敢反对，这种状况不改变，怎么能叫大家解放思想，开动脑筋？四个现代化怎么化法？
>
> 我们要创造民主的条件，要重申“三不主义”：不抓辫子，不扣帽子，不打棍子。在党内和人民内部的政治生活中，只能采取民主手段，不能采取压制、打击的手段。宪法和党章规定的公民权利、党员权利、党委委员的权利，必须坚决保障，任何人不得侵犯。[1]

---

① 见邓小平 1978 年 12 月 13 日在中共中央工作会议闭幕会上的讲话《解放思想，实事求是，团结一致向前看》。

邓小平感觉出来了，很多人不敢站出来讲话，敢站出来讲话的是少数先进分子。要有这种先进分子出来讲话，才能够解放思想。不敢讲话，脑筋怎么解放啊？思想怎么解放啊？邓小平说得很清楚，不是吗？邓小平是骗我们的吗？我认为邓小平的标准跟我们是一样的，只是被他的部分同志给缩小了、忽略了，由此才发生了邓所说的那种抓辫子、扣帽子、打棍子的现象。当我们不认为他这个话是假的时候，它就是真的！邓小平这个话是党中央的最高标准，是开放的而不是紧缩的。我觉得大家应该看看这些相关文献。

我常常讲，一个坏人、一个政府难道百分之百做的都是坏事吗？当然不是。当它做了一件好事的时候，需要那种很客观的人来替它说，哎哟，你的确做了一件好事，我虽然骂你，可是我也不埋没你，你做了好事。可是有时候你做了好事，大家该讲你的好话他不讲，为什么？他要避嫌。因为你的记录太坏了，即使做了好事，别人为了避嫌，也不要替你讲话。最后就变成你自己讲话没有人信，别人也不出来替你讲话，导致你留下的都是坏记录。这是一个很有趣也很不公平的现象，不是吗？

好像寓言里小孩子喊“狼来了”一样，当你第三次喊“狼来了”的时候，没有人相信你了，觉得你在骗人。为什么双方会变成这样子，我觉得大家应该反省。当你讲真话的时候，别人不信你的真话，也不肯听你的真话，为什么会变成这样子，难道不应该反省吗？如果不反省，这个问题就会僵化下去，最后变成一个对立的状态。我觉得这是不公道的。胡适说得很清楚，这是一种小人的心理，当双方都变成小人的时候，任何客观的事实都不会被赞美了。

肆／抗议的美学

露出两点给你看

我李敖一辈子在争取言论自由方面有一个样板性的地位。这话怎么说呢？我写过书，办过杂志，也办过报纸，在言论方面的记录非常完整。好比我写过一百多本书，其中九十六本被查禁。古往今来，哪有一个人有这么大的毅力，能够一本一本写禁书，而那个国民党伪政府也有那么大的耐心，能够一本一本查禁。一般人争取言论自由不这样玩的，玩不起嘛。玩了几本以后，认了，屄了，我不跟你玩了。可是我会一直玩到国民党政权垮台为止。好像打麻将一样，打到最后我和了，我赢了，胜利属于我。

政府钳制言论自由最重要的一个办法是控制发表言论的工具。过去这些工具里面，闹得最凶的就是报纸，所以国民党不许大家办报。我奚落他们说，如果西太后死而有知，会说你们国民党革我们满洲人的命，你们说要争取自由是吹牛嘛，老娘统治中国的时候，就允许别人办报啊。怎么办报？三个条件：第一，年满二十岁；第二，没精神病；第三，没坐过牢。只要满足这三个条件，任何人都可以办报，张三李四王二麻子都可以办报，至少法律上可以这样子宽大。可是国民党推翻了清朝政权以后，什么时候给过人民这么宽大的办报条件啊？不给啊。

过去国民党在大陆的时候，还有一点点形式上的宽大，可是被共产党打得鼻青脸肿，屁滚尿流跑到台湾来以后，连这点形式上的宽大也不给了——人民一律不准办报。为什么不准办？我统计了一下，有七个理由：第一是“节约用纸说”，办报纸太废纸了，我们爱惜资源，已经登记的、我们同意的，就办下去；新的报纸不能办，为了节约用纸。第二是“报纸饱和说”，台湾只有三万六千平方公里的地方，要这么多报纸干吗啊？我们国民党有《中央日报》嘛，还有杂七杂八好几份报，你们看我们办的报就好了。第三，“办报人才不够说”，很多外行人来办报是不好的，我们要给内行人来办，可是内行人不够，所以还是不要办。第四，“战时说”，“共匪”跟我们还处于敌对状态、战争状态，这种情况下不能办报。第五，“失去平衡说”，你办个报纸出来妖言惑众，使整个社会不稳定、不平衡。第六，“健全发展说”，社会其他方面需要发展进步，报纸方面不需要再增加了。第七，“避免恶性竞争说”，办报会出现恶性竞争，大家失掉和气，还是别办好。

国民党伪政府用七个理由来禁止办报，可是七个理由都挡不住一条“宪法”。所谓的“中华民国宪法”第十一条写得很清楚：

> 人民有言论、讲学、著作及出版之自由。

办报就是言论自由的一种啊，你为什么不允许人办报？可是国民党伪政府就捏住这七条似是而非的理由，一路不准办、不准办、不准办。直到五十年以后，国民党在台湾也兵败山倒，日薄西山，才不得不开放了几个东西：第一，可以组党；第二，可以办报；第三，1949年赴台的这些老兵允许返乡探亲。可是哪还有亲啊？亲都死得差不多了，你才允许探，表示形式上的宽大。这些事情都是蒋经国临死前半年里干的。换句话，大家被你压了这么久，被你踩住这么久，你快死了，宽大了，把脚拿开了。可是拿开之后，大家反倒不习惯。

我李敖邪门儿，你不是允许办报嘛，好，那我就办报跟你玩。可是办报要钱啊。好死不死，正好有人跟过去台湾警备总司令部[①]有关系，他们想要发一个财，什么财呢？因为台湾允许办报了，他们想卖印报纸的机器叫高斯机。他们到各报把新的高斯机卖出去，把旧机器收回来。可是收回来的旧机器等于破铜烂铁，他们就想如果用这个旧机器、用很少的投资能办一份报纸也是好事情，所以就找到我。

我一看这些人有警备总司令部的背景，就没怀好心，心想你们找到我，那我也趁机跟你们玩一下。可是我知道报纸办不起来，国民党统治四五十年下来，别的报纸都根深蒂固了，你这个新报很难有生存的空间。因为报纸不是印出来就完了，要发出去让读者看到、买到才行，而那些发行渠道都被控制得死死的。

台湾有两份有名的报纸，一份叫《联合报》，一份叫《中国时报》。这两份报纸互相竞争，可是在抵制第三份报纸的时候又互相合作。好比我李敖的报纸印出来，到台北一个县发行，两个大报派人跟报贩子谈判，说你们要去替李敖送报，我们两个大报就不给你们发了。他们怎么敢得罪两个大报啊，怎么办？给李敖作揖，李先生，对不起，你的报纸我们不敢给你发。

这就是我所说的，发行问题不解决，会被"大吃小"，报纸就办不下去，至少以我合伙人的财力办不下去。后来果不出所料，这个报纸每天出一大张，不到半年合伙人就跑掉了。可是我在经济上并没有吃亏，他们赔了钱；在言论上面，我要说什么就说什么；在时间上，虽然这个报纸的寿命不超过半年，可是我也努力过，就我一个人，没有一个记者、编辑，只有我的助理、朋友帮我办这个报纸。什么报呢？大名鼎鼎的《求是报》。

---

① 台湾警备总司令部，简称警总，是台湾的一个公共安全维护机关，1945年9月在重庆成立，任务是负责遣返在台日俘、接收台湾与维持台湾治安等，首任总司令为陈仪。1947年，正式于台北办公，其权责包括戒严地区卫戍、军事动员、文化审检、入出境管制、邮电检查、电信监察定位监听等，成为台湾的八大情治系统之一。1992年，台湾动员戡乱时期终止，警总改制为海岸巡防司令部。

我给《求是报》做宣传的时候，说它是“知识贵族最便宜的报”：

定价上，采用台湾地区最高一级的定价，也就是《英文中国邮报》（*China Post*）《英文中国日报》（*China News*）的定价，每份十二元。创刊期间，每份优待十元。在决定定价的业务会议中，发行部门向我表示：“一大张卖十二元，是不是太贵了？”我说：“便宜了又怎样？国民党财阀支持办的报，四大张才卖五块钱，你怎么跟他们比？你定价到一大张五块钱，不懂事的读者还是买了报纸要骂干你娘。——娘既给人干了，还是卖十二块吧！”①

十二块的报纸派送不出去，怎么办？寄，装在信封里，用快信寄给人家，当天他勉强可以看到。可是那个印报纸的老爷机器把我们害惨了，它没有自动调色系统，一启动，工人就像老鼠一样爬到机器上面去调整，等调好了，五百张报纸已经印错了。

《求是报》有一版叫“李敖天地”，专门发表我李敖的意见。好比 1991 年 5 月 21 日，我在“李敖天地”里骂人，骂什么人呢？李远哲②他们这些知识分子。我的标题是：

镇压叛乱四十年海外名流无一言

国民党整天在台湾镇压我们，整我们，前后闹了四十年，你们这些

---

① 见《李敖报刊集》收录文章《〈求是报〉是知识贵族最便宜的报》。

② 李远哲（Yuan-Tseh Lee，1936—　），台湾新竹人。1986 年，与另外两位科学家共获诺贝尔化学奖。1994 年至 2006 年出任“中央研究院”院长。现为国际科学理事会会长。

海外名流不吭气，不讲话；直到国民党废除《惩治叛乱条例》[1]，你们才开始讲话。我李敖就要锁定你们这些没出息的知识分子，谴责你们。我说“四十二年一恶法，杀人如草不闻声”，这个法律像砍草一样，哗哗哗，砍了这么多人，整了我们这么多年，现在你说要废除就完了？我李敖这种被《惩治叛乱条例》整过的人还要跟你算账！

除了“李敖天地”，《求是报》还有一个特色是每天刊出一张露出两点的美女照片。当时国民党“新闻局”规定报纸必须“三点不露”，女人胸前两点、下面一点不能在媒体上曝光，曝光以后要处罚你。结果好死不死，冤家路窄，山不转水转，国民党的党报《中央日报》忽然有一天不小心登出一张外国电影明星的照片，露出来女人的两只奶。我就写封信质问国民党“新闻局”局长邵玉铭[2]，我说你们好几次要扫除黄色，标准是“三点不露”，现在《中央日报》漏出来两点怎么办？对不起，我李敖的《求是报》从此就每天露出女人的两点给你看，为什么？比照你们党报的标准。

当然我用这个方法是在抗议，是在开玩笑，来冲破国民党的言论管制。这是我办《求是报》打赢的第一场战争。从此我一路刊登裸体女人，他们都不能干涉，一直到我的报纸自动寿终正寝为止。

---

① 国民党的《惩治叛乱条例》于1949年6月颁布，1991年5月废除。在台湾白色恐怖时期，大批异议人士因为该条例被迫害、打压、判刑甚至枪毙。

② 邵玉铭（1938— ），祖籍黑龙江。美国芝加哥大学历史学博士。曾任台湾“行政院新闻局”局长、中国国民党副秘书长、《中央日报》董事长兼社长等。

题大象性交图

我常常笑大学里那些讲政治学、宪法学的教授，我说你们谈言论自由都是在学理上谈来谈去，是把言论自由变成抽象名词放在书本里，并不能够真正落实它。怎么样才可以落实？一个重要条件是把言论通过媒体大量散播出去。如果你只能关着门跟自己说，或者在小圈子里跟一小拨人说，这不叫言论自由。

在国民党统治下的台湾，经过了半个世纪之久的黑暗岁月，不许人民实现所谓“宪法”上规定的言论自由，尤其是办报的自由。后来国民党说，报纸可以办了。可是你真的能把报纸办出来谈何容易啊。首先，已经有了那么多卡位卡住的报纸，它办了几十年，读者群、发行网根深蒂固，你想在里面抢一根骨头谈何容易。其次，办报是个大规模的群体性工作，既需要钱又需要人，不是一个人能做到的。

台湾解除“报禁”以后，我居然有了一个机会一个人来办一份报纸——《求是报》。我没有记者，也没有编辑，新闻稿怎么来呢？买外国通讯社的通讯稿。图片也从外头买。我用这个方法获得新闻资讯。当然我办报的主要目的是要突破言论管制。换句话说，你国民党政府哪个言论控制得紧，我就从哪个地方突破。好比国民党要求报纸图片“三点不露”，女人胸前两点、下面一点不能曝光。我在国民党党报《中央日报》上抓到一张外国电影明星的裸体照片，胸前两点露出来了。我就用这个做标准写封信给当时的“新闻局”局长邵玉铭，我说既然你们党报可以露两点，对不起，从此我李敖的报纸就露出两点给你们看。

我写了一首打油诗：

天上繁星点点，
新闻局长不管。
吾道一以贯之，
下手只要三点。

我在《求是报》上大量公布这种只露两点的美女照片，还特别注明：

国民党新闻局长邵玉铭应该悲哀，我李敖放他一马。第一，他水准太低，不知老子所谓的“美之为美”，这是他的愚蠢；第二，他不敢把李敖移送法办，已知“三点不露”只是具文，这是他的开明。虽然这种开明只是点到而已。

什么意思？我突破了你，我捉弄了你。你们还规定不可以登出人类性行为的照片，我在1991年7月17日的《求是报》上专门公布了大象性行为的照片。这个你管得了吗？这不是人的性行为，对不对？我还写了首打油诗：

题大象性交图

超以象外，
为吾有身。
忍辱未必，
负重却真。

“超以象外”①是唐朝人的一句话。“为吾有身”②是老子说的。“忍辱未必，负重却真”，为什么呢？这个公象对母象而言，显然是太重了嘛。

大象交配

这就是我李敖的恶作剧！你怎么管？你规定不许登人类性行为的照片，没有说不可以公布动物性行为的照片啊。我就公布给你看！所以《求是报》一路公布了很多动物春宫画。有人说你李敖怎么会有这些东西？哎，我就有。一直到2004年，我发现台湾有些报纸也开始登这种照片了，可是我李敖十三年以前在《求是报》上就登过了。换句话说，从言论自由的观点看，你们晚了我十三年。

告地状木刻

《求是报》还会公布一些其他大家所想象不到的图片。好比我公布过一张《告地状》，一个可怜的流浪街头的小男孩子穿着破衣服站在一边，前面地上放了一张状子，陈述我多么穷困，多么可怜，多么孤苦无依，请善心人士援我一手，帮助我。照片是1934年在北京照的，当时我还没有出生。那你李敖这个照片怎么来的？从

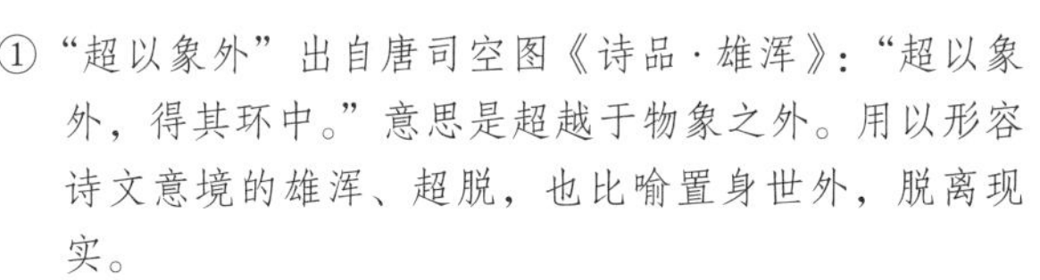

① “超以象外”出自唐司空图《诗品·雄浑》：“超以象外，得其环中。”意思是超越于物象之外。用以形容诗文意境的雄浑、超脱，也比喻置身世外，脱离现实。

② 出自《老子》第十三章：“宠辱若惊，贵大患若身。何谓宠辱若惊？宠为下，得之若惊，失之若惊，是谓宠辱若惊。何谓贵大患若身？吾所以有大患者，为吾有身，及吾无身，吾有何患？”

日本人出版的旧画报里找到的。一张照片胜过千言万语，解释了中国老百姓的苦难。

还有一张照片是一个小男孩在战火里腿受伤了，他看着伤腿，脸上流露出很痛苦的表情。我在照片底下写了说明词：

> 战火余生的小孤儿，别人不拿你当手足，你的手足也变成你的敌人。

为什么你的手足变成你的敌人？因为疼，疼可以摧毁一个人的意志。我们过去在牢里受刑求的时候，手指被圆珠笔夹起来，干什么？使你的肉体痛苦。肉体痛苦的目的何在？使你的精神屈服。换句话说，当那种疼痛来的时候，你的肉体就变成了你的敌人，要从精神上摧毁你。

我也会收藏一些使大家看起来会心一笑的照片。好比一张照片上面是一只象的脚，下面有一只小老鼠。我觉得这个对比很有趣，在旁边写了一段说明词：

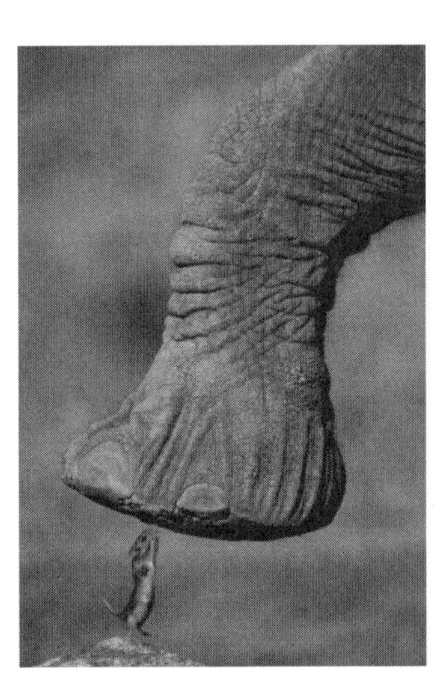
大象和老鼠

> 小时候玩兽棋，从老鼠怕猫，猫怕狗，狗怕豹，豹怕虎，虎怕狮，狮怕象，到象怕老鼠，正构成大轮回。现在看到象怕老鼠的图片了。是怕吗？我看不是象胆小，而是老鼠胆大呢。

除了我李敖收藏的这些照片，我办的报纸里还有很多漫画。可是这些漫画如果是直接从外国漫画搬过来的，我总觉得味道不够。于是我就自己加工，题上一首诗或者写了一个比较有趣的说明，使漫画因为文字的原因变得格外生动。

好比一幅漫画画一个小男孩望着周围一群神秘人物，这些人可能是特工、保镖，也可能是治安人员。我写了一首打油诗：

少有大志

将来做总统，
见人把枪掏。
只要我长大，
不愁没保镖。

还有一幅漫画画一个美女在街头走过，引起旁边人的注目。我作了一首诗：

别有怀抱

漫步街头，
美女走过。
她要夺魂，
我不落魄。
一走了之，
人生一刻。
目中无色，
心中有色。

还有一个关于《天方夜谭》神话的漫画，画一些人坐着飞毯在空中行走。可是当大家都可以坐飞毯上天的时候，天上的毯子就太多了。我写了说明词：

塞车与塞毯

追追追追追追追，
西化问题一大堆。
美元来了样样好，
只是魔毯满天飞。

什么意思？挖苦那些跟美国人合作的教徒。整个画面被我这个说明词改造了。这就是我的本领，不管是一幅漫画、一张照片，还是一首打油诗，翻来覆去都有我的目的。我的目的是：第一，锁定打压我、不许我有言论自由的坏政府，丑化它；第二，我用我的方式会使你看了以后若有所思，会心一笑。

万古春宵一羽毛

我跟大家讲过，言论自由不是人家随便给你的，不是自然而然就有的，而是向那些压迫言论自由的人要来的、抢来的、骗来的、抗争来的。我在台湾就是一个争取言论自由的标杆，因为我这种丰富的经验古今中外都很难找到。我写过一百多本书，办过周刊、半月刊、月刊，做过电视节目，还办过一份报纸《求是报》，英文叫 *LiAo's Daily*，李敖的日报。

大家看《求是报》1991 年 5 月 18 日第一版的新闻标题：

国民党伪政府利益输送 ××

《求是报》取得内部作业秘密文件　李敖今日起独家大公开

大家注意我的标题“国民党伪政府……”，一口就咬定你是伪政府，这就是我办报的气魄！

孙立人将军

我在这份报纸里揭发了很多真相，比如孙立人[①]将军冤案。当年的受害者、孙立人将军的属下王善从先生从美国回来，我找到他，请他把真相在《求是报》上独家发表，使这个案子沉冤大白。这里面最令人惊心动魄的细节是审案人把犯

① 孙立人（1900—1990），字仲伦，安徽庐江人，世代簪缨，抗日名将。早年毕业于清华大学，后赴美接受严格的军事训练。回国后曾在宋子文手下的财政部税警总团任团长。1937年，孙立人率部参加淞沪会战，身负十三处重伤。1942年，孙立人率新三十八师加入中国远征军，在仁安羌大捷中，以一千人的兵力击退数倍敌人，救出近十倍于己的友军，获得蒋介石、罗斯福及英王乔治六世授予的勋章。被打败的日军在缅甸史料上称他为“中国军神”。1945年5月，孙立人应盟军最高司令艾森豪威尔之邀，赴欧考察战场，成为中国唯一被邀请的高级军官。国共战争期间，孙立人在东北指挥军队，打得林彪率部一路撤退到松花江。在即将攻进哈尔滨时，却接到蒋介石的第二次停战令，由此错失战机，使林彪部队得以休整喘息。后蒋介石鉴于孙立人和杜聿明不和，把孙调离东北。1950年，孙立人出任“陆军总司令”兼“保安司令”。有传闻称，美国曾考虑要求蒋介石下野，军队指挥权交给孙立人，“总统”则以胡适代替。孙立人始终主张“反攻大陆”，甚至以辞职要挟取得“反攻大陆”之军事指挥权，被蒋批为“自不量力，只想借美国之感情保护”。孙对蒋经国以政工制度破坏现代军事体制亦有不满之意，埋下日后他与蒋之政工系统冲突的种子。1954年6月，孙被调任无实权之“总统府”参军长。一年后，当局以孙立人与其部属少校郭廷亮等预谋发动兵变为由，对其实施看管侦讯。此后，孙被拘禁于台中市寓所，直到1988年蒋经国过世，长达33年的软禁才遭解除。1990年，孙立人病逝于台中，享年90岁。

人调包，欺骗调查委员。

孙立人是抗战名将，蒋介石整他的时候，怕人家讲闲话，就搞了一个调查委员会[①]，请了非国民党籍的所谓“公正人士”来参与查这个案子。其中一个调查委员叫王云五[②]，有名的出版家，做过商务印书馆的总经理。孙立人被蒋介石软禁以后，他的很多手下也被关起来审问。最后判决书出来，王善从一看，里面有一段话说，王云五调查王善从的时候，王善从对王云五承认他在孙立人将军的领导之下准备搞兵变，要颠覆蒋介石。王善从说，我一辈子没见过王云五老先生，怎么判决书里出现了我跟他见面的情形，并且承认我自己是叛乱分子的话呢？没有这个事情啊。

后来才查出来，原来王云五坐在那里听调查报告，传被告“王善从”进来见他的时候，有一个“王善从”进来跟他讲了很多话。可是这个“王善从”是假的，是冒充的，真的王善从不许他跟调查委员见面。而王云五也没有见过真的王善从，以为这个假的就是真的。换句话说，假的被告对真的调查委员做了伪证，然后形成这个冤狱。

大家想一想，怎么会有这么奇怪的事情发生啊？怎么可以用假的被告来骗调查委员和法官啊？你调查委员查了半天，法官判了半天，他认罪，他服输，可他根本就是假的嘛，真的被告在一边被藏起来了。这就是国民党干的事！

---

① 对“孙案”之调查，最初由“副总统”陈诚为主任委员，与王宠惠、许世英、张群、何应钦、吴忠信、王云五、黄少谷、俞大维组成“九人委员会”负责调查。另外“监察院”也由国民党籍监委陶百川、无党籍监委曹启华、萧一山、王枕华、余俊贤等“五人小组”自行发动调查。“监察院”之调查结果与“九人小组”差异很大，认为郭廷亮等确系主张军事改革，绝无兴兵叛乱之情节，而孙立人对此应毫无责任。最后这份秘密报告被以“极机密”封存，不再公开。

② 王云五（1888—1979），原名云瑞，字岫庐，籍贯广东香山，生于上海。王自学成才，1921 年至 1930 年主理商务印书馆。1946 年曾短暂出任财政部长。赴台后，主持台湾商务印书馆，曾任“考试院”副院长、“行政院”副院长等职。

我在报纸上把他们调包犯人骗调查委员，最后形成冤案的经过揭发出来。当然我也不能总登这种看起来很痛苦、很严肃、很沉重的话题，我的报纸也有很轻松的一面，譬如我经常公布一些外国漫画，然后在旁边加上一段有趣的说明文字。有幅漫画画一个医生拿着听诊器给一位女孩子听诊，旁边有我的打油诗：

良医

不要旁敲侧击，
不要美国布希。
敬请直道而行，
天下自定于一。

什么叫“不要美国布希”（布什）呢？布希就是 Bush，草丛、灌木丛。英文有个成语叫 beating around the bush，围着一堆草来打这个草堆，中文意思是拐弯抹角、旁敲侧击。Bush 也代表美国总统布希。所以我一语双关，意思是听诊器只要听到重点就好，不要到处敲来敲去，旁敲侧击。

还有一幅漫画画一个醉鬼抱着一只大酒瓶在马路上走，对面来了一个色狼背着女人走过去，两人打了个照面。我在旁边写：

大道之行也

各尽所能，
各取所需。
礼运大同，
不过区区。

喝酒的喝酒，搞女人的搞女人，各取所需，就这么回事！

还有一幅漫画画一个男的抱着一只羊回到家之后，看到他老婆和一只天鹅睡在一起。我写了首打油诗：

大男人主义

你们女人真怪，
居然与鹅做爱。
我要提出离婚，
因为你性变态。

希腊神话里有天神化为天鹅跟女人相会的故事，所以我说“居然与鹅做爱”。为什么题目叫“大男人主义”呢？因为这个男的自己怀里抱着一只羊。大家彼此彼此，都有问题嘛。

还有一幅漫画画一个女模特坐在那儿给别人画，有个男的拿张纸跑上去，把纸放在女人身上要做拓本，好像碑帖一样。美术课应该写生，可是他做拓本，所以我写：

美术课

要画就要画肉体，
她是她来你是你。
美女在前凭君看，
要做拓本不可以！

再一幅漫画画一位医生拿了个羽毛对着裸体的病人，我给他起名“新诸葛”，因为诸葛亮手里老是拿羽毛扇子。

新诸葛

本医大名垂宇宙，
病人上台坐高高。
三点全露思小邵，
万古春宵一羽毛。

“诸葛大名垂宇宙”“万古云霄一羽毛”都是杜甫写诸葛亮的诗[①]，我把它一改写，变成漫画的说明词。

还有一幅漫画画监狱里那种折磨囚犯的黑牢，狱吏把三个囚犯挂在墙上，两个狱吏一大一小，一高一矮。小号牢头禁子拿着皮鞭对囚犯说话，说什么呢？

好消息——解严了

三位一体，
大家恭喜。
我已退休，
换个查理（Charlie）。

狱吏向犯人宣布说：好消息，我要退休了，换个人来管你们。结果囚犯一看，哎哟，新换的这个庞然大物，比退休的那位还厉害、还可怕。代表什么？解严以后，情况更严重了。

我拉拉杂杂讲这些干什么？告诉大家，争取言论自由的方法可以

① 出自杜甫《咏怀古迹》：“诸葛大名垂宇宙，宗臣遗像肃清高。三分割据纡筹策，万古云霄一羽毛。伯仲之间见伊吕，指挥若定失萧曹。运移汉祚终难复，志决身歼军务劳。”

五花八门。从鸿篇巨制到一首打油诗，都有战斗的力量，都可以发挥传播的效果。可是万变不离其宗，目的都是对付国民党伪政权而取得言论自由。

双杀救得走狗归

我办的《求是报》虽然只有一大张，四个版，可是内容非常有特色：第一，我锁定了国民党伪政权，要打倒它；第二，我要主持人间正义，批评那些不公正的事情。

什么叫主持人间正义？我李敖赞成“以牙还牙，以眼还眼”的态度，我觉得对我们的仇人，对那些坏人，我们可以原谅，可是必须在我们报复过他以后，在坏人为他所做的坏事付了代价以后，我们才可以放过他。所以我赞成以色列人追踪纳粹战犯的干法。

当年以色列有六百万同胞被德国人干掉，干掉以后以色列人绝没有说算了的，而是千刀万里追，组成团队到天涯海角把那些害他们的人一个个抓到，绳之以法。每抓到一个这种坏蛋，我都会写文章公布出来。有的战犯被抓到的时候，已经老得不成样子了，可是两只眼睛还露着凶光。为什么我李敖关心这个问题呢？因为德国人审判纳粹战犯，以色列人追捕纳粹战犯，更凸显出国民党的浑蛋，国民党可以这样子原谅日本人！

印度有一种很坏的风气，结婚的时候要女孩子带嫁妆过来，如果嫁妆不够，男方就不答应结婚，所以印度有很多贫困女孩子因为凑不出嫁妆而嫁不出去。我在《求是报》第一版登出新闻标题：

印度妇女嫁妆不足迭生悲剧

——月满小姑犹独处 日高青女尚横陈

为什么“月满小姑犹独处”？你太穷了，嫁不出去。“日高青女尚横陈”[①]本来是王安石的诗，我把它用在这儿。横陈是什么？过去女孩子脱了衣服躺在床上叫横陈，现在横尸自杀也叫横陈。新闻说印度三年之内有一万名女孩子因为嫁不出去而自杀。

我必须说，印度这种情况在中国唐朝就有人作诗表达过，什么“苦恨年年压金线，为他人作嫁衣裳”[②]。为什么为他人作嫁衣裳啊？因为没有钱，没有能力穿好衣服，我做衣服是为别的新娘子做的。所以当印度这种新闻出来以后，我李敖会在《求是报》用头条新闻来处理，表示我们的道德关怀和正义标准。

同样的，当俄罗斯出问题的时候，我也会做出标题来：

叶利钦胜利的多重意义

——红色七十年换来一声惨 百姓没法度全靠窝里反

为什么窝里反？俄罗斯领导人换来换去，取得政权的都是他们自己人，不是老百姓啊。像今天俄罗斯的统治者普京，他是负责安全的大员出身，是他们窝里的人，才能够窝里反取得这个政权，一般老百姓根本轮不到，没希望的。所以这二十个字道破了俄罗斯政治的形态。

当然我们不光管世界大事，也管一些个人的小事。好比美国有个电影

---

① 出自王安石诗《红梨》：“红梨无叶庇花身，黄菊芬香委路尘。岁晚苍官才自保，日高青女尚横陈。”

② 出自唐秦韬玉《贫女》：“蓬门未识绮罗香，拟托良媒亦自伤。谁爱风流高格调，共怜时世俭梳妆。敢将十指夸针巧，不把双眉斗画长。苦恨年年压金线，为他人作嫁衣裳。”

好莱坞电影明星海蒂·拉玛

明星叫海蒂·拉玛（Hedy Lamarr）①，她很漂亮，也很有钱，可是有一个毛病——喜欢偷东西。《求是报》登出来：

当年狂喜裸奔老去物我不分

——艳星海蒂·拉玛窃物被捕

年轻时候海蒂·拉玛拍过好莱坞的露点电影，老了以后物我不分，在商店里偷东西被人抓住，颜面尽失。

---

① 海蒂·拉玛（Hedy Lamarr，1914—2000），好莱坞巨星。出生于维也纳一个犹太银行家家庭，自幼受到良好教育。不到二十岁就因惊人的美貌被电影公司发掘，拍摄了电影史上第一部“露两点”的影片《神魂颠倒》。这部电影使海蒂成为“全世界最美丽的女人”，同时也带来铺天盖地的非议，以至于她后来的丈夫、奥地利大军火商、纳粹的帮凶曼德尔一掷千金，拼命收集影片拷贝。1938年海蒂逃到伦敦，以摆脱她失败的婚姻和众多纳粹“朋友”，顺便也把纳粹无线通信方面的“军事机密”带到了盟国。这些机密随后被运用到她和朋友于20世纪40年代初开发的一项“扩频通信技术”中。这项技术获得了美国专利，今天已被广泛地应用于手机之中。海蒂一生经历过六次婚姻，虽然富有却不快乐，后来养成一些奇怪的习惯，比如偷窃商店。1966年，她因涉嫌在商店顺手牵羊而被拘留，后无罪释放。1991年再次因同类问题被拘留，判监外察看一年。

过去大陆有一位共产党女作家丁玲[①]，《求是报》登出来她的故事：

女作家为帮共产党打天下

——情人一头送命 自己两边坐牢

丁玲的丈夫胡也频[②]当年被国民党关起来，干掉了。丁玲自己也被国民党抓起来坐牢。1949年以后，她在大陆又不停坐牢。我用这种标题来处理，告诉大家这种人生有多么悲惨。

当然你的报纸也不能老是这些玩意儿，老是这玩意儿谁受得了？大家精神压力太大了，打开一看，惊心动魄，痛苦不堪。所以我也会公布一些轻松的内容，好比一些外国的漫画，我会给这些漫画题上中文诗“点睛”。有一幅Play Boy的漫画，画一个女的没戴隐形眼镜，看男人的时候发生了问题。我写了一首打油诗：

抱歉

眼镜没戴，

无计可施。

① 丁玲（1904—1986），原名蒋伟，字冰之，湖南临澧人。作家、社会活动家。1927年发表小说《莎菲女士的日记》，轰动文坛。1932年加入中国共产党。1933年遭国民党当局软禁。后逃往延安，担任《解放日报》文艺副刊主编等职，发表长篇小说《太阳照在桑干河上》。1955年和1957年先后被定为“丁玲、陈企霞反党小集团”主要成员、“丁玲、冯雪峰右派反党集团”主要成员，由此受到各种迫害，包括下放北大荒，投入监狱等。1979年获平反。1986年逝世。

② 胡也频（1903—1931），原名胡崇轩，福建福州人。左联五烈士之一。1924年开始创作小说，在《京报》副刊发表《雷峰塔倒掉的原因》。1925年，与丁玲相爱，生有一子。1930年参加左联并加入中国共产党。1930年底作为上海代表参加中华苏维埃第一次全国代表大会。1931年2月，与柔石等人在上海龙华被国民党政府秘密杀害。

阁下是谁，
一试便知。

因为我没戴眼镜，不知道你是谁，可是你跟我上了床之后，也许我能够感觉出来你是谁。当然这是一种戏谑的说法。

除了这种单幅漫画，我也会用一些连续性的漫画。好比有一组漫画画父亲跟儿子两个同骑一匹马，忽然这匹马罢工不肯走了，爸爸拉这匹马，拖这匹马，推这匹马，马死活不走。小孩跑去想办法，找来一部小车，把马拉上车。然后儿子拉着马，爸爸拖着车，这才走成。整幅漫画我给配了打油诗：

老马不干了

父子双骑非人情，
心有未甘意难平。
四脚总比两脚狠，
只有罢工才会赢。

为什么罢工？你两个人骑我这匹马，我不高兴。我马四只脚，你人两只脚，我不走，你没办法。最后要你们拖着我走才行。

同样有一组画父子二人的漫画。第一张画他们养的狗咬了人，把人家裤子咬破了，爸爸开始赔钱，表示抱歉。第二张，这只狗上了桌子，来吃他们的饭，爸爸和儿子把狗赶走。第三张，爸爸和儿子都受不了这只狗，又咬人又偷吃东西，就找来一个猎人，给猎人一块钱，要求把狗干掉。第四张，狗被猎人带走了，爸爸想起狗来很难过，儿子也难过，坐在那里哭。第五张，爸爸跟儿子拿了刀枪，赶出去，干什么？要救这只狗。忍不住了，要救狗！第六张，他们跑到被收买的猎人背后，拿枪顶着猎人的背，要求把狗放开。第七张，爸爸又给了猎人一块钱，意思是你不要杀我的狗，把狗还给我。第八张，这只狗很高兴地跟着主人回家了，猎人也很高兴，因为莫名其妙赚到两块钱。最后的结局，皆大欢喜。我写了首打油诗：

题走狗漫画

走狗咬人老本亏，
走狗养得此心灰。
制裁走狗心不忍，
双杀救得走狗归。

这就是《求是报》轻松幽默的一面。大家看到这些漫画，看到我李敖写的打油诗，会哈哈一笑，觉得中文的处理可以这样子有技巧，最后不但享受了漫画之乐，也欣赏到文字之美。

抗议的美学

《求是报》办了不到半年就倒闭了。为什么倒闭?过去台湾这个地方不准人民办报，只准国民党伪政府自己钦定的几个报纸发行。闹了四五十年以后，终于有一天想通了，管不住就开放吧，让你们办报。可是管制言论自由的人绝对想不到，当他把言论自由放开的时候，人民接不住，你让办报我办不下来。因为报纸的发行管道被国民党这些集团吃掉了，新的报纸很难成长起来，处处受到打击。

好像卖东西一样，过去台湾那种小杂货店现在很少有了，为什么?被7-Eleven这种垄断性的集团消灭了。它垄断着零售渠道，你自己一个小杂货店根本混不起来。报纸也是如此。国民党伪政府绝对没有想到，我管制不许办报这么多年，忽然现在要给你言论自由，你们居然接不住，等于没给一样。

《求是报》虽然只有半年不到的寿命，可是它的很多特色我觉得是永垂不朽的。其中一个特色是我收集了很多外国漫画，旁边再配上中文的打油诗。好比一幅漫画画一个女人在窗户里脱衣服，一个男的在外头偷看，偷看的人被两个警察抓到了，最后发现这男的不是别人，正是这女人的丈夫。等于丈夫在窗户外面偷看老婆脱衣服，没犯什么法。我给它配上一首诗:

偷窥狂

偷看老婆没窗帘，

警察抓人亦太难。
批评汤姆知何罪，
肥水不落外人田。

“偷窥狂”在英文里叫 Peeping Tom，我把它翻译成“批评汤姆”。我看自己老婆，也没看别人，所以叫“肥水不落外人田”。

还有幅漫画讲法国大革命，法国大革命的象征是断头台。过去杀人用斧头来砍，常常把人杀得血肉横飞，非常残忍，非常痛苦。后来一名医生发明了断头台，头切下来比较方便，杀人干净利落。结果很不幸，断头台就用这个医生的名字（guillotine）来命名[①]。漫画里一男一女两个人躺在断头台上，头不见了，男人的脚向下，女人的脚向上。换句话说，他们还在做爱的时候，头被切下来了。我写道：

贫富一均，平等处理

法国革命争自由，
剥削脱底复何求？
人生自古谁无死，

---

① 法国过去处决死囚往往用车裂、斧砍等酷刑。法国大革命开始后，制宪议会议员吉约坦（Joseph-Ignace Guillotin）医生提出要用快速及人道的方式执行死刑。1790 年 4 月，他在观看一场木偶剧时受到启发，发明出一种新的斩首机器，并请来德国的能工巧匠制作。这部斩首机在用几只活羊实验成功后即投入使用，但很快发现斩刀容易卷刃的问题。据说法国国王路易十六闻讯后，召见了有关人员，建议将斩刀改成三角形，还亲自在图纸上进行了修改。1792 年 4 月 25 日，经过改进的断头台正式启用。然而极具讽刺意味的是，九个月后，曾亲自过问断头台改进工作的路易十六自己也上了断头台。此后，法国大革命中雅各宾派的领导人罗伯斯庇尔、丹东等都在断头台上结束了他们“革命”生涯。据统计，断头台从问世到退役，历时约 200 年，总共砍下了近 5000 个人头。1981 年，法国总统密特朗宣布取消死刑，断头台从此进入了历史博物馆。

但愿做鬼也风流！

一边做爱，一边断头，做鬼也风流。

同样还有一张断头台的漫画，犯人吓得抱住脑袋，刽子手跟他说，我只要切你的头，不要切你的手指头。意思是你的指头碍事，收回去，两手放开。

只要脑袋即可

债各有主，
冤各有头；
体贴备至，
十指要留。

还有一幅漫画画一个斗牛士斗牛，结果斗牛没成功，反倒被牛斗得满身是伤，胳膊也受伤了，头也受伤了，浑身是伤。斗牛士躺在床上养伤，衣服、鞋子、帽子、剑、红布都扔在一边。这时候忽然说有人来探病了，他一看，谁呀？牛。

没完

来者不善，
有战要挑。
一股牛劲，
没完没了。

换句话说，我牛要找你这个斗牛士算账，跟你没完没了。

外国人有个习惯，女儿成长的时候，男朋友要来，大部分都在客厅里面搅七念三。这时候客厅忽然有人叫起来，爸爸冲进来一看，女儿蓬头散发，男朋友衣冠不整。打油诗道：

祸起叫床

如胶如漆，
难分难舍。
令媛没叫，
叫的是我。

换句话说，是这个男的在叫。你女儿没叫，叫的是我。

还有一幅漫画画一个小孩子看到有人在水里挣扎，以为要淹死了，赶快叫他爸爸来救。他爸爸跳到水里，掐住这个人的脖子，要把他捞上来。结果这人上岸后就打他，为什么打他？我好好在游泳，你掐我脖子干什么！这就是：

救错了人

小子大脑真太混，
小子情报那堪闻，
小子之言不可信，
劝君下水莫救人。

接下来这幅漫画画外国高级妓院里，一个老头子来寻欢作乐。老鸨轻轻地碰了一下老富翁的肩膀，指着旁边一个自动保险机，意思是你来玩可以，但要先买人寿保险。我写道：

老鸨忠言歌

八十老翁欲行房，

兴来何妨搞小娘。
知君做人多稳健，
买个保险再上床。

很多人打猎的时候，会把打下的老虎、豹子、狮子的头做成标本，表示这都是我的战利品，我把它们征服了。有幅漫画画一个人很奇怪，他收集的都是人的屁股，也许是女人屁股，也许男人屁股，也许他是个GAY（同性恋），不知道，反正他雅好此道。我写：

猎后者

瞻前顾后，
承先启后。
毋为牛后，
却为人后。

再来一幅漫画画一对男女打猎，这边狮子来了，那边鳄鱼来了，男的对女的说，快决定！我只有一把枪，你要鳄鱼皮包我就打鳄鱼，你要狮皮地毯我就打狮子，只能选一个。这女的把指头放在嘴巴上，表情很犹豫，不知道选哪一种。我给它配的打油诗是：

快决定呀，要手提包还是要地毯？

狮皮地毯鳄皮包，
两个选一真难挑。
大军压境还犹豫，
这种老婆真糟糕！

最后这幅漫画很简单，一个人举着个大牌子，动作是抗议性质的，可是牌子上没有字，空白的。换句话说，我没有具体要抗议什么，我只是要显示我抗议的精神，表示我敢向你抗议。我在底下写道：

抗议的美学

沉默多数，
吾为其尾。
不立文字，
无言之美。

我常常说“抗议”这种东西，到最后只是个精神，抗议的内容会变得很荒谬。好比文天祥为宋朝死了，他那种殉国的精神是了不起的。可是今天看起来，他所殉的对象是什么啊？是赵家这个系统。再进一步追究，赵家的天下怎么来的？赵匡胤原本是后周御林军的头子，周世宗死了，赵匡胤利用他的军事优势搞“陈桥兵变”，取得了天下。从纲常观点来看，你宋太祖是个叛臣啊，不忠不义，欺负周世宗的孤儿寡妇而开创了宋朝，不是吗？赵家这个天下是不忠不义叛臣的后代，不是吗？你文天祥为了叛臣的天下而死，值得吗？所以这个死是没有意义的，可是文天祥宁死不屈的精神有意义。

我在台湾常常笑那些国民党的孤臣孽子，我说你们分不清效忠的对象是所谓的“中华民国”还是蒋氏父子。你以为你爱的是“国家”，实际上你所干的事，在我李敖看起来，是效忠蒋氏父子。这就是我所说的，精神也许是好的，动机也是好的，可是效忠的对象出了问题。同样的，抗议的动作是好的，抗议的精神也是好的，可是抗议的内容常常是有问题的。

古人骂人花样百出

中文转英文、英文转中文的过程里会有很多很有趣的现象。照着英国文学家萧伯纳（George Bernard Shaw）的说法，那些洋泾浜英文才是最好的英文，因为它简单明了。好比 people mountain people sea，意思是人山人海。

人山人海的场面，我一辈子见过很多次。当年胡适从美国回来的时候，到台北机场去接他的朋友们就人山人海，各路人马都有。其中包括了日本鬼子驻华大使芳泽[①]，一个侵略中国的老手儿；还有个人叫王兆民，是现在大名鼎鼎的歌星王菲的祖父；还有白崇禧——白先勇的爸爸，诸如此类，好多人。证明什么？证明胡适的人脉宽得不得了，三教九流的朋友都有。可是在我李敖看起来，他交的这些朋友虽然不敢说都是酒肉朋友，可是很多都是跟着他起哄的，真正能够为他传播思想的朋友不在这些人里面。

胡适有个本领是他能够记住很多人的名字。有一次台湾学术界为胡适请了两桌客，其中一个做东的人叫曲显功。可是胡适来了以后，认不出来这个曲显功，就私下问一个教授李玄伯，这是什么人啊？李玄伯告诉他，这是曲显功。胡适立刻记起来，当年曲显功写过一部《韦庄年谱》，他还用毛笔给题了字。最后胡适把这两桌客人里每个人的名字都叫得出来，有一个认不出来的还给他很侧面地打听出来，显示了他的记忆力和修养。

---

① 芳泽谦吉（1874—1965），日本外交官。1923 年任日本驻华公使。1930 年任国际联盟日本代表理事，为日本侵略中国东北辩护。后因同军部对华政策有矛盾辞职。1952 年至 1955 年任日本驻台北“大使”。

曲显功是燕京大学国文系毕业的，在台湾教过我国文，所以我晓得这个事。他是一位很努力的学者，研究了很多历史上被人忽略的问题，譬如古代之诅詈语。什么叫诅詈语？诅是诅咒，詈是骂人的话。《说文解字》里说：“正斥曰骂，旁及曰詈。”我正面骂你叫作骂，旁边又加了一句陪衬的话叫詈。

曲显功研究出来，中国古代经常用的一句诅詈语叫“无后”，翻成白话文就是断子绝孙。譬如《孟子·梁惠王上》里说：“仲尼曰：‘始作俑者，其无后乎！’为其象人而用之也。”孔子说，最早发明用人俑殉葬的人会断子绝孙，不得好死，因为太缺德了。《阿Q正传》里阿Q摸了小尼姑的头，小尼姑骂起来也是：“断子绝孙的阿Q！”可见断子绝孙、无后在中国是很重要的一种骂人的话。

还有一种骂人的话叫“不没”，就是不得好死，不是寿终正寝、该活多少活多少，正式死在自己卧室里。“不没”这话骂起来也是很严重的，因为古人都希望自己“得死为幸”“死得其所”，能够活到什么时候就活到那个时候，该死的时候才死，这是一种幸福。《左传》里讲：“楚王其不没乎？”“不以寿终”楚王他不得好死吗？本来应该寿终正寝的，结果不得好死。

第三种骂人的话叫“禽兽”。《孟子·滕文公下》里说：“杨氏为我，是无君也；墨氏兼爱，是无父也；无父无君，是禽兽也。”禽兽也是骂人的话。第四种骂人的话叫“食其肉”，我恨你恨得要吃你的肉。古人说：“吾食其肉，不以分人。”我一个人吃你的肉还不够吃呢，还不满足呢，不能分给别人。还有一个“尔何知”，也是骂人的话，意思是“你懂什么！”第六种“划尔类”，意思是干掉你这一票人。第七种“残竖子”，意思是你这个浑小子！浑蛋！还有“厉鬼”“死鬼”“役夫”“贱货”“役人”“役臣”等等，都是骂人的话。

还有一种“竖子”。鸿门宴的时候，范增一再暗示项羽要把刘邦干掉，项羽当场没做到，最后范增发脾气了，说：“竖子不足与谋。夺项王天下者，

必沛公也。”[①]你这个幼稚无知的人，我没办法跟你共事，以后抢你天下的人肯定是刘邦。后来汉高祖刘邦“**骂郦生为竖儒，谓此儒生竖子耳**”[②]，你们这些知识分子是竖子，成事不足败事有余。“**而公，高祖自谓也。汉书作‘乃公’，乃亦汝也。**”[③]乃公就是你老子，自称你老子，骂你是竖子。所以汉高祖骂人是相对的，一方面骂你是竖子，一方面捧自己是老子。

还有一种“野哉”。孔子骂他的学生子路：“**野哉，由也！**”[④]意思是你这个没见识、不懂事的家伙。还有一种“小人”，骂人是“小人”比较常见。还有一种“死公云等道”[⑤]，五个字连在一起，意思是“死东西你胡说什么鬼话”。

还有“伧人”“伧夫”，用来骂那种爱钱的货色、市井中的人。另有一种“貉子”“鼠子”“庸狗”“鬼子”也是骂人话，我们骂日本人“日本鬼子”就这么来的。

现在我们读《水浒传》，还可以看到很多活生生的骂人的语言。好比有人调戏孙二娘，讲下流笑话逗她，然后吃了蒙汗药，全都晕倒了。这时候孙二娘讲了一句话：“**由你奸似鬼，吃了老娘洗脚水！**”任凭你小子怎么狡猾，还是上了我的当，吃了老娘的蒙汗药，都晕倒了。

我举这些例子干什么？告诉大家，骂人是人类很正常的一种感情表达，也是很正常的一种意思表达。虽然古代很多骂人的话现在不用了，因

---

① 出自司马迁《史记·项羽本纪》。

② 出自司马迁《史记·留侯世家》。

③ 同上。

④ 语出《论语·子路》。子路曰：“卫君待子而为政，子将奚先？”子曰：“必也正名乎！”子路曰：“有是哉，子之迂也！奚其正？”子曰：“野哉，由也！君子于其所不知，盖阙如也。名不正，则言不顺；言不顺，则事不成；事不成，则礼乐不兴；礼乐不兴，则刑罚不中；刑罚不中，则民无所错手足。故君子名之必可言也，言之必可行也。君子于其言，无所苟而已矣。”

⑤“死公云等道”是《后汉书·文苑列传》里祢衡骂黄祖的话。

为观念改变了，很多字的意思都跟着变了，可是不管怎么骂法，从古到今骂人的传统一直流传下来，并且花样百出，推陈出新。

现在政府经常跑出来，要管制媒体上骂人的话，说是对小朋友、年轻人影响不好。我必须提醒这些想管制的人，管得住吗？举个例子，美国白宫有个总统房间是椭圆形的，叫 oval official，椭圆形的房子。oval 跟 oral（嘴巴）两个词很像，发音也像。前几年美国总统克林顿在椭圆形办公室里跟他的女助理闹口交的时候，美国报纸上整天都是 oral、oral、oral，口交来口交去。请问这么大一个事件，你能够管制得住吗？事情太大了，压不住的，拦截不了的！所以当时美国好多儿童都问他们的爸爸妈妈，什么叫 oral 啊？按照管制的标准，这个词绝对是不雅的，连男女性交都不能随便谈，怎么可以谈口交呢？可是由于克林顿这个事情闹出来，变成一件大新闻，口交就上了报纸上了电视，成为一个封锁不了的词。这就是我说的，在现代媒体的传播力量之下，言论你管不住的。

再好比《红楼梦》，这本书在清朝一段时期是被禁的。后来共产党南京军区的许世友[①]上将也说不许大家看《红楼梦》。可事实上拦得住吗？今天《红楼梦》不看，做得到吗？做不到了。证明什么？证明言论需要适度的开放，至少不要不由分说地统统管制，为什么？你管不了嘛。清朝政府可以一声令下，《红楼梦》大家不能看，现在谁还能管得住看《红楼梦》吗？

---

① 许世友（1906—1985），原名释友，字汉禹，河南新县人，解放军开国上将。1949 年后，任南京军区司令员、国防部副部长等职。据说这位战将曾在南京军区的一次干部会议上鄙薄起毛泽东推崇的《红楼梦》，说它“写的是吊膀子的事”，会把思想看坏。此事被毛泽东知道后，毛泽东在 1973 年 11 月同周恩来等人的谈话中，特地说起：“许世友反对读《红楼梦》，说尽是吊膀子。你没有看，怎么知道是吊膀子？……我不然，我说是部政治小说。”之后不久，毛泽东又在八大军区司令员对调会议上，当面问许世友：“我要你读《红楼梦》，你读了没有？”“一遍不够，要读三遍。”

骂人的话是活的

俄国沙皇尼古拉一世[①]讲过一句名言，说我们俄国有两个可靠的将军，一个叫十一月（November）将军，一个叫十二月（December）将军。什么意思呢？每年十一月、十二月是俄国最冷的时候，天寒地冻，很多人进攻俄国，打到这个时候就打不下去了。

美国总统杜鲁门（Harry S.Truman）[②]跟元帅麦克阿瑟（Douglas MacArthur）[③]也讲过一句话，说我们美国有两个将军，一个是General 麦克

① 尼古拉一世·巴甫洛维奇（1796—1855），俄国第11位皇帝，史称尼古拉一世，1825年至1855年在位。统治期间曾两次对土耳其作战，加速了奥斯曼帝国的瓦解。1853年，爆发克里米亚战争，英、法、土等国结成同盟对俄宣战，最后以俄罗斯战败告终。这也是19世纪自拿破仑帝国崩溃后，规模最大的一次国际战争。

② 哈里·S.杜鲁门（Harry S. Truman，1884—1972），美国第33任总统，也是最后一位没有大学学位的美国总统。他在罗斯福总统病逝后，以副总统身份接任总统，并于1948年取得连任。执政期间国际上发生了许多重大事件，如接受德国投降、决定在日本投放原子弹、订立北大西洋公约、发动侵朝战争等。1953年，杜鲁门离开白宫过起退休生活，1972年病故。

③ 道格拉斯·麦克阿瑟（Douglas MacArthur，1880—1964），美国五星上将。二战太平洋战争中，为盟军主要指挥官，并在战后主持了对日本的军事占领。1950年6月，侵朝战争爆发后，麦克阿瑟任“联合国军总司令”。10月，杜鲁门总统接见麦克阿瑟，要求他只打一场有限的战争。此后，麦克阿瑟公开反对杜鲁门的决定，派侦察机飞入中国大陆领空。1951年4月，杜鲁门以“未能全力支持美国和联合国的政策”为由将他撤职，由马修·李奇微（Matthew Bunker Ridgway）接任。麦克阿瑟回到美国后，在华盛顿受到了万人空巷的英雄式欢迎。许多大城市爆发了支持麦克阿瑟、反对杜鲁门的游行示威活动，四个州议会通过决议，要求杜鲁门收回成命。1952年麦克阿瑟参与共和党总统初选，未能胜出。1964年病逝。著有《往事的回忆》。

阿瑟，一个是 General Electric（GE）。GE 就是通用公司，通用公司太大了，所以杜鲁门挖苦说它也是个将军。杜鲁门后来要把麦克阿瑟解职，说这个狗娘养的（Son of bitch）如果不辞职，我就把他 fire（炒）掉。后来果然把麦克阿瑟 fire 掉了。怎么你美国总统会骂五星上将是“狗养娘的”啊？怎么可以讲这种粗话呢？哎，他就讲，就骂麦克阿瑟是狗娘养的，可见杜鲁门的这种真性情。

杜鲁门的前任总统罗斯福对美国卵翼下的尼加拉瓜统治者叫苏慕萨（Somoza）[①] 的也讲过一句粗话。他说苏慕萨可能是个狗娘养的（SOB），但是他是我们的 SOB。换句话说，他为我们所用，是我们的狗，跟我们同一条战线。就像后来美国总统艾森豪威尔谈到法国总统戴高乐时，说戴高乐这个人虽然有点别扭，跟我们不和，可是他跟我们是同一战线的。

最近报上登出来新闻标题：

布希开黄腔 令人错愕

干什么？美国总统布希（布什）也动辄讲粗话。我一个朋友刘佑知，在大学做副校长，他写了一本书《细说英语粗话》，列举了很多粗话。换句话说，粗话出自美国总统之口，出自大学教授的研究，我们就可以堂堂正正来谈它。大家可以看看最新一版的《牛津字典》，里面骂人的话比赞美人的话多多了，什么笨蛋、小混混，都变成“新词”进入牛津字典。很多字眼过去认为绝对不可以出自正经八百的人的嘴巴，现在发现从他们的嘴巴里说出来也没什么了不起。

---

① 安纳斯塔西奥·苏慕萨·加西亚（Anastasio Somoza García，1896—1956），大陆译为索摩查，1936 年至 1947 年、1951 年至 1956 年尼加拉瓜独裁者。早年在美国求学。1926 年开始涉入政治。1936 年在美国支持下发动政变，成为独裁者，1956 年被刺杀。其后他的长子和次子分别出任尼加拉瓜总统。苏慕萨家族的统治长达 43 年。

吕叔湘先生有篇文章《从国骂说开去》，谈到鲁迅先生写过一篇杂文《论“他妈的”！》。他说：

> 凡是中国人足迹所至，这句骂人的粗鄙话就一定流行……鲁迅先生推测，这可能由于中国社会门第观念森严，人们为了要施以报复，才这样以图一逞的……十年浩劫，不但许多污泥浊水又翻上来，而且还有新的污垢产生，比如什么“砸烂狗头”“黑狗崽子”“臭老九”等等，便成了新的准“国骂”，其流行之广，并不亚于旧日国骂的。

可见我们骂人的词汇也在不断推陈出新。台湾这边的“外交部长”陈唐山有一次公然大骂新加坡捧中共的卵葩（LP），大家赶快把它美化，用英文拼音 LP 来表示。什么是卵葩啊？男人的生殖器嘛。台湾现在报纸上经常出现“男性内裤屌要分级”“台湾体育界的悲哀没卵葩”之类的话。

“屌”和“卵葩”在过去是绝对不能出自正经场合的。我在北京念小学的时候，这些字还是忌讳。为什么今天已经放宽到媒体可以大登特登的程度？因为语言在发生变化。由于时代的改变，大家对粗话的观念跟以前不一样了。

我李敖在节目里当然偶尔也会讲一些粗话。结果香港政府要管，要打官司，要罚钱。我一直很乐观地看待这个事，认为香港是开明的地方，可能一时弄拧了，误会了，为什么？因为不是我李敖在讲粗话啊，有时候是我谈到了别人的粗话。好比美国总统罗斯福、杜鲁门、布什都讲粗话，我只是引证而已。

还有一些粗话是事实，好比俗语里有一句：“拔屌不认人。”我说蒋经国就有这个行为。他跟章亚若在一起生了一对双胞胎——章孝严和章孝慈，然后章亚若就不明不白地死掉了。这不是“拔屌不认人”，是什么？而且是蒋经国式的“拔屌不认人”。还有一种蒋纬国式的，还赶不上他哥哥。哥哥属于先上车后买票，弟弟是下了车也不买票，赖得一干二净。还有一种是康宁祥式的，康宁祥替陈水扁负责台湾安全系统，做过监察委员。他把一个女孩子肚子搞大以后，人家找他算账，他赖皮说，你怎么证明是我的呢？结果女方告到法院，法院验DNA证明这个小孩是你康宁祥的。康宁祥只好每月给钱，可是还讨价还价，少给一点，小气得不得了。所以我说“拔屌不认人”有三种模式：蒋经国式的，先上车后买票；蒋纬国式的，下了车也不买票；康宁祥式的，打折扣买票，小气巴拉。

还有好多字眼是在变化的，譬如台湾女孩子现在流行讲“老公怎样怎样”，老公就是丈夫。可是照清朝的标准，老公是妓院里面妓女骂妓女的话，好比骂“你今天晚上陪老公”！什么意思呢？老公是宫里的太监，太监到妓院里来，不能够发生性行为，可是又有性冲动，怎么办呢？咬妓女，掐妓女，花样多了。妓女对骂“你今天晚上陪老公”，意思是让这种有性欲无性能的男人来折磨你。可是今天女孩子们公开在电视上讲“我老公对我很好”，这在清朝听起来是笑话！

所以语言是个活的东西，是会变化的。今天香港管制言论的单位开明了，知道不能动辄用处罚的方式来解决问题，后来经过大家交涉，果然没有罚钱，我认为这是一种进步。当年美国大法官霍姆斯讲过一句话，说大家以为《宪法》是死的，不对，《宪法》是活的。

要我说，不但《宪法》是活的，骂人的话也是活的。很多人满口脏话，把脏话当成标点符号来用，这是他一个不好的习惯，可是并不代表他有那么多恶意。审查单位的人要知道，很多粗话都是民间的语言，虽然不够典雅，可是也没有那么多妨碍风化的成分。想通这一点以后，我们言论自由的尺度就因此而变宽了。

吹牛皮与骂粗话

网上的朋友们对我有两个重要批评，一个是说你李敖太自大了，太喜欢炫耀，太喜欢吹牛。有没有这个现象呢？绝对有。为什么这样做呢？大家难道看不出来，这是我能够使自己不得胃溃疡、不得胃癌的一种必要方法。人为什么会得胃溃疡、胃癌啊？因为心里怄气，有话说不出来。我李敖不会得这个病，因为我会用做戏的方法把话说出来，也许你不赞成，可是你很无奈。

英国文学家王尔德去美国的时候，海关问他带了什么物品没有。王尔德说，我除了我的天才，什么都没带。他怎么这样吹牛？怎么这样不含蓄呢？告诉大家，中国的传统哲学跟人情世故里有一个思路是叫你谦虚，谦虚到虚伪的程度，谦虚到抹杀事实的程度。我不会采取这种谦虚，我要像王尔德一样自己捧自己。

我第一次坐牢出来的时候，出了一本书《独白下的传统》。扉页里有一段话：

> 五十年来和五百年内，中国人写白话文的前三名是李敖、李敖、李敖，嘴巴上骂我吹牛的人，心里都为我供了牌位。

为什么这么狂妄啊？注意，这是一个广告技巧。我不说我的文章写得最好，我说前三名都是李敖、李敖、李敖。你心里可以恨我，可是你忘不掉这句话，因为它是一句很好的宣传语，抓住了你的注意力。靠什么？就靠文字的技巧跟吹牛的戏路。这种戏路有些人用了我们觉得很正常，用在我身上大家就不习惯。

大陆有一首歌《东方红》：

> 东方红太阳升
> 中国出了个毛泽东
> 他为人民谋幸福
> 呼儿嗨哟
> 他是人民大救星

老一辈中国人都记得这句话，毛泽东是人民的大救星。有趣的是台湾这边也有一个救星，不是人民的救星，是中华民族的救星。谁呢？蒋介石。台湾歌颂他是中华民族的救星。

我手里有一张蒋介石亲笔写的毛笔字，其中“对匪军的口号”包括了下面两条：

> 第五条，蒋总统是大陆同胞的救星；
> 第八条，蒋总统才是你们的救星。

这个字是用所谓“中华民国总统府”便条写的。大家不觉得毛骨悚然吗？别人喊你救星也就罢了，居然你亲笔写自己是救星。这种不要脸，这种无耻，这种秘密文件，只有我李敖能拿得到，并且展示出来给大家看。

所以我也不妨开个玩笑，说我也是个救星，小一号的救星。现在我就这样做啊，譬如我提议对台湾不要直接动武，把那么多高压线电塔打一个使它停电，不杀生也不伤人，用这种动作警告台湾。可是网上有人反对我，说你李敖贪生怕死，你反对打台湾是因为怕飞弹把你打死。我请问，台湾有两千三百万人口，你飞弹会把他们全杀光呀？你怎么知道我李敖挨杀呢？并且我在台湾坐过两次牢，是有名的政治犯，禁止上前线作战的，所以我怕什么死呀。有人这么谴责我，可以说有点幼稚。

我大学刚毕业服兵役的时候，有一天上厕所，厕所墙上到处都是大字报，骂张三骂李四骂长官，牢骚不满宣泄愤恨都写在这里。请问，这种干法跟今天网上那些言论有什么不同啊？有不同，网络骂人传播速度更快，气味没那么臭，可是很多内容让人哭笑不得。为什么呢？文化水平不高。

还有一种批评意见是说，你李敖怎么老在节目里讲粗话，讲骂人的啊？有没有这个事？也有。可是我告诉各位，我讲的粗话大部分是引证事实。好比我讲“伶界大王”谭鑫培①有一次到上海演《空城计》。这个戏讲诸葛亮调配军队来不及了，他的空城四面八方都被司马懿的军队包围。打不过，怎么办？诸葛亮把城门打开，自己坐在城头上，摇个扇子，一边喝酒一边说：“来！来！来！”意思是你司马懿敢不敢进我的城。司马懿就怀疑，犹豫不决，害怕里面有埋伏。

谭鑫培在《空城计》里演诸葛亮，演的时候唱司马懿的“角儿”忽然把戏词改了，加了一句：“诸葛孔明，你既然神机妙算，请看天上一朵白云是何道理。”谭鑫培反应非常快，知道你这个海派的司马懿故意要整我京派的谭鑫培。他回答：“天机不可泄露，你附耳上来，我偷偷跟你讲。”这司马懿只好附耳上去，谭鑫培讲了四个字：“我 × 你妈！”司马懿一听一愣，可是在舞台上也只好回：“对！对！对！”糊弄过去。

谭鑫培讲“我 × 你妈”，我李敖实事求是的话，就必须把这句粗话引证出来。并且孔夫子也讲过粗话啊，他说：“始作俑者，其无后乎。”

---

① 谭鑫培（1847—1917），京剧演员，工老生，艺名“小叫天”，湖北武昌人。他开创了京剧生行的谭派，影响极大。1905 年，他在北京拍摄了中国第一部电影《定军山》，同时也是世界首部京剧电影。他故去后，梁启超写了挽联：“四海一人谭鑫培，声名卅载轰如雷。”

翻成白话就是：一开始发明陪葬佣的人，要断子绝孙！这不是骂人的话，是什么？

再看毛主席的词里面，“不须放屁，试看天翻地覆”[①]。“放屁”是不是粗话？当然是粗话。过去中国古代的诗里有讲牛的，有讲羊的，也有讲马的，“风吹草低见牛羊”都有，就是不讲猪。为什么？因为猪是不雅的。直到乾隆皇帝写了首诗“夕阳芳草见游猪”，夕阳西下，我皇帝老儿看见一只猪在草地上走来走去。这下好了，猪从此不再被排斥在诗词之外，为什么？皇帝用了。

我的意思是，毛主席把“放屁”用进他的词里，乾隆皇帝把“猪”用进他的诗里，证明什么？粗话是可以用的嘛！《康熙字典》里的粗话多得很，大家一查就知道，粗话进了正式字典！而且很多粗话是人民的语言呀，过去“谁敢横刀立马，唯我彭大将军”的彭德怀，不是跟毛主席两个人在山上互相骂娘吗？所以在我李敖看来，没有什么粗话不粗话的问题，有些小朋友太紧张了。

我必须说，我讲粗话，我喜欢吹牛，这些情况确实有之，有的原因是这是我的一场戏，我在做某种程度的表演。为什么表演？表演你才能看啊，正经八百跟你讲话你不听的。中国有一句老话“情欲信而辞欲巧”，我讲的语言，我讲的方式，要有技巧在里面，别人才听得进去。

当然人家会说，你李敖这样子表达，我们听不进去。一听你在吹牛，我们就刺耳；一听你在讲粗话，我们就刺耳。我告诉你，那是因为你对语言的了解不够。语言一直在随着时间、地域的变化而变化，什么是文明的，什么是野蛮的，都在发生变化。好比“小姐”这个词，我们今天叫张

---

① 出自1965年秋毛泽东《念奴娇·鸟儿问答》：鲲鹏展翅，九万里，翻动扶摇羊角。背负青天朝下看，都是人间城郭。炮火连天，弹痕遍地，吓倒蓬间雀。怎么得了，哎呀我要飞跃。　　借问君去何方，雀儿答道：有仙山琼阁。不见前年秋月朗，订了三家条约。还有吃的，土豆烧熟了，再加牛肉。不须放屁，试看天地翻覆。

小姐、李小姐，很自然，稀松平常。可是在宋朝的时候，你说张小姐、李小姐，张小姐会给你一个耳光，李小姐也会打你一个嘴巴子。为什么？宋朝的“小姐”是妓女的意思，你叫她张小姐等于骂她妓女。“小姐”两个字从不好的字眼，变变变，一路变到现在好的字眼。

也有本来好的字眼现在变得不好了，好比“龟”字，在唐朝这是好的字眼，是吉祥、赞美的意思，甚至很多人名字里都有龟，什么李龟年、陆龟蒙。现在只剩下日本人还在用，什么龟太郎、龟三郎。中国人不用了，为什么不用？“龟”变成不好的字眼了。同样的，“吾爱孟夫子，风流天下闻”[①]里的“风流”，在唐朝是好的字眼，现在变坏了，说人风流成性是骂人的话。

最后告诉大家一个秘密，我建议大陆用飞弹打台湾的高压线电塔，网上有小朋友说，你李敖怎么可以出这种馊主意啊？我告诉你，当年台湾就这样子打过大陆。国民党被共产党从大陆赶出来逃到台湾以后，曾经派飞机去炸上海的电厂，使全上海停电。证明什么？证明这不是我的馊主意。“以其人之道，还治其人之身”，这个方法很公道，不是吗？可是不会伤害到任何一条人命，因为海峡两岸的每一个中国人都是我们的同胞。

① 语出李白《赠孟浩然》：吾爱孟夫子，风流天下闻。红颜弃轩冕，白首卧松云。醉月频中圣，迷花不事君。高山安可仰？徒此揖清芬。

“Nuts”和“干您娘”

当我们表达一个意见的时候，可以用一种很简练、很动人的语言，使大家觉得你这个词或这个字，用得真好、真妙！我对这种语言很感兴趣，经常到处去找，偶尔会在一些日用品上找到。譬如我女儿 Hyde Lee（李文）当年从美国寄给我一个马克杯，上面印着一行字“I'm the boss”，我是老板，我高兴干什么就干什么。把这么个水杯放在桌子上，看上去威风凛凛。

可是这句子我觉得还不够简练，有一种水杯上写着 Me boss you not，老子是老板，你不是。这种洋泾浜英文，文法上可能有问题，可是语言表达上斩钉截铁，很有力量，并且充满了幽默感。我觉得幽默感是一种很值得我们中国人借鉴的品格，因为从古至今我们中国人讲话都过分严肃了，虽然也有《笑林广记》这种笑话书，可是据我看这些笑话极大比例都跟生殖器有关系。这种幽默是不够典雅的。

我手里有一本书 *The Bitter Woods*：*The Battle of the Bulge*，作者艾森豪威尔。这个艾森豪威尔不是美国那个五星上将艾森豪威尔，可是跟五星上将艾森豪威尔也有关系，是他的儿子 John Eisenhower[①]。John

---

① 约翰·西尔顿·杜德·艾森豪威尔（John S.D.Eisenhower，1922—　），艾森豪威尔将军次子，也是他唯一活下来的儿子（长子三岁得猩红热过世）。约翰毕业于西点军校，曾作为上校在朝鲜战场作战，后担任父亲的白宫助理，直到肯尼迪上台。1963 年退役后，转而从事文学创作，出版了父亲的传记和一些军事、历史学方面的著作。

Eisenhower 的儿子 David Eisenhower[①] 很得老艾森豪威尔的喜欢，所以他把避暑休闲的地方起名叫 Camp David（戴维营）[②]。爷爷艾森豪威尔跟孙子艾森豪威尔都很有名，中间这个艾森豪威尔不太有名，他是一位研究军事史的专家。

他这本书里讲了一个故事：二次世界大战的时候，英美盟军攻打德国，忽然在一个地方被德国人偷袭，反过来把他们打得几乎全军覆没。当时有一个叫 McAuliffe[③] 的美国少将被德国人包围，德军指挥官通知他，你投降吧。他回了一个字："Nuts！"中文翻译就是："浑蛋！"可是这个意思我李敖觉得还不够，要我来翻就是："去你妈的蛋！"你叫老子投降，老子才不投降呢！

---

① 德怀特·大卫·艾森豪威尔（Dwight David EisenhowerII，1948— ），作家，老艾森豪威尔的孙子，尼克松总统的女婿。

② Camp David，美国总统休假地，正式名称为瑟蒙特美国海军支援设施（The Naval Support Facility Thurmont），位于马里兰州弗雷德里克县凯托克廷山公园内，距华盛顿 113 公里，占地 125 英亩，搭乘直升机从白宫出发，只需 30 分钟。Camp David 兴建于 1938 年，最早是政府官员的休假地，后来成为患有小儿麻痹症的总统小罗斯福的专用疗养所。1953 年，艾森豪威尔总统将其改名为 Camp David。Camp David 仿度假村模式修建，别具田园风格，娱乐设施一应俱全。总统寓所内设有电梯，可直接通向地下 30 米的战时指挥室。2012 年奥巴马总统将第 38 届八国集团首脑会议就设置在 Camp David。

③ 安东尼·克莱门特·麦考利夫（Anthony Clement McAuliffe，1898—1975），美国陆军上将。毕业于西点军校，在 1944 年盟军诺曼底登陆作战中任第 101 空降师炮兵指挥官。1944 年 12 月 16 日，德军在阿登森林地区对盟军发动突然袭击，美军的战线开始崩溃，整个盟军北翼受到严重威胁。12 月 17 日，麦考利夫以代理师长身份率第 101 空降师赶赴巴斯托涅进行防御，最后被强大的德军装甲与步兵部队包围。在接到德军要求被围美军投降的通牒后，麦考利夫只回答了一个字："Nuts！"在其后三个星期中，第 101 空降师经历了巴斯托涅战役中最血腥、最惨烈的几次战斗，最终将德军击溃，导致了德军阿登反攻计划破产。

“Nuts”是一句骂人的话，却是活生生的语言。我被你包围，你劝我投降，我不投降，跟你干到底！千言万语都赶不上一句“Nuts”传神。有人说，为什么不文明一点啊？干吗这么粗鲁啊？大家别忘了，讲这话的人是少将啊，本身就是那种很凶悍的将军。他不需要文绉绉地讲话，不会说“我拒绝”或“我们不要谈了”，这些都不够味儿！在那种场合下，在那种气氛里，只有讲这一句粗话，才能表达出美国军人虎虎生风的气魄。

The Bitter Woods：The Battle of the Bulge 是1973年6月27日我在牢里收到的书，是我的朋友青木先生寄来的。当时我在牢里面天天看书，这本书被我用红的绿的笔标得密密麻麻的，记录我读书的感想。当时牢里的一些秘密也被我在这本书的空白处记录下来。不过我写的时候，用的是密码。出狱时，检查的人一看，哦，这些都是李敖的读书笔记吧，杂七杂八的，带出去吧。所以我很容易就带出来了。可是当我出来多少年以后，开始整理这些东西的时候，忽然发现有些记录不能够还原了，为什么？当时我为了守秘密而做的密码，过了这些年自己也看不懂了，忘记了。会有这种笑话出现!

关于骂人的话，再给大家讲个小故事。我在台北阳明山上有一间小书房，有时候我会一个人到这个书房来。阳明山有很多路上去，也有很多路下来，其中有一条山路，几年前我有一次开车下来，快到平地的时候，忽然在一根电线杆子上看到三个字：“干您娘！”

当然“干您娘”是骂人的话，可是“您”这个字很有趣，不是吗？中国北方尊称别人“您”，经常说“您老”“您客气”“谢谢您”等，“您”是一种客气话。可是这么一个客气的字眼居然会用在这么粗鲁无礼的话里，大家不觉得很奇怪吗？

同样的，阳明山有一个地方叫花冈，前阵子出来一个嫌犯叫“花冈之狼”，到处奸淫女孩子，后来被抓到了。报纸上登出来新闻标题：

三年之间犯案三十余件

——嫌犯杨文雄为大学毕业　供承难抑冲动劫财劫色

最妙的是，这个“花冈之狼”对女孩子强奸完以后，还不忘说一声：“失礼！”“失礼”在闽南话里是“对不起”的意思。这家伙虽然做犯法粗暴的事情，可是做完以后会向你道歉，会说对不起，大家不觉得很有趣吗？

二次世界大战的时候，一开始日本人只打我们中国，后来跟英国人也干起来，炸了英国的船，英国只好对日宣战。当时英国的首相丘吉尔在给日本人宣战的文告里写得义正词严，可是也充满了礼貌和客气。人家问他，你都跟日本宣战了，为什么还咬文嚼字写得这么客气啊？丘吉尔讲了一句话，他说当我们要杀一个人的时候，不妨说话客气一点。

同样的，当日本刚投降的时候，有一架日本飞机接近美国的军舰，美国的海军上将赫尔赛（Halsey）[①]下令把日本飞机打下来。人家说，日本都投降了，你怎么还打他飞机？赫尔赛将军说：Investigate and shoot down all snoopers-not vindictively,but in a friendly sort of way.（查清楚、打下来。不是仇人相见，而是友谊式地打下来。）换句话说，我要打你，可是我会用很友善的方法把你打下来。这和丘吉尔的风格一样。

从电线杆子上的“干您娘”，到花冈之狼说“失礼”，到丘吉尔给日本人客气的宣战文告，再到美国海军上将哈尔西命令友善地把日本飞机打下来，这些故事告诉我们，当我们做一件事情的时候，我们可以用一种充满

① 小威廉·弗雷德里克·赫尔赛（William Frederick Halsey，1882—1959），大陆译为哈尔西，美国海军五星上将，二战太平洋战争期间担任第三舰队司令，负责对日作战。

了弹性、很幽默、很礼貌、很有技巧、活生生的语言来表达，使听者为之动容，觉得耳目一新。这种神来之笔，我把它搜集起来讲给大家听，觉得这也是一种人生趣味。

伍／
主义统统靠边站

要成功TIMING很重要

谈自由主义，空的！

个人跟团体斗，没门儿！

自由主义者，别做！

主义统统靠边站

到奴役之路——没钱

钱，是个好东西

身兼恩格斯

要成功 TIMING 很重要

荷兰有一个大画家叫林布兰（即伦勃朗）[1]，他特别喜欢给自己画像。我们很少看到一个画家给自己画了这么多自画像的。他为什么喜欢画自己呢？犯了跟我李敖同一个毛病，自大、自恋？不是。林布兰有他的理论，他说从画自己造型的过程中，可以进一步认识和看到自己的变化。我李敖也三天两头把自己抬出来炫耀一番，给自己做一个新的定性、定位、定型，重新确认一下自己的功力。注意，这已经超乎了自大狂的层次，而是一种很准确的自我检讨、自我批评，虽然这种检讨和批评基本上还是吹牛。

大家看《孟子》里的一段话，孟子引述齐人也就是山东那个地方人的话："虽有智慧，不

伦勃朗自画像

① 伦勃朗（Rembrandt Harmensz van Rijn，1606—1669），荷兰历史上最伟大的画家，也是欧洲 17 世纪最伟大的画家之一。台湾称为林布兰或林布兰特。伦勃朗擅长肖像画、风景画等，一生留下近二百幅自画像，其数量之多在历史上所有油画家中，几乎找不到第二个。

如乘势；虽有镃基，不如待时。”[1] 虽然你很聪明，可是要赶上时机成熟的时候，你的智慧发挥出来才到位；虽然你有种田的锄头，可是要等到风和日丽，正好是耕田的季节，你去种田才有效果。这十六个字告诉我们，你个人的智慧、努力是一回事，可是 Timing、时机对不对很重要；对的话你可能事半功倍，不对你就会功败垂成，白努力了，或者收获跟努力不成正比。

什么原因呢？告诉大家，以我七十多年的人生经验，我们以为聪明会有好结果？错的！我们以为好心会有好报？错的！我们以为努力就会成功？错的！人的成功，条件 N 多了。为什么说红颜薄命啊？这个女孩长得好漂亮，可是其他条件跟不上，一样没有好命。英国诗人华兹华斯描写山脚下的小黄花，那个花开得很漂亮，可是没有人看到它，花不是白开吗？照着中国王阳明的哲学，你这个花我看到你才叫花，我没看到就没有你这个花啊——他是这样一种很激烈、很尖锐的唯心论。美女也一样啊，你再漂亮，你在山脚下孤芳自赏，没有人欣赏你，或者你被一个土霸王抢走了，还不是下场很惨！

为什么说怀才不遇啊？你有才气不一定能够施展。你爸爸是谁，爷爷是谁，老婆是谁，小舅子是谁……你哪个学校毕业的，是哪一省的人，加入了什么党，健康有没有问题……多少条件混在一起，云龙会合你才会“遇”。否则你怀才干什么？坐牢啊。李大师不就怀才坐了牢嘛，怀才惹了祸嘛。

所以一个成功局面的出现，要有很多条件的配合，其中一个重要条件是 Timing，时机对不对。有人说，这不是违背你李大师的哲学吗？你

① 出自《孟子·公孙丑上》：“齐人有言曰：‘虽有智慧，不如乘势；虽有镃基，不如待时。’今时则易然也。”意为：齐国有句俗话说：“虽然有智慧，不如把握时机；虽然有耕田的农具，不如等待耕种的时节。”现在的时机算是容易的。

雷震

李敖不是说“英雄造时势”吗？是。可是我必须说，我们一方面造时势，不信邪；另一方面我们也会遭遇失败、打击、不公平对待，“倒霉倒到南天门，倒霉倒到印度国”，是很正常的，没有什么好怨的。毛泽东也不信邪，也有毅力，可是他的成功付了多少代价啊？太太被枪毙，妹妹凶死，两个弟弟都不得好死，一个老婆得了精神病，一个儿子被炸死，另一个儿子神经出了问题……付了那么大代价，而毛泽东自己洪福齐天，毫发无伤。

一九四九年蒋介石兵败山倒的时候，花钱办了两刊一报——在台湾办《自由中国》[①]，在香港办《民主评论》，同时在香港办了一份报纸《香港时报》。结果在台湾替他办《自由中国》的雷震，一边办一边反。《自由中国》由胡适挂名“发行人”，在胡适的撑腰之下办了十年。最后蒋介石翻脸了，把杂志封掉，人抓起来。雷震判了十年，十年的杂志用十年的牢来抵偿。这个杂志提倡的自由、民主、开明、进步，在台湾影响了谁啊？告诉大家，只影响了一个人就是我。当年

---

①《自由中国》杂志最初的构想是在国民党政府撤退来台之前发生的。当时有一部分国民党党员和自由主义知识分子，认为要坚定“反共”合法性，必须有宣扬自由民主的言论机关，因此胡适、雷震、杭立武、张佛泉等人研议创办《自由中国》杂志。不久后国民党政府退守台湾，《自由中国》杂志无法在大陆发行，遂于1949年11月在台北创办。

谈了半天自由、民主、开明、进步，对大家都是耳边风，并没有那种积极作用。可是今天大家谈到自由、民主、开明、进步的时候，把它们都视为当然了，什么原因？五十多年下来时代改变了，人的想法改变了，整个的Timing成熟了。

所以你搞了十年，付了那样大的代价，对后代只有一个历史性的记录，只有一个样板性的榜样，而结果从功效来看是很可怜的，为什么？“虽有智慧，不如乘势；虽有镃基，不如待时。”换句话说，耶稣影响了谁啊？影响了八百年后、一千年后、两千年后的人。当时你耶稣怎么样呢？钉十字架那天天亮以前，你十二个门徒都跑掉了，都不认你了，你孤零零跟两个强盗一起被钉死在十字架上，不是吗？

还有施洗者约翰，碰到那个倒霉的莎乐美，莎乐美不是要他的头吗？最后就把他的头砍下来了啊。[①] 耶稣是从他那儿受洗的，可是耶稣为了独揽宗教方面的权力，你施洗者约翰不就出局了吗？[②] 好像当年孙中山给杨

---

① 据《圣经》记载，施洗约翰在约旦河中为人施洗礼，劝人悔改，并预言耶稣的降生。约翰曾公开抨击当时的犹太王希律，因为他娶了自己弟弟的妻子希罗底，违犯了犹太教义。希律王将约翰投入监狱，但顾忌民心所向，一直不敢处死他。希罗底对约翰非常愤怒，怂恿女儿莎乐美向希律王献舞，得到国王的欢心。希律王决定要重重赏赐莎乐美，并向神发誓说要什么都可以，莎乐美说要约翰的头。希律王无奈，只得派人杀死约翰，将头放到盘子里送给莎乐美。这个故事后来被英国文学家奥斯卡·王尔德改编成戏剧《莎乐美》。剧中的莎乐美是一位年仅十六岁的妙龄美女，由于向约翰求爱被拒，愤而请希律王将约翰斩首，把约翰的首级拿在手中亲吻，以这种血腥的方式拥有了约翰。因此，莎乐美也被视为爱欲的象征词。

② 有种说法认为，耶稣基督本是施洗者约翰的小弟，施洗者约翰创立的教派在当时和基督徒是竞争关系。日后基督徒在传教的过程中，利用了施洗者约翰教派的群众基础，并通过约翰预言基督降临的说法，将原先诸多对施洗者约翰的信仰转化成了对耶稣基督的信仰，基督教最终从同时代的诸多信仰中脱颖而出。

衢云[①]做小弟，兴中会的头子是杨衢云，不是孙中山。可是为什么今天一谈就谈孙中山倡导革命啊？真正的先行者杨衢云出局了，历史就这样子被改写、被抹杀了。所以时机不对的时候，你努力也不一定有效果。

美国有名的桑格夫人（Mrs.Margaret Sanger）[②]，当年提倡女人要节育，不要随便生小孩子，结果被警察抓起来。今天女人说我不要生小孩，我要吃避孕药，大家都觉得是很正常的事情，可是八十年前有个女人提倡节育避孕，就要被关起来。今天看起来根本是笑话一件，当年却不被接受，为什么？当年的 Timing 不到，今天时机来了。

胡适当年给《自由中国》创刊号写了一篇文章，谈到我们有几个宗旨，其中第四个宗旨："我们的最后目标是要使整个中华民国成为自由的

---

① 杨衢云（1861—1901），名飞鸿，字肇春，别号衢云，福建海澄（今龙海）人，在广东东莞出生，后移居香港。于香港创立最早的革命组织辅仁文社。1895 年孙中山到香港，经好友、辅仁文社成员尤列撮合，将 1894 年 11 月在檀香山设立之兴中会与辅仁文社合并，合并后的组织名为兴中会，杨衢云为会长，孙中山为秘书，在香港中环成立商号"乾亨行"做掩饰。1895 年 10 月，兴中会在广州起义，杨衢云在香港任总指挥。由于事机不密，为清政府获悉，兴中会七十多人被捕，杨及孙同被通缉，逃离香港。杨衢云经新加坡前往南非约翰内斯堡，之后再转往日本，并辗转在各地发展兴中会。1900 年，杨辞去兴中会会长一职，改由孙中山任。同年杨从日本到香港，发动惠州起义，失败后设私塾教授英文为业。1901 年，杨衢云于寓所内被清廷派出之刺客开枪刺杀，翌日失救逝世。死后下葬于跑马地香港坟场，碑上没留名字，只刻有编号 6348 及青天白日图案，象征其革命精神。2011 年 9 月，香港政府在 6348 号墓碑竖立杨衢云生平说明牌，肯定其为中国革命做出的贡献。

② 桑格夫人（Mrs.Margaret Sanger，1879—1966），美国著名的女权运动者。早年在医学院学习护理课程，成为一名产科护士。当护士的过程中，她眼见许多妇女因为不停地生育及流产、堕胎等，身心受到严重伤害，因而创办了一份刊物和一个节育诊所，宣传节育的观念，推广避孕方法。她确信妇女解放的必要元素不在参政而在能够支配自身，妇女有权控制生育，尤其是穷苦地区的妇女。在 20 世纪初的美国，桑格夫人这些做法都属于非法行为，她一度跑到英国避风头，后来回到美国，在受审前夕，因为五岁女儿的病逝，才获舆论同情而免牢狱之灾。桑格夫人终其一生都在为妇女节育的观念和方法奋斗。直到她去世前一年——1965 年，美国最高法院才通过结婚配偶之间节育为合法的法案。

中国。”可最后的结果是什么呢？中华民国亡国了。今天所谓的“自由中国”是假的，既不自由，也不中国。就像伏尔泰所描写的神圣罗马帝国一样，既不神圣，也不罗马，更不帝国[①]，不是吗？

杨衢云

桑格夫人

① 神圣罗马帝国，是962年至1806年位于西欧和中欧的一个封建帝国。帝国的版图以德意志地区为核心，包括一些周边地区，在巅峰时期包括了意大利王国和勃艮第王国。在帝国历史的大部分时间里，它由数百个更小的附属单位组成，其中有公国、侯国、郡县、宗教贵族领地、帝国自由城市和其他区域。日耳曼人认为其国祚可追溯至罗马帝国，所以称之为神圣罗马帝国。1806年，弗朗茨二世宣布放弃神圣罗马皇帝尊号，仅保留奥地利帝号，神圣罗马帝国正式灭亡。德国人在论述其帝国历史时，将其定义为“第一帝国”，和后来的第二帝国、第三帝国加以串联论之。法国文学家伏尔泰曾评价它：“既不神圣，也不罗马，更非帝国。”

谈自由主义，空的！

我自己有一点点收藏，大部分是书。这些书表面是完整的，里面大部分都被我切掉、割掉、挖掉了。什么原因呢？我跟大家讲过，我不是藏书家，我是用书家，这个书我能够用它，我觉得它才尽了书的本分，也达到了我拥有它的目的。如果我这本书好好地摆在那里，看过以后毫发无伤，是没用的，为什么？你会忘掉。

我的方法是一边看书，一边把它分尸，东一片西一片来分类，分类之后将来再找资料才容易。否则你看了这本以后再看第二本，看完第二本看第三本，看到第十本的时候，第一本的印象已经模糊了，我称之为“渐行渐远渐无书”。我觉得真正对书的处理是要把里面的资料好好地逮到、消化掉、分尸掉。所以与其说我在看书，不如说我在割书、切书、剪书，五马分尸书。①

可是有些书是纪念品，或者过于珍贵，我也会把它原封不动地保留下来，不会大卸八块。好比我有一本《白话文学史（上卷）》，胡适写的，扉页上有他的签名：

送给李敖

适之

四十七年四月二十六

---

① 见已出版的《深夜十堂·大师的葵花宝典》第二章“大卸八块读书法”。

四十七年就是1958年，当时我正在台大读书。胡先生有一次约我聊天，当场送给我他这本书——所以这是个纪念品。为什么叫“上卷”呢？胡适一辈子写了很多上卷书，《中国哲学史大纲（上卷）》《白话文学史（上卷）》《胡适论学近著（上卷）》……黄季刚[①]就挖苦说，胡适是“太监”。为什么是太监？下边没有了，写书只写一半。

《白话文学史（上卷）》有一个版本是台湾启明书局印的。启明书局的老板和老板娘是胡适的学生，跟胡适有某种程度的交情。胡适曾经给“行政院”院长陈诚跟副院长王云五[②]写过一封信，为这两位学生求情，因为他们喜欢印书，印出毛病被抓起来了。胡适在信里写：

> 辞修、云五两位先生赐鉴：
>
> 本年二月尾，警备总司令部将本市启明书局董事沈志明及妻应文婵（书局经理）传去，当即拘押，并当面交他们“警备总司令部起诉书”，主文为“右被告因叛乱案件，业经侦查终结，认应提起公诉”。
>
> 沈志明、应文婵二人已拘押十二日之久，尚未释放，亦不许其家属探问；他们的律师曾向警备总司令部呈请调阅案卷，至今亦未得覆……

---

① 黄侃（1886—1935），字季刚，湖北蕲春人，中国音韵训诂学家。出身书香门第，早年留学日本，从章太炎习小学、经学。曾在北京大学、东南大学、金陵大学等任教。著有《说文略说》《尔雅略说》《集韵声类表》《文心雕龙札记》《音略校记》等。

② 王云五是胡适的老师。胡适在《四十自述》里说：“我在中国公学两年，受姚康侯和王云五两先生的影响很大，他们都最注重文法上的分析，所以我那时虽不大能说英国话，却喜欢分析文法的结构，尤其喜欢拿中国文法来做比较。”20世纪50年代，胡适寄居美国，他回台湾任“中央研究院”院长即因王云五的力劝。

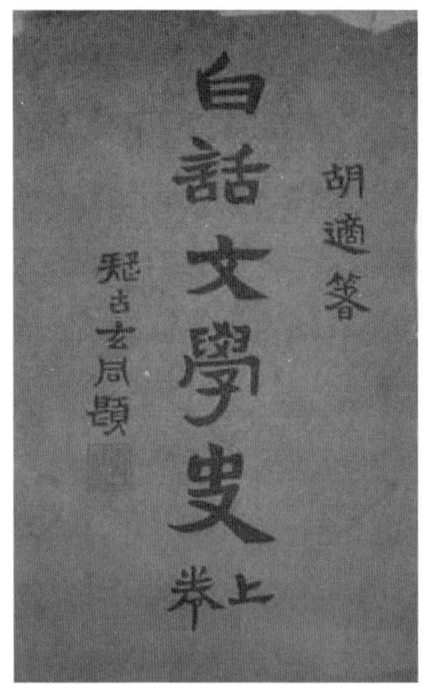

新月书店1928年出版的胡适《白话文学史（上卷）》

什么原因抓他们呢？其中一项罪名是台湾启明书局印了一本冯沅君[①]的《中国文学史》，这本书第二十讲最后三页的内容“渲染自由主义文学，歌颂共产文学”。冯沅君什么人呢？冯友兰[②]的妹妹。胡适说这本书——

> 乃是二十年前在安徽大学的讲义，全书很平凡，只是最末三页提到“无产阶级的文学”，此不过是二十年前的文人学当时的“时髦风气”，何必在今日认为“叛乱”罪的证据？

胡适说他这两位学生为了贪图省钱，将原

---

① 冯沅君（1900—1974），原名淑兰，字德馥，河南唐河人，作家、中国古典文学研究家。哲学家冯友兰和地质学家冯景兰的胞妹。早年留学法国，1949年后任教于山东大学。著有《中国诗史》《南戏拾遗》等。

② 冯友兰（1895—1990），字芝生，河南唐河人，中国哲学家、哲学史家。早年入哥伦比亚大学，师从杜威。回国后任教于燕京大学、清华大学、西南联大等。20世纪30年代出版《中国哲学史》上下两卷，大力推崇儒学在中国哲学史上的独尊和正统地位。曾加入国民党，与国民党高层来往密切。1949年后致信毛泽东，自称“过去讲封建哲学，帮了国民党的忙，现在我决心改造思想，学习马克思主义”。相继写出了以马克思主义和阶级斗争观念贯穿的《中国哲学史新编》。“文化大革命”中受批斗，亦在1973年批林批孔运动中，“从旧营垒里冲杀出来，给了孔丘一个回马枪”。1990年逝于北京，享年95岁。

书重印，没来得及看最后三页的内容有什么问题，并且发现不当后立刻把书召回停售，“至多不过有一时疏忽失察之咎，若即加以‘叛乱’的罪名，似乎太严重了吧？”然后胡适谈到了：

顷查云五先生主持之“总统府临时行政改革委员会总报告”，其六十九案即是“切实保障人权案”，其中“办法第二项即关于司法机关与军法机关审判权之划分”，其三项“人身自由之保障”，即特别注重宪法第八条之规定“于二十四小时内将逮捕人移送法院”等等。

书籍的事，鄙意似不应由军法机关扩大到“叛乱”的大罪名。沈志明夫妇有家在台北，有店业在台北，怕他们逃到哪儿去？何以拘禁至十余日之久，不许家属探问，不交保释放候训？

我认识沈志明夫妇多年，深知他们绝不是犯“叛乱”罪的人。我也是追随两公制定宪法第八条的一个人。所以我把这件事在百忙之中写成简单报告，提供两公的注意，千万请两公恕我爱管闲事的罪过。

匆匆敬祝

大安

胡适敬上 四八，三，十一日下午

这封信的后面胡适还附写了一句话：

起诉书中有“渲染自由主义文学”一语，试问“渲染自由主义文学”何以构成“叛乱”罪名？此系根据哪一条法令？我举此一例，可见书籍之事，文艺之事，都不应该由军法机关管理。

胡适在信里几次提到“宪法”第八条。所谓“中华民国宪法”第八条怎么规定的呢?

> 人民因犯罪嫌疑被逮捕拘禁时，其逮捕拘禁机关应将逮捕拘禁原因，以书面告知本人指定之亲友，并至迟于二十四小时内移送该管法院审问。本人或他人亦得申请该管法院，于二十四小时内向逮捕之机关提审。

你警备总司令部是个抓人机关，不是法院。你抓了我，我只能在你手里二十四小时，超过了二十四小时你就不能关我了，必须移送给正式的法院来审判。我本人或者我的儿子、女儿等其他亲属，可以要求法院向抓人机关提审，逼着你交出人来。

可是所谓“中华民国宪法”第八条规定得这么明确，沈志明、应文婵二人却被押了十二天，还没有送法院。幸亏他们的老师叫胡适，幸亏胡适喜欢管闲事，以他的声望写信给“行政院”院长陈诚、副院长王云五，说有这么个事情，你们看怎么办?当年制定的所谓“宪法”第八条，我们三个人都有份，今天你们不实行“宪法”，还要我卖老脸来写信陈情，证明什么?证明“宪法”是空的，法制是骗人的。

大家看了这封信什么感觉?觉得很好玩，不是吗?胡适是自由主义大师啊，他的学生给逮起来，罪名是“渲染自由主义文学”，这不是很讽刺吗?所以我李敖为什么不谈自由主义啊?虚无缥缈!你谈了以后，别人给你的罪状就是“自由主义”。所以老子不谈自由主义，可不可以?老子跟你谈“宪法”，可不可以?按照“宪法”，就算你能乱抓我，二十四小时后你要放人，不能说十二天了你还不放人。

所谓的“中华民国宪法”第八条还说:

> 人民身体之自由应予保障，除现行犯之逮捕由法律另定外，非经司法或警察机关依法定程序，不得逮捕拘禁。非由法院依法定程序，不得审问处罚。非依法定程序之逮捕、拘禁、审问、处罚，得拒绝之。

换句话说，你警备总司令部、你公安单位没有根据法定程序，不可以来抓我。来抓我，我怎么样呢？“得拒绝之”。可是我曾经开玩笑说，忽然夜里三点钟有人“咚咚咚”敲你门，开门一看，三个彪形大汉站在你眼前，他们要抓你，你拒绝得了吗？一个你都打不过，怎么打得过三个？你拒绝不了，他就要把你抓走。证明什么？证明空谈了半天自由主义，空谈了半天“宪法”，到了他要抓你的时候，他要逮你的时候，这些统统都没有用！

我记得有一次陈诚跟我谈话，说他认识胡适就在我李敖出生那一年，1935年。二十多年以后，胡适写信给陈诚，抗议也好，求情也罢，总之是要跟他卖老朋友的面子，才能救自己的学生。王云五什么人啊？他当过胡适的老师，胡适的英文就是王云五教的。他们是这种关系，可是碰到事情也只能这样子求情，你说胡适窝不窝囊，怄不怄气？！谈了一辈子自由主义，以他自由主义大师的地位都不能保护他的学生。

所以我李敖说，谈自由主义，空的！胡适本人就是个例子。所以我才说，什么自由主义，统统不谈，落实“宪法”才有意义。现在台湾经过多少年以后，经过多少人头落地以后，勉强能够做到落实“宪法”第八条，可这是胡适的功劳吗？是自由主义的功劳吗？我告诉你们，统统不是！这是时来运转、水到渠成的结果。自由主义没有错，可真正落实要在十年、二十年、三十年、四十年以后，在时来运转、水到渠成的时候。这就是孟子所说的：“虽有智慧，不如乘势；虽有镃基，不如待时。”我那么努力地种田耕地，可是没有好的收成，什么原因呢？时间不对，气候、土壤、肥料都不对。等时间对了，阳光普照，时来运转了，一切顺水推舟，问题自然解决。

当然我必须说，今天的台湾勉强能够做到所谓的“宪法”第八条的实现，一个重要原因是政府的力量变弱了，人民的力量变强了；人民不怕政府了，政府抓人、害人的力量减小了。换句话说，并不是政府变好了，而是政府变弱了。

个人跟团体斗，没门儿！

我跟大家讲过胡适写信给台湾“行政院”的院长和副院长，用类似求情的方法希望把他被抓的一对学生夫妻放出来。抓的理由有一条非常荒谬，所谓“渲染自由主义文学”。大家想想看，自由主义大师居然求情把他“渲染自由主义文学”的学生放出来，是不是很讽刺？

这个例子告诉我们，响当当的自由主义，当它真正落实的时候，有什么用啊？什么用都没有！胡适以他的身份都不能保护为了印书而被抓起来的学生，结论是自由主义只是个理想，是虚无缥缈、无法落实的。

由此我联想到一个故事，大家看新闻标题：

一次世界大战家书 漂流海上 85 年 终于送达

大兵休斯出征前寄出 英国渔民捞获

越洋送纽西兰 休斯之女如获至宝

第一次世界大战的时候，大兵休斯在开赴西线到欧洲作战之前，在船上给他太太写了一封情书，然后把它封在瓶子里，丢到海里。这封信在海上一路漂流，直到八十五年后才被英国一位渔民捞获，越洋送到纽西兰（新西兰）他女儿手里。这时候他太太当然早就死了，他女儿也已经八十六岁。老太太收到父亲八十五年前写给母亲的信，感到非常惊喜。可是真正从一封信的送达过程来看，这不是太荒谬了吗？虽然送到了，可传来的却是八十五年前的信息。

自由主义对我们说起来，也有点这种感觉。中国现代最早用文字来谈自由主义的人，据我看是胡适的学生傅斯年。他在1945年4月29日的重庆《大公报》上写了一篇文章《罗斯福与新自由主义》。他之后还有很多人谈到自由主义。大家看我收集的资料：

1948年1月8日，上海《大公报》发表《自由主义者的信念》

1948年1月17日，上海《大公报》发表《也论自由——〈自由主义者的信念〉读后感》

1948年1月25日，上海《大公报》发表《论政府对待自由主义分子的失策》

1948年3月18日，上海《大公报》发表《读〈论一种自由主义〉兼论现阶段中的自由主义》

1948年10月16日，杨人楩[①]在《观察》第5卷第8期发表《再论自由主义的途径》

……

1950年8月，殷海光[②]在台湾《自由中国》（第3卷3、4期）发表《自由主义底蕴涵》

1953年7月20日，香港《民主评论》发表《中国自由主义者的反省》

---

① 杨人楩（1903—1973），字萝蔓，湖南醴陵人。历史学家。毕业于英国牛津大学。回国后任教于四川大学、武汉大学、北京大学等，毕生从事世界史的教学、翻译和研究工作，为中国非洲史研究的开山始祖。

② 殷海光（1919—1969），本名殷福生，湖北黄冈人，台湾大学教授，台湾自由主义开山人物，为《自由中国》杂志撰写了多篇狠批时政的文章，其中以社论《大江东流挡不住》最为有名，最终引起当权者的不满。在雷震入狱与《自由中国》被查禁后，殷海光的大部分作品也成为禁书。1969年因胃癌病逝。译有海耶克（哈耶克）的《到奴役之路》，著有《中国文化的展望》等。

1956年11月5日，徐复观[①]在香港《民主评论》发表《为什么要反对自由主义？》

1961年5月5日，台湾报刊发表《当代的新自由主义》

1970年3月11日，台湾报刊发表《美国自由主义的崩溃》

…………

我拉拉杂杂把这些资料按照时间顺序排出来给大家看，告诉大家零零星星一直有人在谈自由主义，可是自由主义在中国无法落实，什么原因呢？我告诉大家，自由主义是那种比较高层的知识分子自己著书立说所表达的思想，当这些思想没有被政党所支撑，只是一种个人意见的时候，不能发挥作用。

什么叫被政党所支撑？当年我被国民党伪政府抓起来，几天几夜疲劳审问不让睡觉。房间是密闭的，墙和地板用海绵包起来，整个房间都是软的，怕你自杀。房间没有窗户，强光二十四小时照着你，也不晓得几点钟。可是我能算出来多久了，因为吃东西可以感觉到，一吃到烧饼油条，就知道是早上了，二十四小时又过去了。这样几天几夜下来，我虽然困得不成人形，可是还能够说谎话。

最后忽然来了一个人高马大的苏北人。他戴着眼镜进来以后，旁边那些牛鬼蛇神看他来了都闪开。他一个人坐下来，房间里只剩下他和我。他采取软姿态跟我闲聊，说李敖你是台大历史系毕业的，为什么没有把历史学通啊？我就奇怪，说我怎么没把历史学通？他说现在什么时代了，现在

① 徐复观（1904—1982），原名秉常，湖北浠水人。早年留学日本，回国后曾在蒋介石侍从室及国民党中央党部任幕僚。后弃武从文，精研儒学，先后任教于东海大学、香港新亚书院等。1949年于香港创办自由主义刊物《民主评论》。在台期间因骂李敖“小疯狗”，被李敖一状告上法院，获判无罪。1982年病逝于台北。著有《中国人性论史》《中国艺术精神》等。

是团体跟团体斗的时代，是政党跟政党斗的时代，是权威跟权威斗的时代，是组织跟组织斗的时代；我们国民党再垮台再打败仗，我们还是个党啊，我们还是个组织，还是个团体，可你李敖是一个人，你一个匹夫跟我们团体斗，跟我们组织斗，跟我们党来斗，你怎么会赢啊？我们斗共产党斗不过，可是斗你经验丰富、绰绰有余；你怎么会想到一个人去跟团体斗啊？你怎么有这种观念啊？可见你没有把历史学通，没有把书念通，如果学通了你不会干这个事。

我听了一愣。他讲得对不对呢？对的，你个人跟团体斗，没有机会的。可是我在历史上可以找到一个人跟团体斗赢的例子，谁呢？法国的伏尔泰[①]。伏尔泰一个人跟统治者斗，被关到监狱里，然后找机会跑到外国去，一直到八十岁以后才回到自己的国家。回来的时候，全法国的人都在欢迎他，不是吗？当然这种情况是很少见的。我自己目前也做到了一点点，我眼看着国民党这些人烟消云散，死掉了，可是我也老了。

跟我说个人不要跟团体斗的人叫刘昭祥，是国民党调查局的科长。我出狱以后他还跟我有联络，我们一起吃过饭。后来海峡两岸通航了，我说你是苏北人，为什么不回家乡看看。他说我不敢回去，我杀了太多人，杀过七百个共产党。我说这七百个人都是共产党吗？他说当然不都是，有的

---

① 伏尔泰（Voltaire，1694—1778），法国启蒙思想家、哲学家、作家，被称为“法兰西思想之父”。他不仅在哲学上卓有成就，也以捍卫公民自由，特别是信仰自由和司法公正而闻名。1717 年，他因写讽刺诗影射宫廷淫秽生活，被投入巴士底狱关押了 11 个月。1725 年遭一位贵族的诬告，再次入狱达一年。出狱后，他在英国流亡了三年，并据他对英国资产阶级革命和君主立宪制的观察而写出了著名的《哲学通信》一书。1750 年，伏尔泰再次离开法国，担任普鲁士国王弗里德里希二世的宫廷文学侍从。后来他在法国和瑞士边境上一个叫凡尔纳的地方定居，投入启蒙运动，写作和印刷了大量小册子，抨击专制政体和教会统治，支持社会改革。1778 年，当 84 岁高龄的伏尔泰回到阔别 29 年的巴黎时，受到了法国人的热烈欢迎。不久，他便病倒了，于同年与世长辞。

弄错了也杀，不过至少都跟共产党有关系。我说现在共产党宣布既往不咎了，过去的旧账都不算了。他说共产党会原谅我，可是那些被杀的七百个人的家属，万一有人不原谅我，跟我算账，找我麻烦，我怎么吃得消啊？所以我不回去。

伏尔泰坐像

别以为这是个别现象，我还认识一位谷正文[①]将军，他也是两岸通航以后不敢回去。我说共产党不是说过去的事都算了嘛。他说大陆可以算了，我到香港会被扣留，因为我是通缉犯。——当年万隆会议的时候，他主持炸周恩来的飞机，周恩来死里逃生，可是飞机被炸掉了。这种刑事罪名没得跑，所以香港要抓他。

同样的，我那个优秀的女儿李文博士（Hyde Lee）的外公也不敢回去。他说他在河南家乡杀了好多人，跟那个刘科长一样。他杀人杀到什么程度啊？连他的小舅子——他太太的弟弟都被杀掉了，因为说是共产党。那时候他在河南任专员，说谁是共产党谁就是，一路杀杀杀。共产党

---

① 谷正文（1910—2007），原名郭同震，山西汾阳人，“台湾保密局退役少将”。早年考入北大，后加入国民党军统局。国民党败退台湾后，获得蒋介石倚重，专门从事对大陆的颠覆渗透工作。1955 年 4 月，参与策划了著名的“克什米尔公主”号飞机爆炸失事案，暗杀周恩来未遂，造成出席万隆会议的中国代表团中外记者 11 人殉难。晚年口述出版《白色恐怖秘密档案》，详叙一生所经历侦办的种种大案要案，读来惊心动魄，让人不寒而栗。

会饶他，可是被害人家属不一定饶他，所以他不敢回去。

我举了刘昭祥刘科长的例子、谷正文谷将军的例子，还有李文她外公的例子，证明什么？证明他们是这样凶狠的一群人，一个自由主义者跟这样的个人和团体斗争，根本没希望的。

国民党有一个大员叫丁惟汾[①]，他的外甥叫王崇五[②]，当年替共产党主持过宣传工作。后来王崇五被国民党抓起来判死刑，因为他舅舅是丁惟汾，就说不要判死刑了，你跟我们国民党合作，我们就饶你。所以王崇五由共产党变成了国民党，后来做到了济南市市长。

他到台湾以后，主持政治大学国际关系研究中心。他儿子跟我是同学。有一次他跟我聊天说，李敖啊我告诉你一个事实，如果毛泽东或者周恩来一个人在台湾，只是一个人，他们能做的事情也不会比你李敖做得更多。为什么？老毛、老周他们是组织，是团体，是政党，他们有这些结构可以做事情。你自己一个人，一个自由主义者，你能做的事就是在八十五年以前写一封信，然后阴错阳差这封信在海上漂流，八十五年以后寄到了。那时候是什么世界呢？无所谓自由主义了，可能这些思想早就深入人心了。当时机成熟，机会来到，一切都水到渠成，不在话下，没有问题了。

换句话说，你的一切努力变成了一种信号。八十五年以前我努力过，可是八十五年以前时机没有成熟，那些努力都没有用。当然你可能会为了私人的关系，写封信向当局来陈情，希望放你的学生。可是该写信的人太多了，你有没有能力一个一个人去救啊？不可能的。

这就告诉我们，自由主义本身只是个点缀，它代表一种未来的理

① 丁惟汾（1874—1954），字鼎丞，山东日照人，留日期间加入中国同盟会，为国民党元老。去台前曾任中央宣传部部长、监察院副院长等。

② 王崇五（1905—1977），山东日照人。早年加入中国共产党，赴莫斯科中山大学学习。后加入国民党，任国民政府威海市市长、济南市市长等职。

想。它是一只花瓶、一篇记录、一个里程碑、一种光芒，可是这光芒要到八十五年以后才会显现。当然有这种光芒是好的，我们并没有妄自菲薄，可是我们必须说，个人的力量太薄弱了，那点亮光只是一个信号，其他都不要谈了。

自由主义者，别做！

我在大陆演讲的时候，公开宣布要放弃自由主义[①]。为什么放弃？为了换取《宪法》的落实。我愿意要《宪法》而不要自由主义，因为《宪法》是具体的、白纸黑字的，自由主义是空洞的、虚无缥缈的。《宪法》规定要对人民的言论自由、人身自由乃至于罢工自由有所保障，我要这种实惠的东西，不要虚无缥缈的什么主义。

有人说，你李敖过去不就是干这个事情的吗？你不是一直在宣传自由主义吗？为什么你过去相信自由主义，现在要放弃呢？我跟大家讲过一个故事，当年胡适在台湾给"行政院"院长陈诚和副院长王云五写信，说他的一对学生夫妻因为印书被抓起来，抓的理由是他们"宣传自由主义"。一个自由主义大师不能够据理力争，依法力争，只能够私下里卖老脸，用求情的方法来救他的学生，证明什么？自由主义没有可行性。

是不是自由主义不可行，就不要提倡了呢？也不是。提倡自由主义没

① 2005年9月23日，李敖"神州文化之旅"第二场演讲在清华大学中央主楼报告厅举行。李敖在演讲中说："我现在放弃了我自己的东西，就是自由主义……从17世纪、18世纪到20世纪，大家所争取的自由都是虚无缥缈的……我告诉大家，自由和爱情一样，都要列举的。英国女诗人勃朗宁有一句诗：'怎么爱你，让我一件一件数出来，我爱你的眼睛，爱你的鼻子，爱你的耳朵。'印度诗人泰戈尔喜欢女人脸上的麻子，陀思妥耶夫斯基爱女人的脚指头……每个人的爱都是列举的，自由也是列举的……清单在哪里？在《中华人民共和国法律汇编》的第一篇里，就是《中华人民共和国宪法》，里面一条一条列举的，是全世界最完整的出版自由、言论自由、罢工自由，什么都有，每一条都列举出来了。"

有错，可是从效果来看，未免太可怜了。为什么？时机不成熟。1945 年 4 月 29 日重庆《大公报》上有一篇傅斯年写的《罗斯福与新自由主义》，这是我所查到的中国人谈自由主义最早的文章。傅斯年是谁呢？胡适的学生，后来在台大校长任上死掉了。

傅斯年是比胡适还要坚决的一个自由主义者。当年国民党千方百计要拉胡适入党，胡适不同意，后来国民党说不加入也没关系，至少你要做我们国民党的官儿，做中央政府大员，表示你跟我们合作。[①] 胡适被他们说得有点动心了，这时候傅斯年写了一封秘信劝他的老师，说这个绝对不能玩儿的：

> 自由主义者各自决定其办法与命运。不过，假如先生问我意见，我可以说：
>
> 一、我们与中共必成势不两立之势，自玄学至人生观，自理想至现实，无一同者。他们得势，中国必亡于苏联。
>
> 二、假如中共不得势，只有今政府不倒而改进。
>
> 三、但，我们自己要有办法，一入政府即全无办法。与其入政府，不如组党，与其组党不如办报。
>
> 四、政府今日尚无真正开明、改变作风的象征，一切恐为美国压力，美国希望它装饰一下子。政府之主体在行政院，其院长是清中季

---

① 抗战胜利后，曾任国民政府驻美大使的胡适回国担任北京大学校长。随着局势恶化，蒋介石为争取美国支持，希望胡适以“无党无派”的身份加入国民党政府，树立一种新形象。1947 年 1 月 15 日，蒋介石找傅斯年单独谈话，要求他劝说胡适担任国民党政府委员兼考试院院长，傅当场予以回绝，谓：“政府之外应有帮助政府之人，必要时说说话，如皆在政府，转失效用；即如翁咏霓等，如不入党，不在政府，岂不更好？”又说：“自小者言，北大亦不易办，校长实不易找人，北大关系北方学界前途甚大。”2 月 4 日，傅斯年致信胡适说明原委，力劝胡不要加入政府。

以后的大学士，对宋[①]尚无决心，其他实看不出光明来。

五、我们是要奋斗的，惟其如此，应永久在野，盖一入政府，无法奋斗也。又假如司法院长是章行严（杜月笙之秘书）[②]，定不糟极！

六、保持抵抗中共的力量，保持批评政府的地位，最多只是办报，但办报亦须三思，有实力而后可。今日斗争尖锐强烈化，如《独立评论》之 freelancer（自由作家），亦不了也。

…………

我想先生看法也是如此，这些话是多余的。

傅斯年说，你老师胡适在政府并不能起政治作用，反倒失去了在社会上的道德作用，因此劝他绝对不可以跟蒋介石合作，不可以做国民党政府的狗官。傅斯年这个劝告被胡适接受了，胡适没有做蒋介石的官儿，跟傅斯年劝他也有关系。

我举这个例子干什么？告诉大家，自由主义者的一个最大特色是不能跟政府合作，也不能做他的官儿。可是我请问你，多少人有这种本领啊？多少人能够做到这一点啊？默默无闻的一个人，想蹿起来你有机会吗？不跟政府合作，想蹿起来变成一个名流，几个人有机会啊？可是跟政府合作，就会失掉立场，变成一只花瓶、一个摆设，那种真正的独来独往的自由主义者的特色，就没有了。

所以作为一个自由主义者，基本上是不能跟政府合作的。你可以逼它改，要求它改，可是不管政府摆出多少笑脸、多少诱惑你都绝对不能跟它合作。这是傅斯年所定的一个自由主义者的标准，是一个很低调也蛮准

---

① 指宋子文。

② 即章士钊（1881—1973），字行严，湖南长沙人。曾任北洋段祺瑞政府司法总长兼教育总长、国民政府国民参政会参政员、中共全国人大常委会委员、中央文史研究馆馆长等职。

确的标准。大家了解了这个标准以后，还要不要做一个真正的自由主义者呢？做可以，可是相当痛苦。像胡适，他那么多朋友和学生都加入了党派，要么跑到共产党那边去，大部分都在国民党这边。真正没有加入国民党的只有两个人，一个是胡适自己，一个就是他的学生傅斯年。

蒋介石在一篇文章《重建本党的根本问题》[①] 里谈到了一般人对于自由的“误解”。他说：

> 现在有些人，都把“个人主义”与“孤立主义”解释成了“自由主义”，其实那只能说“放任主义”和“自私主义”。

蒋介石这话说得对不对呢？对的，因为真正的自由主义者对自己是相当严格的，自我约束力是很强的，这种约束会使自己变得非常不方便、非常痛苦。真正的自由主义者对一般人说起来，只是一个信号、一种象征，是星星之火，点缀，是多少年以后才被证明了的先知。真正的自由主义者是不合作主义者。

大家看胡适 1921 年写的一首小诗：

晨星篇

（送叔永、莎菲到南京）

我们去年那夜，
豁蒙楼上同坐；
月在钟山顶上，

① 见蒋介石在 1953 年 5 月 5 日及 5 月 7 日在台北阳明山所做的演讲《重建本党的根本问题——对本党第七届第二次全体中央委员会议之提示》。

照见我们三个。
我们吹了烛光,
放进月光满地;
我们说话不多,
只觉得许多诗意。

我们做了一首诗,
——一首没有字的诗,
——先写着黑暗的夜,
后写着晨光来迟;
在那欲去未去的夜色里,
我们写着几颗小晨星,
虽没有多大的光明,
也使那早行的人高兴。

钟山上的月色,
和我们别了一年多了;
他这回照见你们,
定要笑我们这一年匆匆过了。
他念着我们的旧诗,
问道:“你们的晨星呢?
四百个长夜过去了,
你们造的光明呢?”

我的朋友们,
我们要暂时分别了;

“珍重珍重”的话，
我也不再说了。
——在这欲去未去的夜色里，
努力造几颗小晨星；
虽没有多大的光明，
也使那早行的人高兴！

胡适写这个诗的时候，并没有想到这就是自由主义者的命运。真正自由主义者的命运只能够“努力造几颗小晨星，虽没有多大光明，也使那早行的人高兴”，如此而已。星星不能像月亮、太阳一样发出很强的光芒，星星只是一个象征性的信号。自由主义者给人的感觉也是这样。这就是我反反复复所说的，自由主义它本身是一个信号，只是证明了某年某月某一天，有人从这里走过，他透露出一丝星光，透露出一星烛火，成为黑暗中的某种点缀，如此而已。

主义统统靠边站

我常常开玩笑跟大家说，你们以为天经地义的事情，会被我李敖在谈笑之间就把它推翻掉、摧毁掉、搅乱了或者稀释了。为什么我要这样做？因为很多天经地义的东西在我们这种头脑好的人看起来，不仅不是天经地义，甚至是臭狗屎。

好比我们在台湾被国民党白色恐怖统治的时候，刀光剑影的那种赤裸裸的武力压制之外，另有一种精神上的压力使你不愉快。什么压力呢？教条！国民党很多所谓天经地义的玩意儿！好比《国父思想》，上学要念，入学要考，国民党把它当《圣经》，前前后后在台湾折腾了五十多年，直到现在算是把它推开了，没有这些东西了。

《国父思想》里面的关键是所谓“三民主义”。这东西在孙中山生前就不断地宣传。宣传还不要紧，还不断变花样。可到底什么是“三民主义”啊？就好像我们说到底“孙中山”是什么人啊？我们说孙中山是革命先行者，推翻了清朝，创立了中华民国。可是你有没有看过孙中山签名的三个字叫“孙中山”啊？如果你看过，我李敖愿意赔钱给你。

为什么？孙中山一辈子没说过他自己叫“孙中山”，也没写过“孙中山”三个字。他写的是“孙文”。他在日本搞革命的时候，用的日本名字叫“中山樵”。后来别人称他“中山”“中山先生”，他也接受了，可是他自己从来没有承认过他叫孙中山或者写出来孙中山。

同样的，“三民主义”是什么啊？“三民主义”到今天为止都是一个不可知的阿米巴变形虫。你李敖凭什么这么说？大家看孙中山刚死的时候，胡汉民题字的《总理全集》里收录的孙中山遗嘱：

> 现在革命尚未成功。凡我同志，务须依照余所著之《建国方略》《建国大纲》《三民主义》及《第一次全国代表大会宣言》，继续努力，以求贯彻。

“三民主义”就是“民族主义”“民权主义”“民生主义”，其中孙中山在“民生主义”里谈到了平均地权、节制资本。它本来跟“共产主义”没有关系的，可是大家看国民党第一次全国代表大会宣言里的话：

> 至于实行共产云云。此本党主义所在。无从误会。若有意挑拨，以资利用，亦适见其心劳日拙而已。

共产主义就是我们国民党的主义，你们这些挑拨的人白努力了，因为我们就是要实行共产主义。这时候，孙中山的“民生主义”已经不光平均地权、节制资本了，还要实行“共产主义”。

再看孙中山在《关于民生主义之说明》[①]的演讲里特别画的图：

> 即就是非而论，本党服从“民生主义”，则所谓“社会主义”“共产主义”与“集产主义”，均包括其中。兹将各主义之连带关系与范围用图示之，如图：

① 见1924年1月21日孙中山在广州中国国民党第一次全国代表大会上发表讲话《关于民生主义之说明》。

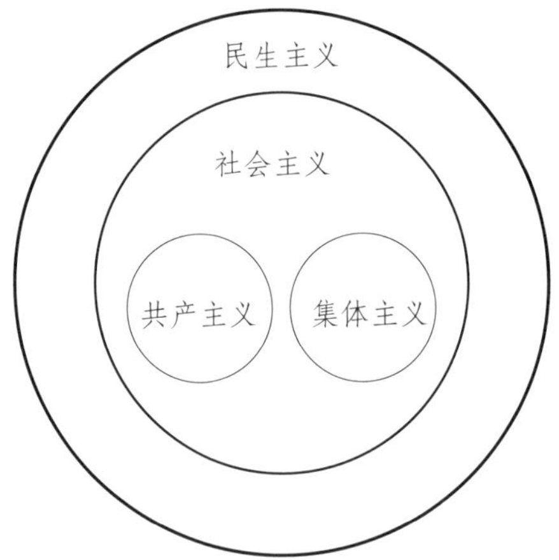

孙中山画了个大圈圈，最大圈是“民生主义”，中圈是“社会主义”，里面两个小圈是“共产主义”和“集体主义”。毛泽东回忆他当年以国民党党员身份参加的这个会议时，亲眼看过孙中山画的这个圈。

京剧《游龙戏凤》，明武宗调戏李凤姐。李凤姐不晓得他是皇帝，问你住哪儿啊？明武宗说，我住在北京城里的大圈圈里面的小圈圈，小圈圈里面的黄圈圈。“民生主义”就是“三民主义”里面的小圈圈，小圈圈里面的红圈圈是“共产主义”。

证明什么？证明国民党从来没有掩饰说他实行的不是“共产主义”。可是被共产党撵到台湾以后，国民党收不了摊子了，整天说我“反对共产主义”。可是所谓国父孙中山明明说“三民主义”里的“民生主义”就是“共产主义”啊，怎么办？国民党无法面对这些问题，念了半天总理遗嘱也解决不了。

再看孙中山《关于民生主义之说明》里的话：

“共产主义”与“民生主义”毫无冲突，不过范围有大小耳。

孙中山乱提倡主义，不止“三民主义”，不止“民生主义”。他从极左派的“共产主义”到极右派的“国家社会主义”，统统提倡。什么是“国家社会主义”啊？希特勒他们就是！大家看孙中山在民国元年（1912年）的讲话：

> 德国俾士麦反对社会主义，提倡国家社会主义，十年以来，举世风靡……此时杜渐防微，惟有提倡国家社会主义，此则兄弟提倡国家社会主义之微意也已。①

再看孙中山怎么提倡马克思的：

> 厥后有德国麦克司者出，苦心孤诣，研究资本问题垂三十年之久，著为《资本论》一书，发阐真理，不遗余力；而无条理之学说，遂成为有系统之学理。②

麦克司什么人啊？就是马克思。那时候大家还不用这三个字，最早的翻译叫麦克司。引进麦克司的不是别人，就是孙中山自己！换句话说，孙中山包办了所有主义，从极左的“共产主义”到极右的“国家社会主义”，统统要实行。最后孙中山把这些乱七八糟的东西留给了台湾国民党这个烂摊子，国民党搞《国父思想》，大家念《国父思想》，学生考《国父思想》，头都大了。结果怎么样呢？“挂羊头卖狗肉”，统统不能实行。

我必须说，今天台湾能够有一点小小的筹码、小小的底子，根本不是实行“三民主义”的结果，反倒是不实行“三民主义”的结果。为什

---

① 见孙中山1912年9月4日《在北京共和党欢迎会的演讲》。

② 见孙中山1912年辞卸临时大总统后，所做演讲《社会主义之派别及方法》。

么不实行？“民族主义”没有能力实行，你是个弱的政权，不能像中华人民共和国那样搞富国强兵；“民权主义”搞了半天，我早说过，台湾的民权是假的；至于“民生主义”更不敢实行了，因为民生主义就是共产主义啊。

虽然不敢说破，不说我们的国父骗了我们，不说我们没有实行他的遗教，也不说我们不考《国父思想》了——好像人家挖苦哲学家，说什么是哲学家呢？一个人在一间黑屋子里找一只根本不存在的黑猫，就是哲学家。我要说，一个人在一间黑屋子里找一只根本不存在的黑猫，然后说我找到了，这就是国民党。整天把救国救民、实行总理遗教挂在嘴边，真的敢实行吗？不敢。

好了，“三民主义”不能实行，“反攻大陆”不能实行，“反共”抗俄也不能实行，国民党最后一个花样儿出现了——“三民主义”统一中国。大家看我收集的资料：

《三民主义统一中国大同盟》
《三民主义统一中国论文征集》
《三民主义必然统一中国小册子》
《三民主义必然统一中国（第二辑、第三辑小册子）》
《三民主义统一中国大同盟宣传册》
《三民主义统一中国专题演讲》
《三民主义统一中国大同盟简介》
《海外三民主义统一中国大同盟的建立与发展》

中国未来究竟应该统一在“三民主义”之下，还是统一在“共产主义”之下？他们认为应该统一在“三民主义”之下，于是成立了“三民主义统一中国大同盟”，“以表达海内外全体中国人的共同愿望”。

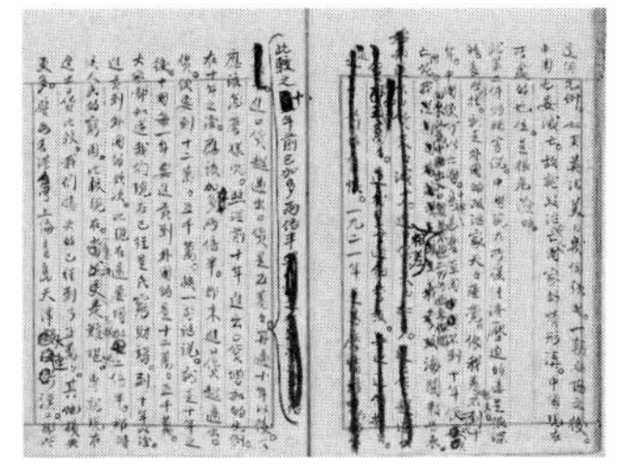
孙中山手改三民主义演讲原稿

请问有分别吗？孙中山说，“三民主义”里面的“民生主义”就是“共产主义”，“三民主义”跟“共产主义”是不冲突的；那你现在问，统一在“三民主义”之下好，还是统一在“共产主义”之下好？你不是故意胡扯嘛！

到今天为止，“三民主义”这个滥调、这个高调在台湾可以说是寿终正寝了。可是闹了我们多久啊？五十年以上，使小学生、中学生、大学生都不得安宁，甚至“中央研究院”这种学术单位都有个“三民主义研究所”。这样闹闹闹，闹了五十多年，现在总算告一段落。

可是话说回来，这种主义能信吗？孙中山本人从极右的“国家社会主义”到极左的“共产主义”，统统要我们信，请问怎么信啊？我给大家念过胡适写给台湾“行政院”院长陈诚跟副院长王云五的一封信，替他的一对学生夫妻求情，原因是他们“渲染自由主义文学”被抓起来了。大家想想看，一个自由主义大师居然要低声下气地写信求情保护自己的学生，请问“自由主义”有什么用啊？根本不能落实嘛。

对那些真正搞政党、抢政权的人，自由主义也好，三民主义也罢，统统靠边站，统统是没有意义、不灵光的东西。所以我才说，实行所谓“宪法”反倒最干脆。当我要求实行所谓“宪法”的时候，我没有罪名啊。你不能说我要求实行所谓“宪法”，我就有罪，所谓的“宪法”是你定的啊，我要求你实行，有什么问题呢？可是当我要求实行自由主义的时候，帽子就来了，人也被抓了。我李敖不这样笨，我不谈什么主义，我要的是实行所谓的“宪法”，那些引起争议的主义统统靠边站。我们新时代的人不再需要这些抽象的主义了，那样做真是——太笨了。

到奴役之路——没钱

中国艺术史上有句话叫“人书俱老”，我收藏的一些 1935 年出版的书正好可以用这句话来形容。为什么？我李敖就是 1935 年生的，这些跟我同岁的老书拿到手里，对我而言是一种快乐和享受，并且如果它不碰到秦始皇的话，显然会比我活得久。

其中有一本书写苏联的计划经济，扉页上签名“Y.C.Ma”，不晓得什么人收藏过，后来流到我手里变成“李敖藏书”。这本书的前言是 F.A.Hayek（海耶克）[①] 写的。海耶克是有名的思想家、经济学家，他在 1934 年 10 月写了这篇前言。十年以后，同一个海耶克写了一本对人类有极大影响的书《到奴役之路》（*The Road To Serfdom*）。

海耶克自己说，他本来只是一个教授而已，并没有世界性的知名度，可是到了美国被登在杂志上介绍出来以后，才变成世界性的思想家。[②] 证明什么？证明你了不起是一回事，可是把你推销出去是另一回事，推销是很重要的。

---

① 弗里德里希·奥古斯特·冯·海耶克（Friedrich August von Hayek，1899—1992），大陆译为哈耶克，生于维也纳，20 世纪重要的经济学家、政治哲学家之一，以坚持自由市场资本主义，反对社会主义、凯恩斯主义和集体主义著称。1974 年获诺贝尔经济学奖。《到奴役之路》（也译为《通向奴役的道路》）是其代表作。

② 海耶克的《通向奴役的道路》最初在英国出版，获得了好评。但是在美国出版时，一开始连遭三家出版社拒绝，最后芝加哥大学出版社慧眼识珠，同意出版。没想到很快这本书就在《新闻周刊》《读者文摘》等杂志的推介下于 1945 年成为美国轰动一时的畅销书。

海耶克

海耶克《到奴役之路》的中文版是我出版的，因为翻译者是我的老师殷海光。殷海光在译序里说：

> 海耶克教授在一九四四年出版了《到奴役之路》一书。批评家们将这本著作和约翰·穆勒的《论自由》相提并论，可见它的重要。一九五三年我才有机会读到这本著作。当我读到这本著作时，好像一个寂寞的旅人，在又困又乏又渴时，忽然瞥见一座安稳而舒适的旅舍，我走将进去，喝了一杯浓郁的咖啡，精神为之一振。
>
> 我是一个自由主义者。正同五四运动以后许多倾向自由主义的年青人一样，那个时候我之倾向自由主义是未经自觉地从政治层面进入的。自由主义还有经济的层面。自由主义的经济层面，受到社会主义者严重的批评和打击。包括以英国从边沁这一路导衍出来的自由主义者为主流的自由主义者，守不住自由主义的正统经济思想，纷纷放弃了自由主义的这一基干阵地，而向社会主义妥协。同时，挟“经济平等”的要求而来的共产主义者攻势凌厉。
>
> …………
>
> 我现在说自由主义是一种“主义”，实在有些勉强。我现在之所以用“主义”一

词，纯然是因为我找不到更恰合的字眼来表达我所要表达的意义。“主义”一词的用法，在许多情形之下，与现实层界的权势不可分。于是，它变成“只许信奉不许批评”的圣谕。这样一来，它带有权威的阴影，和强制的意味。自由主义即令算是一种主义，也不是这样令人紧张的“主义”；否则根本就失其为自由主义的资格。

殷海光的意思是说，大家常常忽略了自由主义从经济层面怎么切入的问题，包括他自己也忽略了。所以谈了半天自由主义，最后跟其他主义混在一起，变成一个大家竞争的局面。并且当整个国家处于一种沸腾的、烧开水一样的状态，这时候要讲组织、讲纪律、讲群体，没有人欣赏自由主义了，并且严格说起来“自由主义”四个字也不太通了。为什么不通？自由就是自由，当自由变成了“主义”，会跟其他一些有纪律的主义混在一起，反倒跟“自由”两个字不搭调。

殷海光还说：

在这种危疑震撼的情势逼迫之下，并且部分地由于缓和这种情势的心情驱使，中国许多倾向自由主义的知识分子酝酿出“政治民主，经济平等”的主张。这个主张是根本不通的。这个主张的实质就是“在政治上做

殷海光

主人，在经济上做奴隶”。我个人觉得这个主张是怪别扭的。但是，我个人既未正式研究政治科学，更不懂得经济科学。因此，我虽然觉得这个主张怪别扭，然而只是有这种“感觉”而已，说不出一个所以然来。正在我的思想陷于这种困惑之境的时候，忽然读到海耶克教授的《到奴役之路》这本论著，我的困惑迎刃而解，我的疑虑顿时消失。海耶克教授的理论将自由主义失落到社会主义的经济理论重新救回来，并且扩大到伦理基础上，一个人的饭碗被强有力者抓住了，哪里还有自由可言？这一振兴自由主义的功绩，真是太大了。

什么叫“在政治上做主人，经济上做奴隶”？政治上搞民主，大家说了算；可是在经济搞平等，等于把大家全拉平了。全部扯平什么结果？都变成穷光蛋，你一穷二白，他也二白一穷。这就是为什么邓小平批“四人帮”的时候，说“四人帮”认为只有穷的共产主义才是共产主义。邓小平说这是错的，共产主义为什么代表穷呢？共产主义应该代表阔才对。共产主义代表大家都有钱，大家都富裕，大家都不予匮乏，这才是真的共产主义精神。

海耶克提出来，当你过分要求“政治民主、经济平等”的时候，在政治上也许做了主人，在经济上却做了奴隶，搞得大家都一穷二白，使人对环境一点抵抗力都没有。好比我要吃碗饭，可是要政府给我粮票，凭粮票才能买到米，没粮票我就买不到米。换句话说，政府控制了我的胃，你一捏紧我就没饭吃。请问这是什么东西啊？这是奴隶啊。我的口袋是空的，我没有钱不能抵抗你，我就变成了你的奴隶。

美国总统富兰克林讲过一句话，两个口袋空空的人腰杆也挺不直。为什么？没有钱，看到有钱人会低三下四。我李敖常常举的例子是孔子的学生颜回，他可以过很简单的生活，“一箪食，一瓢饮，在陋巷，人不堪其忧，回也不改其乐”[①]，过得很清苦，可是很快乐。最后颜回怎么样呢？活过三十岁就死掉了。为什么？营养不良，穷死了，饿死了。并且颜回如果结婚生小孩的话，小孩子得了盲肠炎，今天夜里就要开刀住院，请问这时候你颜回要不要救你儿子啊？救，好，没钱，怎么办？向有钱的人借。有钱人摆出架子，你就要低三下四。你本人可以做英雄好汉，可是为了救你儿子你会低三下四，不是吗？

这就告诉我们，当你没有钱的时候，你就没有力量去维持你的尊严，没有力量去跟政府作对，也没有力量去抵抗统治你、压迫你的人。换句话说，你变成了一个奴隶，你没有一点自由。

中国过去有句话叫“藏富于民”，把钱藏在人民身上，政府或别人才没有办法来控制你的胃，这时候人民才有一点点自由。人民有自由，政府才有前途。任何政府都不是一群穷光蛋的人民和做奴才的人民所能支撑起来的。真正好的政府会藏富于民，而人民也会把钱藏在自己的口袋里。只有人民开始富裕了，才会有政治上的民主自由出现。

大家看《中华人民共和国宪法》第三十五条：

> 中华人民共和国公民有言论、出版、集会、结社、游行、示威的自由。

条文说得没错，可是这些都代表了政治上的自由。政治上的自由怎么来的？要从经济层面起来。这就是邓小平所说的，要让一部分人先富起来，然后别人也跟着富起来。这样子大家慢慢都有点钱了，才能谈所谓的民主自由。这也是海耶克在《到奴役之路》这本书里所谈的精神，政治民主并不代表经济平等，经济上的过分平等反倒会引来到奴役之路。

---

① 见《论语·雍也》。子曰：“贤哉，回也！一箪食，一瓢饮，在陋巷，人不堪其忧，回也不改其乐。贤哉，回也！”

钱，是个好东西

宋朝的司马光是国家的大臣，很多人进政府之前都要去拜访他。他跟对方聊天的时候，常常会问一个使别人很难堪的问题：你家里有没有钱啊？你的开支够不够？你信用卡有没有欠账？——诸如此类，反正是问你有没有钱。被问的人出来以后就很奇怪，你司马光是这么了不起的国家大臣，怎么会问到我有没有钱这种小问题啊？

后来人家打听原因，才知道原来司马光的标准是你这个人有没有钱、能不能维持你的生活，关系到你会不会为五斗米折腰，会不会有独立的人格。你有这个本领以后，才可以做官。为什么？做官随时可能丢乌纱帽，我为了我的原则可以不做这个官，因为我不会饿死，这时候你才可能把官做好。司马光认为有钱可以保护我的自由、保护我独来独往的人格。

如何可以有一点钱呢？要看你有没有发财的本领。孔夫子讲过一句话："富而可求也，虽执鞭之士，吾亦为之。如不可求，从吾所好。"如果能够有发财的机会，哪怕是做一些很辛苦的工作，我也甘心愿意做。可是如果这样做也赚不到钱，那我高兴怎么样就怎么样。我不要赚钱可以吧，老子去钓鱼可以吧。

大家注意我李敖是个老北京，我在北京念的小学，还记得很多有趣的北京词汇，好比"孙子"这个词，北京人用某种语气说"孙子"的时候就是骂人。譬如两个北京人在路上走，忽然看到旁边有个很有钱的外国人，两人用北京话说："这孙子看起来很有钱哪。"结果这个外国人侧过头来对他笑着说："你这孙子也看起来很有钱啊。"他才知道原来这个老外听得懂北京这种骂人的话。

大家看这个有钱的孙子的照片。谁呢？比尔·盖茨（Bill Gates）。他搞微软发了大财。这小子连大学都没毕业，上大学对他没有意义。他有一个特色——路不拾遗，过马路的时候，如果地上掉了一千块美金，他不捡。为什么不捡？他弯下腰来捡了这个钱，再把腰挺起来要四秒钟，这四秒钟他赚的钱就超过一千美金，所以他弯腰捡地下的一千块美金划不来，他不捡。

比尔·盖茨

我李敖承认如果我想发财，我这辈子下辈子也发不过他。所以“如不可求，从吾所好”，我不要比，也承认比不过。我想到另一个人，大家看他的照片，全世界三大男高音里面的大胖子帕瓦罗蒂（Pavarotti）[1]。他跟我同岁，他赚钱本领在他喉咙里，在他的横膈膜上面。他能够唱歌，大家也愿意花钱听他唱歌。这么赚钱多舒服啊，可惜我们没有这种与生俱来的条件。

帕瓦罗蒂在回忆录里讲：“指挥家传统上都会将咏叹调《冰冷的小手》降半个音，好让男高音逃过困难的结尾高音C，以往的男高音经常这么做，只是很少有人留意到。但是克莱伯要我照原来的调演唱，而我也毫不费力地冲上了高音

帕瓦罗蒂

① 卢奇亚诺·帕瓦罗蒂（Luciano Pavarotti，1935—2007），意大利人，世界三大男高音之一，别号“High C之王”（高音C之王）。

C。”什么意思？本领大啊，这个高音C别人唱不上去，他可以唱上去。

我李敖发财发不过比尔·盖茨这个孙子，唱歌也唱不过帕瓦罗蒂这个胖子，可是我能够想到清朝有名的文人翁方钢[①]写的一副对联：

自是君身有仙骨，直应天赋与诗情。

我们也是天生有仙骨的人，我们也很了不起，我们也有我们的天赋，只是不能表现在发财和唱歌上面。虽然如此，我必须跟大家说，千万不要忽略了金钱的力量。

今天我李敖没有信用卡，没有手机，也没有汽车。我在台北郊外阳明山上有个书房，有时候我会坐公共汽车上下山。公车司机认识我，说李大师你怎么也坐公共汽车啊。我说我为什么不能坐啊，我平民化啊。我不在乎这个，有就有，没有就没有，没什么了不起。

可是我有过汽车，年轻时候我买过一辆二手的凯迪拉克。多少钱买的？告诉大家，我买它的钱跟买一辆计程车的钱一样多。那么便宜的钱，怎么能买那么好的车呢？我会买啊。一个洋鬼子到台湾来开这个车，走了便宜卖给我。因为是二手货，车就不值钱了，可是我一坐上去就值钱了，为什么？这是李敖坐的车啊。所以后来我把这个车卖掉的时候还赚了钱。

我讲这些干什么？告诉大家，我们要有一个能够生活的物质基础，才能谈其他的。周恩来在1943年3月18日写的一篇文章《我的修养要则》里说：

健全自己身体，保持合理的规律生活，这是自我修养的物质基础。

---

① 翁方钢（1733—1818），字正三，号覃溪，晚号苏斋。直隶大兴（今北京）人，官至内阁学士，工书法，与刘墉、梁同书、王文治并称“翁刘梁王”四大家。

我现在补充一句：要有基本的经济力量，你才有自我修养的物质基础。如果没有这个力量，任何基础都谈不到。宋朝《东轩笔录》[①]里记载了丞相王曾的一句话。他说："曾平生之志，不在温饱！"他考中状元以后，人家给他贺喜，说你这一辈子吃穿不尽啊。他把脸一板，说我这辈子的志愿不是说穿得暖吃得饱就完了，我还有另外很伟大的志向。

可是这个志向怎么实现呢？我告诉大家，必须先要有点钱来保护你可以有独来独往的自由，保护你可以随时跟老板说"再见"，保护你可以不为五斗米折腰；要在这个基础之上你才能够说我生平之志不在温饱，我还有更高层面的志愿。

英国哲学家罗素在 *The Conquest of Happiness*（《幸福的征服》）这本书里谈到，人为什么多愁善感呢，因为你没有让你自己去付诸行动；你不要空谈哲学，不要空谈研究什么东西，你要去做个行动派，即使去做个海盗也好。过去生平之志不在温饱的这些年轻人，可以去革命，也可以反革命；可以做海盗，也可以做山大王。可是现在的年轻人怎么样呢？乖乖地在公司里做一个小职员，动都不能动。什么原因？口袋薪水被老板控制住了，人被这个社会制度卡得死死的。今天年轻人的所谓"雄心大志"不过赚钱而已。

并且这个钱也仅够温饱，只要一折腾就花光了。台湾有所谓"月光族"，每月的钱都会花光，存不了钱。存不了钱就犯了我所说的那个危险——你没有自由，也会遭遇到司马光所忧虑的——你没有独立人格。为什么呢？你没有钱来跟老板抵抗，跟社会抵抗，跟政府抵抗；你的两个口袋是空的，你饿着肚子，腰杆挺不直。我认为今天很多青年朋友的主要

---

①《东轩笔录》为北宋士人魏泰所著，记录了王安石变法等北宋时期的朝政军国大事，对当时的历史人物、社会风貌也多有描述。

问题是他没有足够的钱来保护自己。

过去台湾有所谓最后一批共产党，像成功大学的蔡俊军、吴荣元、钟俊隆、吴俊宏、沈宁怡这批人，其中两个人被判了死刑，后来改成无期徒刑，好多年后才放出来。[①] 他们被抓以后，国民党特务刑求他们，骂他们，他们在牢里做监狱斗争来抵抗，跟国民党的特务说，你们不要欺负我们，等共产党来了以后，扒你们的皮！国民党特务把桌子一拍，共产党来扒我们的皮以前，老子们先扒了你的皮！

我必须说，他们这批人今后再也看不到了，至少我在台湾看不到。有雄心大志的人都变成了志在温饱的小人物。他坐凯迪拉克大汽车很高兴，没凯迪拉克了或者不坐汽车了，他会很难过。我李敖一点都不会，我走路、坐公共汽车、坐凯迪拉克都快乐得很，为什么？我是有抱负的人。

可是我也必须跟青年朋友说，你要准备一点钱来保持你的独来独往；没有这些钱，你会随时被老板、被社会环境，或者被家庭和朋友来宰制，甚至被政府来打压，因为你完全没有抵抗能力，这是很不好的。

---

① 1971年11月台湾成功大学的学生蔡俊军、吴荣元、钟俊隆、吴俊宏、沈宁怡等人，在校内图书馆阅读《资本论》《马克思主义与唯物史观》等社会主义书籍，信奉社会主义，草拟宣言，成立“成大共产党”。1972年2月，这批人陆续被捕，以意图颠覆政府等罪名获刑。同年10月判决蔡俊军、吴荣元两人死刑，钟俊隆等4人无期徒刑，吴俊宏、沈宁怡等6人15年徒刑，其余7人交付感化教育3年。由于此案被告均为19至24岁的大学生，引起“立法委员”质询，美国方面亦表示关切。台“国防部”于是将此案发回军法处更审，更审结果死刑改判无期徒刑，无期徒刑改判15年，其余维持原判。

身兼恩格斯

台湾这边每天都有层出不穷的怪事发生。民进党以前的党主席施明德[①]出来，登高一呼，要求陈水扁下台。他还发起一个运动，要凑满了一百万人去搞静坐，不静坐的捐一百块钱就表示你支持这个运动。有人问我李敖有没有捐钱，我说我没有捐一百块，我捐了一万块，等于一百个人支持。

全台湾捐给施明德的钱现在已经超过一亿新台币，相当于两千五百万人民币。这下子麻烦来了，民进党从陈水扁以下统统痛恨施明德，觉得你以前是我们的党主席，现在你不跟我们同流合污，怎么还要颠覆我们？可

---

① 施明德（1941—　），台湾政治人物，生于高雄，幼年目睹“二二八”事件中高雄民众对抗国民党军队的场景，萌生以武装兵变推翻国民党政权的想法。1962 年，施明德在小金门担任炮兵军官时，被指涉入“台湾独立联盟案”，1964 年被判处无期徒刑。在审讯中惨遭刑求，牙齿全部掉光，造成施明德自 22 岁后就全口假牙。1975 年蒋介石过世，全台实施减刑，1977 年施明德因满 15 年释放。但仅仅两年后，他就因参与“美丽岛事件”，再度被捕入狱，第二次被判无期徒刑。1987 年，台湾解除戒严令，当局拟对其特赦假释，但施明德宣称自己无罪，绝食抗议，坚持无罪释放。在长达 4 年 7 个月的绝食中，被强行实施鼻胃插管灌食共达 3040 次。其兄施明正为声援弟弟，绝食抗议 4 个月后因营养不良心肺衰竭而死。1990 年，李登辉宣布“美丽岛事件”判决无效，施明德终以无罪之身恢复自由。他离开监狱对媒体说的第一句话是：“忍耐是不够的，还必须宽恕。”1994 年至 1996 年，施明德任民进党第六任党主席。2000 年陈水扁当选“总统”当夜，施明德致电民进党，表示从少年时代以来推翻国民党政权的梦想已经实现，故将离开民进党。2001 年与 2004 年，施明德以无党籍身份参选台北市“立法委员”，未能当选。2002 年参选高雄市长落选。2006 年 8 月，在台湾发起百万红衫军反贪倒扁运动。

施明德领导反贪倒扁的红衫军静坐抗议

是施明德是老政治犯，坐了二十多年牢，有他基本的声望在，怎么办？用“四人帮”的干法，把你斗倒斗臭。

施明德已经倒了。他选台北市“立法委员”的时候，我劝他不要选，也劝许信良[1]不要选。他两个都做过民进党主席，我说你们都别选，选也选不上。结果不是我不幸言中，而是我铁口直断，俩人都落选了。施明德还跑去选高雄市市长，只得了八千票，也落选了。所以不用斗倒他，他已经倒了。

怎么样斗臭他呢？好，找来施明德前妻。前妻拿出一件衣服，里面塞了封信，是施明德当年在牢里写给蒋介石的所谓“求饶信”，要求把他放出来。我替施明德澄清说，敌人对付我们有两个方法：第一个你把我干掉，枪毙，把我变成烈士；第二个你把我关到老，我在牢里不能够活动，可是如果我花言巧语骗你相信，你把我放出来，那我就赢了嘛。所以做监狱斗争的时候，求

① 许信良（1941— ），台湾桃园县人，台湾党外运动代表人物之一。年轻时加入国民党，获高层赏识。后因对国民党的现状提出严厉批评，1977年自行回家乡桃园参选县长，并顺利击败国民党候选人，而遭国民党开除党籍。“美丽岛事件”发生时，许信良正在美国度假，遂成漏网之鱼，滞留海外。1989年许信良经由大陆偷渡回台，旋即被当局以叛乱罪起诉并判刑10年。1990年获特赦出狱。1991年当选民进党主席。

饶没什么了不起，就怕你求饶不灵。像彭明敏[①]也求饶，求饶以后八年牢不用坐了。施明德如果求饶灵的话，怎么会第一次坐牢十五年，第二次又坐十年呢？表示他求饶没有用嘛。

好，这个不算，又说施明德在台北汐止有个楼房，那楼房好值钱。你施明德怎么会有钱买这个楼房呢？这楼房谁送给你的？认为施明德在金钱上不干净。我又站出来讲话了，我说如果有个什么商人愿意送给施明德楼房，我们应该感到惭愧才对啊，因为施明德是为了我们受苦受难的，应该送他楼房的是我们才对嘛。

举个例子，当年美国的革命元勋潘恩[②]，写过一部书叫《常识》，鼓动美国人的革命精神，很像中国邹容写的《革命军》。后来美国革命成功，潘恩是个革命狂，又跑到法国去革命，结果被关在牢里面。后来活着出来了，回到美国，美国人觉得他很可怜，又是我们的革命元勋，就送了一栋房子给他。这才叫慎终追远、感恩图报嘛。

再举个例子，孙中山有两份遗嘱，一份是一般我们所看到的那个“革命尚未成功，同志仍需努力”，还有一份是留给家人的小遗嘱，里面说：

> 余因尽瘁国事，不置家产。其所遗之书籍、衣物、住宅等，一切均付吾妻宋庆龄。余之儿女，已长成，能自立，望各自爱，以继余志。

---

① 彭明敏（1923— ），台湾高雄人，国际法专家，台湾“独立”运动领导人之一。1964年与谢聪敏、魏廷朝等人共同起草著名的《台湾自救运动宣言》，遭国民党政府判刑八年，但蒋介石迫于国际压力，特赦彭明敏。1970年在重重特务的监视下逃离台湾，抵达瑞典，在海外流亡了二十余年。1992年返台。

② 托马斯·潘恩（Thomas Paine，1737—1809），英裔美国作家、政治活动家。做过裁缝、教师、税务官员，后来投身美国独立运动。他撰写的小册子《常识》风靡北美，成为美国独立革命的教科书。1787年他回到英国。后因撰写歌颂法国大革命小册子《人权》被英国政府追捕，逃亡法国。在法国大革命中，他又因反对处决路易十六及雅各宾派的恐怖专政，被投入监狱，最后在美国驻法大使的干预下获释。

这个住宅是孙中山在上海的房子。可是孙中山说他“不置家产”，怎么会有个房子留给宋庆龄啊？海外华侨送的。海外华侨看不过去，觉得孙中山一辈子革命，连住的地方都没有，就送了一栋房子给他，他也收了。“取不伤廉”嘛，就这么简单。

北京大学校长蔡元培七十岁的时候，胡适这些北大教授还有一些北大学生，凑钱买了个房子给他。蔡元培写了封回信，说你们送我房子，我如果不要就太矫情了，所以你们送我也就要了。后来蔡元培做中央研究院院长，要盖楼房，建筑商不晓得他是了不起的革命元勋，当过教育总长，也做过北大校长，按惯例送了一包钱给他，贿赂他。他呢，当场就收下来。可是建筑商走了以后，他把会计人员叫过来，说你把这包钱交给国库，等于我们盖房子的开销打了折扣，又还回来这么多钱，还回来我们就要了，交给公家。这就是蔡元培了不起的地方！以他的人格他敢做这种事情。你说我贪污，拿人家红包，根本没人信！可是一旦真的拿了红包以后，还是交给公家，他本人不收的。

我讲这些故事告诉大家，应该送房子给施明德的是我们啊，怎么别人送了以后我们还说他不清廉呢？他是个老百姓，他不是当官的，收人家个礼物，有什么了不起啊。这就是我李敖厉害的地方。我不谈施明德有没有收这个房子，不谈这个房子值多少钱，也不谈这个房子现在空着里面住着多少只蚊子，谈这些干什么？要谈就谈我们应该送他房子没送，而被那些奸商送了。

可是我必须说，施明德这种情况不会发生在我李敖身上，为什么呢？第一，谁会送房子给我啊，没有人送。第二，老子自己有钱买房子，不用你送！大家看《亚洲周刊》2005 年 11 月 6 日登出的一篇英国读者投稿，标题是《李敖不可能在海南岛存活》，作者柴季晟是一位旅英台商。他说：

> 读贵刊关于李敖在中国大陆掀起旋风的报道，感慨良多。一九六九年我在台湾读大学时很喜欢读李敖的文章，对他批评国民党专制独裁而坐牢钦佩之至。但今天李敖访问北京，把中国大陆当今表面繁荣的经济成就比喻为汉唐盛世，把台湾的多元化社会和自由民主体制说成是假民主……以他的个性气度，我不认为他可以离开台湾，拿着取自台湾的退休金储蓄到海南岛去存活。

这位柴季晟先生头脑一半清醒一半糊涂，他肯定我在台湾的言论，又说我到大陆肯定共产党不对。这部分细节先不谈，只谈他说李敖“拿着取自台湾的退休金储蓄到海南岛去存活”，请问什么时候我李敖在台湾拿过退休金啊？我在台湾是无业游民啊。我在台湾恨这个政府，抗税，不交税，政府就罚钱，本来没那么多，滚滚滚，滚到了五百万，说我欠税五百万，相当于一百二十五万元人民币，不许我出境。不出境怎么跑到北京去？因为我做了“立法委员”，可以出去考察，并且由“立法院”院长王金平出面跟国税局谈判，弄得他们没办法，说好好好，三个月假，这三个月我们闭一只眼让他出境。

可是我回来以后，还是继续不能出境。那欠税怎么还呢？好，你这个坏政府逼我还，我还给你看！你要我付你五百万，对不起，你要先付给我两千七百万。怎么算呢？我算给你听：一个台湾“立法委员”当选以后，他的薪水、他的活动费用、他整个团队包括助理的费用，政府要花两千七百万新台币，差不多六七百万元人民币才能养出来。换句话说，你要我缴五百万税金，我就选你个“立法委员”当当，拿你两千七百万，看谁划得来？

现在大家知道为什么我活得这么神气、这么快乐了，因为我用了非常精细的方法来跟我所痛恨的坏政府做斗争。我抗税，你有本领抓我好了。好，抓到了，不让我出境，我想办法出境。逼我还钱，OK，我拿了你的两千七百万来还你的五百万。

虽然我没有退休金好拿，可是老子有钱。我在台北的家，进门的玄关是两尊汉白玉狮子，客厅是两层楼，家具都是英国的，在台湾这叫作豪宅。为什么一个无业游民能够住豪宅啊？这就是我李敖的本领。所以我说施明德这些事不会发生在我李敖身上，我比施明德他们务实多了。马克思靠思想影响别人，可是马克思一辈子要靠恩格斯养他。我这个马克思不靠恩格斯来养，我是马克思兼恩格斯，马克思包办恩格斯，自己养自己。

因为我能够在金钱上面立于不败之地，所以当我做政治斗争的时候无懈可击。好比高金素梅她们去日本闹日本人的时候，我一捐捐十五万台币；接着她们又去美国联合国闹日本人，我又捐了一百万台币。干什么？老子有钱。真那么有钱吗？也没有，可是该花的钱能花出来，该给的钱能给出来，该丢的钱能丢出来，这就是我的本领。所以不需要大家比照潘恩、比照孙中山、比照蔡元培来送房子给我，老子有钱自己买房子。可是当施明德发生这种问题的时候，我会用这些证据来替他解围。解围的同时也忍不住跟大家显摆一下，你要收买我吗？还早得很呢。为什么？我太有钱了。

陆／
流泪撒种 欢呼收割

人民想革命门儿都没有

流泪撒种　欢呼收割

用你的规则出你的洋相

谈暴君放伐论

革命的目的是请客吃饭

迂回前进是本领

人民想革命门儿都没有

美国历代有很多总统，可是里面只有两个人是不领薪水的。什么原因呢？老子有钱，老子愿意免费为人民服务。这两位总统，一个是肯尼迪（Kennedy）[①]，一个是胡佛（Hoover）[②]。

大家想不到，胡佛总统是在中国发迹的。他是一名采矿工程师，在我们中国河北省唐山的开滦煤矿做工程师，并且还赶上了1900年的义和团运动，被困在天津一段时间。那时候他就发了大财，赚了一百万美金。那时候的一百万美金相当于今天一百万美金一千倍的购买力。

胡佛说人生最难赚的就是第一个一百万。因为赚了第一个一百万以后，可以用钱来赚钱，用钱来生钱，可是赚第一个一百万很困难、很辛苦。

胡佛的出身其实挺穷苦，他年轻时候去应聘，发现有一个条件是要会打字。老板问：你会打字吗？他说：我会。老板说：那好，你下礼拜一来上班。他说：可不可以礼拜三来，我可以多一点时间学会打字。——他是

---

① 约翰·F. 肯尼迪（John F. Kennedy，1917—1963），美国第35任总统（1961—1963），1963年11月22日在达拉斯市遇刺身亡。短短的任期内发生了数起影响重大的历史事件，如古巴导弹危机、柏林墙的修建、太空竞赛、越战早期活动及美国民权运动等。

② 赫伯特·克拉克·胡佛（Herbert Clark Hoover，1874—1964），美国第31任总统（1929—1933），共和党人，美国经济大萧条即发生在其任内。胡佛从事政治活动前，曾是地质学家和采矿工程师。1899年，他与大学同学卢·亨利结婚后，前往中国天津，担任墨林公司驻华代表，并受聘于开滦煤矿公司担任技术顾问。

这么样苦干的人，用几天时间就能把打字学会。

他还有一个特色是老婆会说中国话。一般人很难想象美国总统的老婆怎么会讲中国话，可是他老婆不但会讲中国话，还会讲好几国语言，很了不起。当年我从台大毕业以后，到补习班去学法文和德文，一三五学法文，二四六学德文，这样子发神经同时学两种文字。学了一阵子以后，我的朋友问我是法文好呢，还是德文好？我说那要看你礼拜几来问我。

胡佛总统任内发生了一件大事，美国人叫作 Bonus Army①。第一次世界大战退伍的美国军人回来以后，政府答应他们老了以后我们来照顾他们，1945 年给他们发补助金。可是美国在 1932 年发生了经济大恐慌，这些退伍军人就跑到首都华盛顿去要这笔钱。众议院通过了，可是参议院否决了，闹得不可开交。最后胡佛总统就派人动粗，派麦克阿瑟将军、艾森豪威尔少校这些人出来动粗，有的老兵被枪打死了，有的小孩子被催泪瓦斯熏死了。

证明什么？证明美国这个所谓民主国家，当它的首都广场被自己的同胞盘踞占领，不肯离开的时候，它一样也要开枪的。有人说，为什么一定

① 即 1932 年美国“补偿金远征队”事件。一战中，政府承诺参战的美国军人在每人每日 1 美元的薪金之外，还另加 25 美分作为海外生活补助金。但在战时，这笔薪金并没有发放下来。1924 年政府制定并通过《服役证明修正法》，承诺所欠薪金在 20 年后依当兵日数，每日以 1 美元计算，再乘上利息后以现金偿付。但是 20 世纪 30 年代美国发生经济大萧条，三分之一就业人口失业而需要救济，于是退伍军人要求政府立刻支付应在 1945 年才支付的薪金。1932 年 6 月 17 日，来自全美各地 12 000 至 20 000 名请愿者在华盛顿国会大厦前集会。7 月 28 日，一名警察在冲突中开枪误杀了两名退伍军人，请愿者于是开始以钝器攻击警方，打伤数名警察。同日，胡佛总统下令联邦军队进驻华府。最后在麦克阿瑟将军的指挥下，拥有步枪和催泪瓦斯的联邦部队驱散了请愿群众并焚毁他们的营帐，四人死亡，数百人受伤，两名儿童因催泪瓦斯窒息而死。1933 年，富兰克林·罗斯福就任总统后，一些退伍老兵再次集结华盛顿，旧事重提。但罗斯福也拒绝了他们的请求。不过这一事件导致了二战结束后美国政府最终订立《军人权益法案》来避免类似事件的发生。

“补偿金远征队”在国会草坪上露宿

数万退伍军人包围美国国会大厦

要开枪，为什么不用自来水冲他？用自来水冲，他衣服晒干了又回来了。为什么不用催泪瓦斯熏他？用催泪瓦斯熏，他眼泪流完了又回来了。好！只有开枪。

结论是人们用这种方式对抗政府是错误的，为什么？最后吃亏的总是你。他为了安定，他为了不垮台，他就要跟你硬干。可是你怎么办？你没有办法的，因为现代人对抗政府的本领完全失去了。

过去你是秦始皇，我是陈胜、吴广，我就起义反抗你了，你能把我怎么样？古书里说陈胜“斩木为兵，揭竿为旗”，把木头砍下来，弄个棒子就是武器；立个竹竿，扯个旗子就表示老子要革命。那时候人民要革命很容易的，为什么？我的武器跟你统治者的武器相差有限啊。可是现在你要抗暴，你要革命，谈何容易啊，他坦克车一开出来，你立刻就失败。

过去坦克车的结构还不好，一个有名的战术是把装了汽油的瓶子塞进坦克车里，使它爆炸，这种战术叫作“莫洛托夫鸡尾酒”[①]。现在的坦克

① “莫洛托夫鸡尾酒”是土制燃烧弹的别称，曾是游击队等非正规部队、街头暴动群众的常用武器。这种武器最早出现于西班牙内战中，由于结构简单，原材料随处可见，几乎人人都能制造。它本身不能把坦克击毁，却会造成破坏效果，引起驾驶员的惊慌，中止操作。二战中，苏联人用它给德军坦克带来了不少麻烦。

车你根本爬不上去了，不可能再有机会往里面塞东西。换句话说，政府控制人民的力量强大得不得了，人民想革命门儿都没有。

过去汪精卫骂青年党[①]，说我们国民党的天下是打下来的，你们要得天下去革命吧。可是在武器对比之下，人民敢走这条路吗？不敢啊。1932 年美国政府就开枪啊，你只要霸占他的中央广场不肯离开，他除了开枪没有别的办法。

开枪对不对呢？当然不对，可是你把他逼到墙角以后，他只好开枪。所以我认为争取自由的人自己也要反省，你有没有把人家逼到墙角？不把他逼到墙角而得到你所要得到的东西，这才是本领。如果硬干的话，结果只能是两败俱伤。

当年美国前总统卡特（Carter）[②]到中国来的时候，邓小平见到卡特直接就讲：

> 如果今天这部分人上街，明天那部分人上街，中国十亿人口，一年三百六十五天，天天都会有事，日子还能过吗？还有什么精力搞建设？所以不能从你们的角度来看待中国的问题。中国的主要目标是发展，是摆脱落后，使国家的力量增强起来，人民的生活逐步得到改善。要做这样的事，必须有安定的政治环境。没有安定的政治环境，什么

---

① 中国青年党曾是现代史上仅次于国民党和共产党的第三大政党。1923 年底在法国巴黎成立，发起人为留法学生。青年党反对共产主义，也反对实行一党专政的国民党，但在抗战中与国民党有所合作。1949 年后中国青年党迁台，在台“立法院”中获得部分席次，并无制衡力量，成为国民党政府一党专政下的卫星党。台湾党禁开放后，青年党迅速分裂、泡沫化，最终沦为小党。

② 吉米·卡特（James Earl Carter，1924—　），美国第 39 任总统（1977—1980）。任内宣布与国民党政府断交转而承认中华人民共和国，通过订立《台湾关系法》。1981 年应邀访问中国，获邓小平接见。2002 年获诺贝尔和平奖。

事情都干不成。[①]

清朝末年有一个人叫刘赶三[②]，唱京剧的，会演戏会说话，整天惹得西太后哈哈笑。有一次他在戏台上扮皇帝，西太后坐在下头看，旁边站着光绪帝。刘赶三就开玩笑说，你别看我是个假皇帝，我在台上还有个座位，你这个真皇帝连座位都没有。

话一说完，所有人都吓得不敢吭声。西太后听了没说什么，可是从此允许光绪皇帝坐着看戏。我们有时候想不到，为什么言论自由会发生在刘赶三这种人身上？原因是西太后知道他没有恶意，他不会颠覆我，那就算了，给皇帝搬把椅子吧。

我写过一篇文章《骂总统的自由》，我说总统为什么不能骂？当然可以骂，连袁世凯做中华民国总统的时候都容忍了别人来骂他，为什么现在不能骂了？我在 1987 年 7 月 21 日出了一本书《蒋经国研究》。那时候蒋经国还是所谓“总统”，还没死，可是我在封面上标出来“蒋经国死了”，为什么这样干？当时有人写了一本书《李敖死了》，骂我李敖是“水蛭”，是“蚂蟥”。我说这是诽谤我啊，我要到法院去告。结果法院判决无罪，无罪以后我就登出来“蒋经国死了”。干什么？用你们的规则出你们的洋

---

① 见《邓小平文选（第三卷）》，1987 年 6 月 29 日邓小平会见美国前总统卡特时的谈话《没有安定的政治环境什么事都干不成》。

② 刘赶三（1817—1894），清末京剧丑行演员，号称“天下第一丑”。名宝山，字韵卿，天津人。因其艺高，同时在三个戏班赶场演出乃为常事，人呼“赶三”。刘赶三嗓音清亮，念白脆爽，做表传神，同时又有较高文化修养，能根据剧情自编唱词唱腔。他的最大创举是在《探亲家》一剧中骑真驴上台，驴名“墨玉”，上台时不惊不惧，听从指挥，切合剧情，使观众大为惊奇，甚至等级森严的皇宫也破例允许刘赶三牵驴进宫。传说他在皇宫演戏时，慈禧太后坐于堂中，光绪皇帝则侍立一旁，犹如仆人一般。刘赶三甚为不平，在念白中故意加进一段：“别看我是假皇帝，还能有个座位，那真皇帝天天侍立，何曾得坐呢？”话一出口，广座皆惊。幸好西太后没有追究，而皇帝从此可以坐着看戏。

相，用你们的规则整你们的主子，是你们国民党法院的判决书判以“死了”宣传活人无罪，一点关系没有，不算诽谤人，不是吗？我拿着这个判例使你们没话说！

所以争取言论自由的过程中需要很多技巧。好像美国那种老式推销员，背个大包敲门，锅碗瓢盆什么都卖。家庭主妇说，我什么都不买。他笑嘻嘻地掏出这个掏出那个。家庭主妇烦了，说你再这样卖东西，我要叫警察了。他说你叫警察吧，可是这个东西你要不要啊，我便宜卖给你……

这就是好的推销员！好的言论自由散布者！我跟你没完没了，我要你放松标准、开放尺度，可是我说服你的方法是曲折的、迂回的、哈哈一笑的。我知道整个过程需要时间，需要机会，也需要我们大家一起来努力。不要以为个人一定是没有希望的，有时候我们每个人努力一点点，就能够解决很多事情。

流泪撒种 欢呼收割

《孟子》里有一段话，我念给大家听：

> 孟子曰："天下有道，小德役大德，小贤役大贤；天下无道，小役大，弱役强。斯二者，天也。顺天者存，逆天者亡。齐景公曰：'既不能令，又不受命，是绝物也。'"①

什么叫"既不能令，又不受命"啊？我没有权力发号施令，不能叫你做什么事；可是你用权力叫我做什么事的时候，我也不接受，也不做。这种人是自绝于人的，是没用的人，是不对的人。

告诉各位，我李敖年纪越大，越不想做这种人。年轻的时候，可能在成长过程里，我也想做这种人，可是年纪越大越不想做这种人。不想做的原因我告诉你，这种人就是那种讲风凉话的人，不断地抱怨这个抱怨那个，对什么都有意见，可是你叫他讲出解决问题的办法来，他也讲不出来。用六个字来形容就是"有主张，没办法"。

大家看《礼记》里的一段话：

---

① 出自《孟子·离娄上》。意思是："孟子说：'天下上轨道的时候，德行低的接受德行高的安排，才智少的接受才智多的安排。天下不上轨道的时候，力量小的被力量大的支配，势力弱的被势力强的支配。这两种情况，都是天意所定。顺从天意的可以生存，违背天意的将会灭亡。'齐景公说：'既然不能命令别人，又不能听从别人的命令，那就走上绝路了。'"

大道之行也，天下为公。选贤与能，讲信修睦。

天下为公是主张，请问怎么样天下为公？不知道。选贤与能也是主张，如何能够选贤与能？也不知道。换句话说，这种人只限于第一个层次：主张有，办法没有。

我跟大家讲过，1932 年美国的群众和退伍军人包围了国会，聚在首都华盛顿的广场，不肯散去。他们都是有主张的，可是办法是什么呢？办法是把政府逼到墙角开枪。同样的，1926 年在中国的北京，所谓的北洋军阀统治时期，国民党和共产党联手鼓动学生从天安门出发，去包围段祺瑞的住宅，人山人海地围住政府。最后怎么样呢？段祺瑞政府开枪，把学生打散了。

这些例子告诉我们有主张是不够的，有办法是非常重要的。人要聪明到不光有主张，还能够想出办法来。否则的话，既不能令，又不受命，这种人是没有办法的人，是只会说风凉话的人。我不希望年轻朋友们变成这种人。

我劝大家要有几个态度：第一，不要生闷气，生闷气表示没办法。第二，不要叹气，叹气也表示没有办法。第三，不要诅咒，不要说我恨你怎样怎样，用诅咒方法是不对的。第四，不要空骂，你可以骂人，你看我李敖就整天骂人，可是我们是拿出证据来骂人，不是空骂。第五，不要认了，不要说我对这个环境没有办法，我认了、算了，冤家宜解不宜结，这种鬼话都不要说。第六，不要逃跑，不要躲避。

我认为我们的人生观要维持一个底线，这个底线就是也许你不能够积极地去做些什么事情，可是至少你可以不消极地生闷气、叹气、诅咒、空骂、认了、逃跑。我认为我们的人生应该在这些标准之上去努力。

告诉大家，我李敖一辈子就在这些标准底下做了很多努力，并且很多努力都成功了。英文叫 it works，用北京话讲“它灵了”。你以为做不到的事情，会在你看不见、想不到的时候，在你看不见、想不到的地方，自会生根、发叶、开花、结果，有它的效果出来。所以大家不要妄自菲薄，有主张没办法的事少干，因为这样子只会使你觉得更愤愤不平。

我曾经说邓小平是一个强者，很多人也许对他不满意，那是另外一回事，可是在性格上我觉得他是强者。他有一次批评大陆的那些伤痕文学，用了八个字：哭哭啼啼，没有出息。这是典型的强者的反应！一般人的反应是我受了多少苦，受了多少难，我叙述啊，唠叨啊，抱怨啊，邓小平不是，哭哭啼啼是没有出息的，我们要解决问题，要弥补错误，要继续活下去，这才是强者的作风！

最近我的女儿 Hedy Lee 李文博士在北京闹出一点点翻江倒海的动静。她说我花了 1300 美金租的高级别墅区里，规定不可以养鸡，你怎么可以养鸡？规定不可以种菜，你怎么可以种菜？她就去投诉，跟他们争。我跟她说你争的这些问题火候不到，因为这里面牵涉到文化水平的问题，牵涉到一个人的生活习惯，不是一朝一夕能改变的。

当年汪精卫手下有一个汉奸部长叫陶希圣，帮他主持过中央宣传部。这个人后来倒向蒋介石，跑到了台湾，等于又给蒋介石主持宣传。有一次我亲眼看到他的太太坐着很高级的外国车，两只手从汽车后窗里面伸出来，抓着一根长竹竿——大概是从菜市场买回来晾衣服的竹竿，太长了汽车塞不进去，就这么用手抓住竹竿，车从街上开过。

大家想想看，豪华汽车在开，车里面伸出两只手，一个老太婆抓着一根竹竿，这是一幅很滑稽的画面，不是吗？为什么？不搭调。他陶希圣是这样有权有势的大汉奸，可是他的太太还是那种克勤克俭、勤俭起家的老式太太，买根竹竿都要自己往回拉，可是她没有想到竹竿跟她坐的这种豪华轿车不搭调。

基督教里有一句话："流着眼泪撒种的，必欢呼收割！"我女儿说她要做一个撒种的人，虽然她所计较的这些问题在我眼里看起来都太小了。我很喜欢一幅漫画，一个猎人坐在屋子里看报纸，墙上挂着老虎、豹子等各种猎物的头，墙的左下角有个老鼠洞，洞口挂了个老鼠头。什么意思呢？我给他下的标题是："大的要，小的也要。"老子是看到动物就打的一个猎户，老虎我要打，老鼠照打不误。所以有时候问题你不能够分大小，你要计较就按照你的原则一个一个去计较。从这个标准看，我女儿在一些礼貌和教养的小问题上计较也有她的道理。

我必须说，当一个小人物敢于站出来争取她的自由、她的权利的时候，我们一定要支持她。为什么呢？因为这种精神很伟大。台湾过去有一个人叫喻伯凯，是台北一条马路旁边卖公共汽车票的。马路后来拓宽，要把他的售票亭子拆掉。拆的时候，和他起了冲突。警察也不管三七二十一，把他抓起来送到法院。法官一看他不过是个卖票的，就把他收押，关起来。

这一关不得了，他出来以后到处喊冤告状，闹个不停。最后闹到"监察院"，监察委员被他烦死了，说好好好，我们跟你去查查看怎么回事。就到了地方法院，找到那个法官，说你们有没有非法收押这个人？法官说：没有这个事啊，我们没有收押他。喻伯凯说：你们把我收押在地下室的 ×× 号房间。法官说你怎么证明我把你关到 ×× 号房间？喻伯凯说在 ×× 号房间的墙角底下有我写的四个字"司法黑暗"，你们去对对看是不是我的笔迹。结果门一打开，一看，果然有四个字"司法黑暗"，喻伯凯写的。法官愣住了，赖不掉了。

这就是小人物争自由的例子。虽然他的能力很微薄，可是他敢于这样闹，并且有计谋、有办法地来证明真相，我觉得很了不起。台湾还有一个这样的人叫柯妈妈，她儿子被大卡车撞死了，她要求推动"强制汽车责任

柯妈妈

保险”，通过立法来保障车祸受害者的权益。[①] 大家都不理她，她就抬着棺材到“立法院”去闹，又绝食又抗议，闹到鸡犬不宁，整个“立法院”被她烦死了。闹了多久呢？前后闹了八年。好了，最后为她通过一条法律，她赢了！

柯妈妈只是小学毕业，可是为了给她死去的儿子讨回公道，为了给其他被大卡车撞死的人讨回公道，一个小人物坚持抗争了八年，最后成功了，你不能说她不伟大。虽然她所争取的项目是狭小的、单一的、单纯的，但是印证了基督教的那句话：“流着眼泪撒种的，必欢呼收割！”

我最近看大陆新闻，看到河南有个王次妞[②]，年年告御状，变成河南疑难案件的第一名。为什

① “柯妈妈”名叫柯蔡玉琼，其长子柯重宇1989年在东海大学企管研究所就读时，遭车辗毙。当时台湾的相关法律对车祸肇事者比较有利，受害人必须面临可能的举证困难，而肇事者则可以用钱去打通各个部门，脱罪或减低赔偿责任。当肇事司机有恃无恐地向柯妈妈开价30万元，“要拿不拿随便你，反正你去告也是鸡蛋碰石头”，柯妈妈由此走上了与“立法院”抗争八年的漫漫长路。

② 王次妞（1944—　），河南省洛阳市嵩县纸房乡人。1991年她的儿子姚国强被诬陷偷黄金，受到当地警察和金矿矿主的刑讯逼供，最终被活活打死。案发后，凶手无人追惩。王次妞夫妇把儿子的尸体拉到与县政府隔河相望的河滩停尸，政府官员却视而不见。找公安局、检察院、法院等部门，不是遭到呵斥，就是推卸责任。无处申冤的王次妞不得已亲手割下儿子的头颅包好，连夜乘火车上京告状。

么？她的儿子被恶霸打死了，她把儿子的头割下来，包好带到北京去告状。大家看新闻标题：

农妇割儿头颅 赴京申冤十三年

王次妞成了上访专业户，一年去了北京六次，第二年又去三次，结果怎么样呢？恶霸被关起来了，判无期徒刑。我讲这些故事干什么？告诉大家，自由和公道不是天上掉下来的，是要努力不懈地争取来的。法律虽然在那里，可是法律不会说话，你要使法律说话，就要加把劲儿。

王次妞是一位不识字的乡村老婆婆，为了给死去的儿子讨公道，争这口气，能够坚持十几年不放弃，使我们觉得我们这些有头有脸的人、有知识的人或者知识层面比较高的人，真的要一起努力来使法律能够说话，使正义能够伸张，这才是我们应该做的事情。

用你的规则出你的洋相

大家都说我李敖在台湾是很凶悍的人。我喜欢打官司，为什么打官司？打官司最便宜。花一块钱买一张那种有固定格式的告事状，一填就告一群人。为什么我要告人？因为我要用法律手段来争取我应该有的权利。法律本身是睡觉的，你要用自己的行动使它醒过来，我就是专门干这行儿的！可是我争执的对象，大部分都是我所痛恨的国民党伪政府、民进党伪政府。

我向大家展示过我有九十六本书被查禁，是全世界古往今来、古今中外被查禁书最多的一个人。当时国民党伪政府查禁我书的理由是台湾在搞戒严，从 1949 年到 1987 年戒了 38 年，全世界数它戒严时间最长。最后蒋经国在死以前为了表示自由民主，下令把戒严令解除了。可是在解严之前半个月，他们还是对我动了手。

李敖在北大演讲时展示禁书

当时我印了一批书藏在我母亲台中一中宿舍的家里。我母亲是台中一中训导处的职员，我趁着她在国外探亲的时候藏了一批书在那儿。1987 年 6 月 21 日，台中市政府联合了台湾中部地区警备总司令部找来锁匠，打开我母亲家的门，冲进去把箱子打开，把我的书全部没收。

收走以后，我立刻到法院去告。台中市政府派来代表跟法官说：我们知道李先生会告，所以整个查扣过程都现场录了影，可不可以放给法官看？法官说可以，他们就放录影，说李先生家里放了很多纸箱子，有的纸箱子里是禁书，有的纸箱子不是。我们一本一本打开看，禁书放一边，不是禁书的回归原位。最后分出来以后，我们还把房间打扫得干干净净，连马桶都冲过了。我们是这样子客气地把他的禁书搬走的，整个录影画面证明了我们是规规矩矩、非常礼貌、非常清洁地在解严前半个月没收了李先生的禁书。

看了这个录影带以后，法官问我的意见。我说就凭这卷录影带就证明他们犯法。法官说：你怎么证明？我说法官先生，你记不记得有一条法律说政府到老百姓家里搜查的时候，要先到法院开一个搜查票。搜查票要先给主人看，如果主人不在家，法律规定你搜查单位要跟地方的自治团体人员见面。什么是地方自治团体人员？好比邻长或里长，你要把搜查票给他们看，然后才可以开锁来搜。我请法官看看整个录影带里面有没有这些画面。他们直接就带了锁匠来，没有拿出来搜索票啊，也没有给邻长、里长这种地方自治团体人员看啊。换句话说，他们提供的录影带恰好证明了这些重要的法定程序他们都没有遵守，他们在乱搞，他们违法。

这个官司打了五年半，上上下下，打到最高法院，又发回高等法院，又上诉，又发回，最后法官被我烦死了，同意他们赔我钱。他们赔了我贰佰叁拾肆万捌仟陆佰伍拾圆整（2 348 650.00），开的是“国库”支票，台中政府赔的。他们把钱给了地方法院，地方法院再拨给我。

在台中市政府被我打败之前，高雄市政府也被我告过，也是因为查禁我的书。我有一段时间每个月都出书，警察在书摊上看到了就查禁，习惯了。有一次我把一本书分成上下两册，先出上册，被查禁了；下册又出来，结果下册没有查禁，但也被警察没收了。没收以后我就告到法院，我说你命令里面只查禁上册，怎么下册也被你没收了？

高雄市政府警察局就请我去，在大圆台上摆了一桌茶点请我吃，然后把查禁我书的警察叫到我面前道歉。那个警察向我三鞠躬。他们问我：李先生可以原谅他吗？我说他可以原谅，可是我问问看你们怎么处分他？他们说：我们把他从高雄市一个很肥的地区调开，调到警察局门口看门站岗，这个岗位拿不到红包的，李先生对这个处分满意吗？我说：满意。他们说：那我们和解吧。我说：不可以，只处分了警察，政府还没有处分。他们说：政府要怎么处分？我说政府要赔我一块钱。旁边警察局的副局长说：这太容易了。马上就要掏钱给我。我说这不行，有一个“法律”叫《公库法》，规定政府给人民的钱要开“国库”支票，所以你要开一张一块钱的支票给我。他们说高雄市政府三千块钱以下的开支都给现金，方便！我说不行，我要你合法，要你给支票。

最后他们没办法，只好开出来高雄市政府“国库”支票壹元整。——历史上从来没有过的！开完以后这张支票我当然不会去兑现，为什么？钱太少了。结果高雄市政府一连三年每年登报求我来兑现，不兑现他销不了账。我就不兑现，为什么？这是我的战利品。那个二百三十多万的支票我会兑现，因为数目太大了，这张一块钱的支票我放在家里留念，干什么？作弄你这个政府。事实上我到高雄打官司来来回回坐车不都止一块钱。

清朝有一个桐城派的学者叫方苞[①]，他给戴名世[②]的《南山集》写了一篇序，结果这部书被查禁，康熙皇帝下令把他关起来。方苞是很有名望的人，所以在牢里受优待，没让他坐押房，而是可以在监狱范围里四处走动。方苞在牢里看到，凡是新来的囚犯都会被牢头禁子修理。干什么呢？要钱。有一次抓进来一个叫花子，叫花子没有钱，他们也修理，修得他“哇哇”大叫，疼！方苞就管闲事了，说叫花子没有钱啊，你们修理他干什么？那些狱吏说：我们干什么你个书呆子怎么会懂，这是我们的哲学啊，我们的规矩是有钱不整你，没钱要整你；我们也知道他是叫花子没有钱，可是没钱不修理的话，有钱的人就会装穷，我们就拿不到有钱人的钱了，懂吗？所以修理穷人是给有钱人看的。

我跟高雄市政府打一块钱的官司，是为了给台中市政府看的，要他们贰佰叁拾肆万捌仟陆佰伍拾块的赔偿。为什么？建立我们的威信。我们常常说国家有威信，政府有威信，可是我们老百姓自己也有我们的威信啊。什么威信呢？我告你就告死你，绝不饶你。好像斗狗一样，一口咬住你，不是咬块肉就算了，嘴巴还拧你这个肉。就这么凶悍！我可以为了要一块钱，一次一次跑到高雄去闹，我一定跟你干到底，直到你怕了我为止。

大家懂我这种强盗哲学吗？过去我们说“民不聊生”，现在他们说

---

① 方苞（1668—1749），字灵皋，号望溪，安徽桐城人，桐城派鼻祖。43岁卷入《南山集》案，被下刑部大牢，定为死罪。两年后，因重臣李光地力保，始得免罪入旗，以平民身份入南书房做皇帝的文学侍从。雍正朝得归原籍，官至礼部侍郎。乾隆七年（1742年）告老还乡，在家闭门谢客著书，82岁病逝。著有《望溪先生文集》。

② 戴名世（1653—1713），字田有，号忧庵，安徽桐城人，进士出身。因家居桐城南山，遂称“南山先生”。康熙四十一年（1702年），戴名世的弟子尤云鹗把自己抄录的戴氏古文百余篇刊刻行世，名《南山集偶抄》，即《南山集》，其中有大量篇幅记载明末清初的史实。康熙四十八年（1709年），57岁的戴名世被授以翰林院编修之职。两年后，被御史赵申乔参劾，以“大逆”罪下狱，1713被处斩，死时60岁。《南山集》案是“清初三大文字狱”之一，牵连人数达三百余人。

“官不聊生”。为什么？出现了我李敖这样的“刁民”。可是我们刁民不是乱闹的，我们是很细腻、很合法地跟你纠缠，用你的规则来出你的洋相，并且绝对没完没了。

为什么我这么样刁？告诉大家，其实我并不想打官司，我心里真正的感觉是宁可做个意大利黑手党，你惹了我，我揍你一顿，多痛快啊。可是我知道这不是正规的路，我知道国家的进步要主张法治。可是你们政府不守法，查禁了我的书，然后搞假民主表示解严了。好，那我就用戒严解除的机会反过来跟你们算账。换句话说，我要报复你们。你们不是有什么“国家赔偿法”吗？好，我就要你们赔偿给我看。

后来我才后悔，为什么当时只把一万多本禁书放在我妈妈家里啊？为什么不多放一点，多放一点他没收得更多，赔钱赔得更多，不是吗？这些书我卖都卖不到这么多钱，只有查禁我才能拿到这么多钱。因为按照法律规定，他们不是赔钱，是要恢复原状，把没收的书还给我。可是他还不出来，书被他们烧掉了，他们又不能现印，印的话又要被我告盗印，所以没办法只能赔钱。

大家知道这个钱我李敖花得多痛快吗？我就是要你们“官不聊生”！你们政府这么样可恶，用非法的方式来查禁言论自由。好像京戏《打渔杀家》里的一句话：“我骂你，不许你还口；我打你，不许你还手；我杀你，不许你流血。”你杀了我这么多刀，查禁了我九十六本书，今天你解严了，好，轮到我反攻了，轮到我跟你算账了。我不需要革命，也不需要叛乱，我只是用你的规则出你的洋相，花你的钱花得好爽好爽。

谈暴君放伐论

1997年，我的读者寄了一本书给我。这本书用现代人的眼光、以回忆录的方式把罗马皇帝Hadrian的故事写出来。[①] Hadrian中文翻译叫哈德里安，关于他最有趣的一段记录是他怎么死的。怎么死的呢？传说这家伙是“hated by all”，被全体人所恨而死，被恨死的。很像我们中国那句老话“千夫所指，无病自死”，每个人都指着你，说你该死的时候，你不生病就死掉了。近代最典型一个例子是袁世凯，他做皇帝没多久，就在为大众所恨的状态下死掉了。

大家看我搜集的一些古代恐龙图片，这种恐龙叫“暴龙”（Tyrannosaurus）[②]。注意啊，恐龙

暴君龙

① 指法国女作家玛格丽特·尤瑟纳尔（Marguerite Yourcenar，1903—1987）的代表作《哈德良回忆录》（*Mémoirs d' Hadrian*）。大陆翻译Hadrian作哈德良。

② 暴龙又名霸王龙，学名Tyrannosaurus，意思是残暴的蜥蜴王。它们是肉食恐龙中出现最晚、体型最大，也最孔武有力的品种，可能是世界上已知最强的食肉动物。身长约13米，肩高约5米，平均体重约8吨，生存于距今6850万年到6550万年的白垩纪末期，化石主要分布于北美洲的美国与加拿大西部。

里面也有暴君，所以叫暴龙。关于暴君的解释，《孟子·梁惠王下》里有一段话：

> 齐宣王问曰："汤放桀，武王伐纣，有诸？"孟子对曰："于传有之。"曰："臣弑其君，可乎？"曰："贼仁者谓之'贼'，贼义者谓之'残'。残贼之人，谓之'一夫'。闻诛一夫纣矣，未闻弑君也。"

齐宣王问孟子，商汤放逐夏桀，周武王讨伐商纣，有这些事吗？孟子回答，文献记载上有。齐宣王说，商汤周武王他们可都是臣子，臣子把皇帝赶走了，干掉了，通吗？孟子说，破坏"仁"的人叫贼，破坏"义"的人叫残，残贼之人叫作独夫。我只听说杀了独夫商纣，没听说杀了皇帝啊。

请大家注意这个"诛"字，诛不等于杀，"诛"是宣布了你的罪状以后再杀。所以鸿门宴里刘邦跟项羽会面，项羽大嘴巴讲了一句话，说那个消息是你的手下曹无伤告诉我的。结果刘邦回到自己的部队以后，"立诛曹无伤"①，立刻就把告密的曹无伤杀掉了。为什么不说"立杀曹无伤"呢？因为杀是一个动作，诛是两个动作，先宣布你的罪状，再把你杀掉，叫作诛。

孟子说："闻诛一夫纣矣。"先宣布纣的罪状然后把他杀掉，这种事实我听说了，可是我没听说杀皇帝啊。什么意思？你商纣作为人君，当你的行为不像人君的时候，你就没有君的头衔了，所以别人来杀你，不是杀皇帝，而是杀了一介匹夫，杀了一个蛮干的、倒行逆施的残贼独夫。

按照中国的三纲五常②，"天地君亲师"，臣子是不可以杀皇帝的，所以

---

①《史记·高祖本纪》中记载如下：沛公左司马曹无伤闻项王怒，欲攻沛公，使人言项羽曰："沛公欲王关中，令子婴为相，珍宝尽有之。"欲以求封。……沛公从百馀骑，驱之鸿门，见谢项羽。项羽曰："此沛公左司马曹无伤言之。不然，籍何以生此！"沛公以樊哙、张良故，得解归。归，立诛曹无伤。

② 三纲即"君为臣纲，父为子纲，夫为妻纲"，五常即"仁、义、礼、智、信"。

商汤不可以放桀，武王不可以伐纣。可是当夏桀和商纣倒行逆施，被取消了皇帝身份的时候，我们就可以把他赶走，也可以把他杀掉。所以孟子这个逻辑非常滑头，也非常有趣。我们是不能杀皇帝，可是当我们把他皇帝的身份取消以后，就可以杀他。

明朝亡国的时候，李自成进了北京，逼得崇祯皇帝自杀了。然后吴三桂“引清兵入关”，清兵赶走了李自成，自己做起皇帝。当时清政府讲了一句口号：“杀吾君者吾仇也，杀吾仇者吾君也。”杀掉我们皇帝的流寇李自成是我们的仇人，可是把流寇李自成干掉的人是我们的皇帝。注意，前面的“君”是明朝的皇帝，后面的“君”就变成清朝的皇帝了；一番偷天换日，以清朝皇帝接替了明朝皇帝的正统。

这种逻辑游戏最早是孟子玩的，可是孟子的逻辑里有一个很重要的政治观念，用后来政治思想史上的术语叫“暴君放伐论”，当你是暴君的时候，我们可以把你流放，可以讨伐你。换句话说，这是一种很了不起的民权思想。我们人民对于统治者不是无条件服从的，当他倒行逆施的时候，当他变成暴君的时候，我们可以把他干掉，这就是孟子最后的结论。这个结论在中国政治思想上光芒万丈，也因此《孟子》这部书到了明朝的时候被明太祖朱元璋逮到了。朱元璋说，这种思想还得了吗？君跟臣之间有这种相对的关系而不是绝对的关系，这不是造反吗？怎么办？把这些言论删掉以后出一部新的《孟子》。

新的《孟子》里，民权思想被删掉了。因为被删掉，反过来证明孟子这种“暴君放伐论”真是了不起。外国是到了十七、十八世纪才有了很多形形色色的“暴君放伐论”，可是比起孟子来，显然是太晚了。

暴君从东到西、从古至今一直都有。当人民必须被暴君统治而无法选择的时候，我们退而求其次，觉得最好这个暴君跟我们是同文、同种、同国的人，而不是外国的暴君。英国诗人拜伦的《哀希腊歌》里有一句话，被苏曼殊翻译为：“雄君虽云虐，与女同本支。”那个雄才大略的皇帝虽然很暴虐，可是他跟你是同一个种族的，英文叫作 our countryman。这句话胡适怎么翻译呢？他翻成“虽暴君兮，犹吾同种之人兮”，他虽然是暴君，可是很庆幸他跟我们是一国人，跟我们同一个种。

跟我们同文、同种的暴君，跟外国的暴君有什么不同呢？大家想想南京大屠杀就知道了。跟我们不同文、不同种的暴君，加之于我们同胞的暴虐程度绝对比本国暴君还要严重。换句话说，同样被虐待，本国的暴君与外国的暴君比，我们宁愿选本国的，为什么？究竟轻一点。

问题又来了，面对本国的暴君，我们还有没有选择呢？还是有的，虽然基本上你无所逃。因为对人民而言，当“大皇帝”出现的时候，你没有办法躲开，只能跟着他走。像法国的拿破仑出现的时候，他带着法国人东征西讨，疲于奔命，最后打到俄国，多少法国人死掉了啊。可是他虽然在某种程度上专政、独裁，却带给你一样东西，什么啊？很虚幻的光荣。他虽然凶悍，可是带给你光荣。某种程度上希特勒也是啊，抛开他杀犹太人这些荒腔走板的行为以外，你不能说在某一段时间里他没有给德国人带来光荣。

再看西班牙的佛朗哥，当时他抢得政权得力于希特勒的帮忙，可是当二次世界大战希特勒要求西班牙跟他一起出兵跟英国人、美国人打的时候，西班牙不肯。希特勒移樽就教跑去跟他谈判，两人谈了半天，好说歹说佛朗哥就是不肯出兵。最后希特勒气得要死，说我宁可拔掉三颗牙，也不要跟这小子谈判。后来希特勒兵败山倒，西班牙由于不参战，在二战以后没有被惩罚，保存了国家的元气。所以佛朗哥虽然是个暴君，可是也给国家带来了利益，不是吗？

还有一种我李敖所说的“K 式暴君”，K-A-O-N 式暴君。Kaon 什么意思呢？物理学上叫 K 介子。我开玩笑说，“介”是蒋介石，K 介子当双关语来用，所以“K 式暴君”就是蒋介石。这种暴君的特色是他搞了半天，不但不能给你带来光荣，还给你带来各种各样的耻辱。

像今天蒋介石所留下的这些徒子徒孙，像台湾民进党这些人，他们整天这样闹，这样折腾，使人民疲于奔命，使大家民穷财尽，可是最后连一点点虚幻的光荣，连那种拿破仑式的、希特勒式的光荣都没有，带来的全部是屈辱。这就是我看不起他们的原因。所以我整个的结论是要告诉大家，暴君如果我们可以选择，我们宁愿选本国的而不是外国的；如果本国的暴君很专制很凶悍也很有效率，能够给我们带来一点点光荣，那我李敖也愿意接受；可是如果连这点光荣都没有，带来的全部是耻辱，那我认为这种暴君实在是太可耻了。

革命的目的是请客吃饭

中国古人有一句话："生平之志，不在温饱。"我这一辈子的志愿不在穿衣吃饭，我还有别的志愿。基督教的《新旧约全书》里有一句话："人活着并不仅仅依靠面包，还要有神的话语。"可是我必须告诉大家，我们在成长的过程里，常常会遭遇的问题就是生命最低标准的问题，就是温饱的问题。

大家看《邓小平文选》里的一段话：

> 我们从一九五七年以后，耽误了二十年，而这二十年又是世界蓬勃发展的时期，这是非常可惜的。但另一方面也有一点好处，二十年的经验尤其是"文化大革命"的教训告诉我们，不改革不行，不制定新的政治的、经济的、社会的政策不行。
>
> …………
>
> 改革和开放是手段，目标是分三步走发展我们的经济。第一步是达到温饱水平……[①]

为什么邓小平要强调达到温饱水平？我看过十几年前甘肃的一份调查报告。一群教授到甘肃考察，路上渴了，到一个农家讨水喝。进去以后，一个穿得破破烂烂的老农民在那里招待他们，里屋床上有个破棉被，被子

---

① 见《邓小平文选（第三卷）》，1988 年 6 月 3 日，邓小平会见"九十年代的中国与世界"国际会议全体与会者的谈话《要吸收国际的经验》。

里有东西在动。他们就问，家里还有人吗？农民说，那是我女儿。教授们问，她生病了吗？说没有生病，在休息，其实也没有在休息。到底怎么了？没有裤子穿。一个大姑娘没有裤子穿，下不了床。——穷到这样子！

没有裤子穿怪不怪共产党呢？告诉各位，当年国民党的“行政院”院长李焕[1]是我的好朋友李庆华的父亲。他跟我讲过一个故事，国民党统治大陆的时候，他到大西北考察，发现农民的门梁上就挂了一条裤子。爸爸出门的时候，妈妈得光着屁股在家；妈妈出门的时候呢，爸爸光着屁股在家。为什么呢？全家只有一条裤子。——穷到这样子！

所以没裤子穿的问题怪谁呢？怪我们的祖国经过了多年的战乱，地大而物不博，人口又多，最后穿裤子这种温饱问题就变成了一个基本的人权问题。说起来很好笑、很凄惨，狗就没裤子穿，难道人还不如狗啊？可是中国历来都会发生这种人不如狗的问题。孔夫子时代就有这种现象，圣人都穷得被子盖住头脚露出来，或者盖住脚头露出来。——就这么穷！

非洲也有这种现象。大家看照片，这个妇女

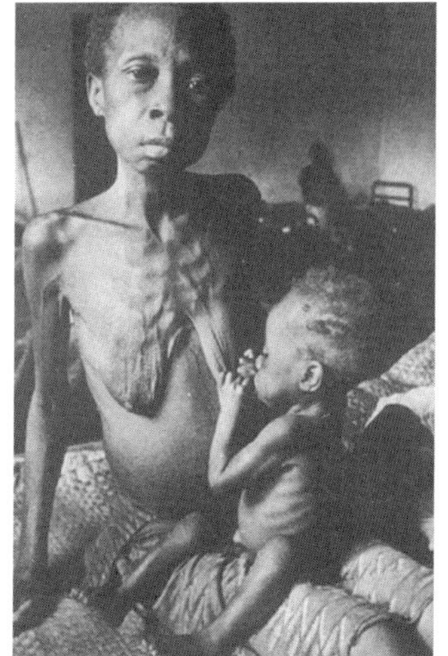

非洲饥荒中的母与子

① 李焕（1917—2010），字锡俊，湖北汉口人，复旦大学毕业。长期受到蒋经国提拔。来台后出任中山大学复校后首任校长。曾任“教育部”部长、“行政院”院长。在蒋经国逝世后的国民党“二月政争”中下台，淡出政坛。

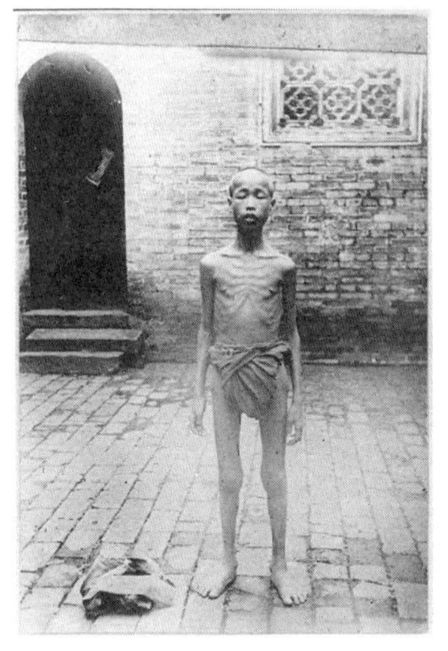
中国饥荒

的奶已经塌成什么样了，小孩子还在吃，为什么？饿，饿得皮包骨。为什么这样饿？饥荒、战乱。穷人骨瘦如柴，变成这样子。

中国的穷人很少有裸体的，原因是温度太低，裸体就冻死了。可是大家看看共产党统治以前，中国发生饥荒时的照片。我们的同胞饿得跟非洲难民有什么区别吗？

这些现象告诉我们，当一个人穷得不能吃饭、不能穿衣，一个大姑娘光着屁股不能走出门的时候，温饱的确是一个基本的人权。说起来很惭愧，可是那些吃饱饭的人不了解我们的痛苦。

《一九四二》剧照

我曾经说我们中国是地大而物不博，全中国的物产加在一起，严格说起来赶不上美国一个加州。可是人口已经这么多了，我们面对的问题是先吃饱饭，先不要谈别的吧。可是吃饱饭有一个大前提是这个国家不要再有战乱，不要再被外国人打，不挨打才能不挨饿。怎么样不挨打呢？富国强兵，要稳定，不要战乱。

大家知道当年战乱的情形吗？逃难的时候，火车顶上都是人山人海。这还是幸运儿，能够上火车。可是有时候会被风、速度或者山洞给刮下来、掉下来、撞下来，下来就是死。侥幸不死，火车以这种高速度在开的时候，坐在车顶上的人跟它同一个速度前进，大家想想恐怖不恐怖？中国人在战乱时期是这样子受苦受难的。

大家再看这个照片，日本人轰炸上海闸北以后，一个小孩子坐在铁轨上面哭。爹娘都炸死了，剩下孩子一个人在哭。这就是不稳定，这就是战乱。再看国民党当年枪毙共产党的照片。为了使中国强大，多少人付出了代价。这个代价是千万人头落地。

上海难童

大家都是爱国者，可是为了爱这个国家付出了多少代价，大家想得到吗？所以我觉得如果今天的中国能够获得一点点稳定，是非常值得珍惜的。当然我并不是说我们就要放弃其他自由不去争取，但是我们不能忽略稳定是值得珍惜的。

《毛泽东选集（第一卷）》里有一段话：

> 革命不是请客吃饭，不是做文章，不是绘画绣花，不能那样雅致，那样从容不迫，文质彬彬，那样温良恭俭让。革命是暴动，是一个阶级推翻一个阶级的暴烈的行动。[①]

1949年5月上旬，上海闸北公园，国民党情治人员用自动手枪枪决共产党嫌犯

毛泽东说，革命不是请客吃饭。可是我要说，革命总得有个完吧，当革命完了以后，我们的目的就是请客吃饭，不是吗？革命革了又革，革了又革，革完的结果是希望有了温饱之后能够从事一些快乐的活动，这些活动里就包括了请客吃饭。所以我要补充毛泽东这句话：革命不是请客吃饭，可是革命完了应该请客吃饭。

革命的时代为了救亡图存，为了使中国人能

① 见1927年3月毛泽东《湖南农民运动考察报告》。

毕加索

毕加索自画像

够得到温饱，并且在温饱以外能够有更好的前程，几代人都牺牲掉了。到今天我们得到什么？至少得到了一点像样的稳定。这个稳定包括两个方面：一是不再挨打，二是不再挨饿。现在没有外国人再敢打中国了，不是吗？而我们做到这一点，经过了一百多年的痛苦战乱。

如何不再挨饿呢？不是说“大跃进”时期中国饿死三千万人吗？可是至少现在我们懂得努力去发展经济，使一部分人先阔起来，慢慢再使另外一部分人也阔起来；使上海阔起来，然后也使甘肃阔起来。这就是社会主义的功能，不是吗？

讲到这里大家会奇怪，你李敖什么意思啊？你李敖不是谈自由的吗？你李敖怎么越来越像共产党了？告诉各位，我真希望我是那种早期的共产党。大家看这张图片，大艺术家毕加索

（Picasso）[1]的自画像。毕加索做过一件很奇怪的事，他是西班牙大画家，可是他单独宣布说他是共产党。宣布了以后，苏联吃不消，说我们共产党都是有组织的，怎么你一个人单独可以做共产党呢？他就干了这么一件妙事。

早期的共产党人是那种肯为他的理想流血牺牲的信仰者，现在这种人已经没有了。并且我认为共产党在理想上是完全没有错误的，“各尽所能，各取所需”，这是人类最高的理想，不是吗？过去我跟我的老师殷海光讨论过这个问题。他说共产主义的理想使我们哲学家没办法讲话，因为这个理想是完全正确的。我说那你为什么反共呢？他说我反共是因为这个理想行不通，人没有那么伟大，不可能那么伟大，可是在理论上我必须承认，各尽所能、各取所需的理想是人类博爱境界的最高体现，我不能够反对它，也没有任何人反对得了它。

问题是当这个理想实行起来的时候，会被人类那种贪婪的欲望所打破。苏联为什么解体？原因是它无法把共产主义的理想做纯粹道德的处

① 巴勃罗·毕加索（Pablo Picasso，1881—1973），西班牙画家、雕塑家，20世纪现代艺术的代表人物，遗世作品达两万多件，包括油画、素描、雕塑、拼贴、陶瓷等，也是西方艺术史上少数能在生前“名利双收”的画家之一。1944年，法国刚刚收复，法国《人道报》头版刊出一则举世震惊的消息：与埃菲尔铁塔齐名的、63岁的大画家毕加索宣布加入法国共产党。消息传至世界共产主义和资本主义两大阵营，掀起轩然大波。毕加索在《我为什么加入共产党》的文章里说：“这些年来，可怕的压迫向我证明，我不仅要以我的艺术来斗争，而且要以我整个的身心来斗争。因此，我毫不犹豫地加入了共产党，因为无论在法国、苏联还是西班牙，共产党都是最勇敢的。从根本上一开始我就与共产党是相通的……我在那里找到了我最珍贵的东西，最伟大的科学家、最伟大的诗人……我再次置身于我的兄弟们中间。”

理。所以南斯拉夫那个做过铁托副总统的吉拉斯（Djilas）[1]说，斯大林消灭了旧的阶级，可是他自己制造了一个新的阶级。

当然这些话扯起来都太远了。我要说的是，我们中国经过了千万人头落地以后，经过了一百多年的战乱以后，到今天总算得到了一点点自尊，一点点稳定，并且勉强走向了志在温饱的道路。志在温饱也是一个伟大的理想，请大家不要忽略了它。

① 米洛凡·吉拉斯（Milovan Djilas，1911—1995），南斯拉夫共产党领袖铁托的亲密战友，1953年任南斯拉夫副总统，但很快就因言获罪，免职入狱。他在狱中写成《新阶级：共产制度的分析》（*The New Class:An Analysis of the Communist System*）一书，1957年偷运至纽约发表，在西方世界引起轰动。吉拉斯的前半生献身共产革命，后半生则集中心力反共。

迂回前进是本领

英文字典里最后一个字母“Z”字部有个字叫 zigzag，用北京话讲叫曲里拐弯。zigzag 是曲折的、锯齿形的意思。zigzag 代表什么呢？代表当你前进的时候，你可以迂回前进，可以匍匐前进，可以曲里拐弯、以锯齿形来前进。为什么要这样做？有利于你前进，有利于你达到想要的效果。

英国文学家卡莱尔（Thomas Carly）有一种藏书票，上面是一根蜡烛的图案，下面写着一句话：“我燃烧才有用。”这个蜡烛不燃烧摆在那里是装饰品，燃烧了以后才有用。同样的，锯子要锯东西才有用，锯东西的时候才会发挥它 zigzag 的威力。换句话说，zigzag 看起来弯弯曲曲的、一伸一缩的，事实上却有它的威力在。

我李敖一辈子是那种单干户、个体户，用北方话讲是“愣”。可是这个愣不是没有智慧的、傻小子愣小子的那种愣，而是深谋远虑的、zigzag 式的、在刀口上愿意跟你赌一下的愣。这是我的性格，某种程度上他们说我流氓也好，赌徒也罢，我李敖有这种气魄！可是当我感觉到这种愣会影响到我的朋友时，我也会在技巧上、语言上或者表情上稍微斟酌一下。

中国有个成语叫“朝三暮四”，说你这个人朝三暮四，反复无常。可是真正的“朝三暮四”不是这个意思，它出自《庄子》的一则典故。有个养猴子的老头叫狙公，他跟猴子说，我早上给你们三颗果子，晚上给四颗果子，好吗？这猴子就火了，嫌早上给得少。狙公说，那我早上给你们四颗果子，晚上给三颗果子，好不好？猴子好高兴。

可是对老头子而言，早上三颗、晚上四颗跟早上四颗、晚上三颗，有什么区别啊？一样的嘛，都是七颗。我的本质没有任何改变，可是我排列的方法会使你猴子快乐或者不快乐。朝三暮四你就生气，暮三朝四你很快乐，那我就给你暮三朝四嘛，我没有损失啊。

注意，我李敖并没有把任何人或者任何团体当猴子的意思。我是告诉大家，当你觉得你的基本立场没有损失的时候，你要说的话照说，要表达的意见照表达，要放的火照放，要浇的水照浇，你何必永远一根筋、一副表情、一种态度来表达呢？你可以斟酌轻重，重话轻说，严肃话当玩笑话说嘛。我李敖就有这个本领，不是吗？

中国春秋战国时期有两个纵横家苏秦[①]和张仪[②]，两人都是鬼谷子学生，都能言善道，善于出馊主意或者好主意。苏秦先出道搞合纵，联合六国抵抗秦国。张仪出道之后投奔苏秦，苏秦给他脸色看，不提拔他还打击他，张仪一气之下就出来了。出来之后，忽然来了一个商人，慧眼识英雄，看到张仪很潦倒，跟张仪说：我愿意帮你忙，给你吃香的喝辣的，穿金戴银，漂漂亮亮，然后搭线去见秦国的皇帝，这样你以后就可以跟苏秦唱对台戏了。结果张仪跟着他去了秦国，后来果然得君行道。

有一天，这个大好人、大富翁、有眼识泰山的朋友忽然跟张仪说：再见了，我要走了。张仪说：我报答你还来不及，你怎么要离开我呢？这人说：我是你的老同学、你的学长苏秦派来的人，他演这出戏来打击你，让

---

① 苏秦（？—前284年），字季子，东周洛阳（今河南洛阳）人，相传为鬼谷子徒弟。战国时期著名纵横家，提倡合纵，联合其他国家对付秦国。苏秦最辉煌的时候身披六国相印进军秦国，可是由于六国内部的问题，最后被秦国击溃。有说法认为他和张仪两人彼此呼应，共同达到个人目的。《史记·苏秦列传》载：“是时周天子致文武之胙于秦惠王。惠王使犀首攻魏，禽将龙贾，取魏之雕阴，且欲东兵。苏秦恐秦兵之至赵也，乃激怒张仪，入之于秦。”

② 张仪（？—前309），战国时魏国人，战国时期著名的纵横家，提出连横，即秦国联合几个诸侯国，对抗其他诸侯国。张仪曾两次为秦相，前后共11年。

你恨他，等你穷途潦倒的时候让我来救你，然后使你跟我去秦国，干什么呢？得君行道。

为什么这样做？苏秦说我是人才，你张仪也是人才，我们押宝不要这样押，我去押合纵这一宝，联合六国抵抗秦国；你去押连横那一宝，游说秦国攻打六国；这样子哪一宝输了我们都是胜利者，哪一宝赢了我们也是胜利者，我们第一流的人才要能会押宝，永远不会输。

张仪听完以后，大叹一声。《史记》里记载：

> 张仪曰："嗟乎，此在吾术中而不悟，吾不及苏君明矣！"

哎呀，我是在苏秦的整个设计里面、整个权谋里面，我居然没有觉察，没有想透，太明显我赶不上他了。我李敖也是这样啊，一切都在吾术中，可是我没有恶意的。我还记得 1949 年我 14 岁离开上海到台湾来之前，每天看到很多乡下人流亡到城里来，晚上就蹲在路边、睡在路边，常常第二天早晨就冻死了。

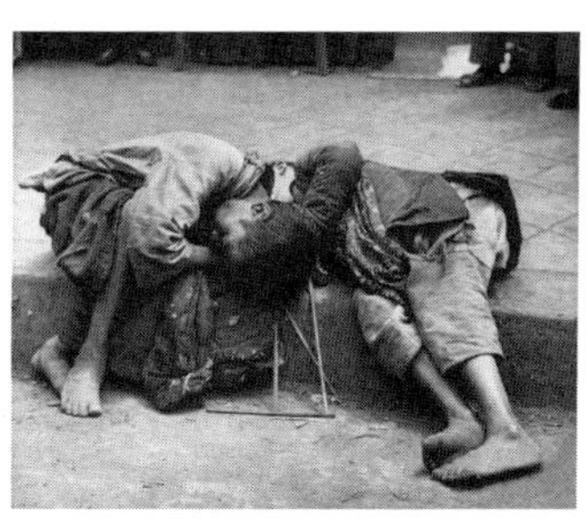

孩子饿毙街头的景象

当时有一个了不起的漫画家叫张乐平，他画的《三毛流浪记》就表现那些可怜的难童在国家战乱的时候流浪街头，最后不是冻死就是饿死的惨剧。我李敖是亲眼看过这种悲剧的，我也亲眼见证了六十多年来海峡两岸尤其是台湾这边的一些变化。

我必须说，对我们这代人来说，一个不再有小孩子冻死街头的中国，一个不再有战乱、饥荒、流亡的中国，一个不再有“文化大革命”戴高帽子游行出现的中国，对我们太重要了。它是我们多少年来的一个梦，过去没有实现的可能，今天开始有机会慢慢去兑现了。

今天台湾这边的人不再光着脚了，有鞋穿了；大陆那边的人也开始慢慢变得富裕，当然还有一个百分比是很穷的。可是我必须跟大家说，我们要珍惜目前这种状况，这是一百多年来中国人从来没有享受到的一次机会。过去我们多少努力都被摧毁了，好几代人都被牺牲了。今天我们有幸得到一个机会，可以在安定中求发展，我觉得是了不起的一个进步。我觉得那种动乱的、革命的或者打倒反革命的时代应该告一段落了。现在大家冷静下来，使我们能够走向温饱，过一种小康生活，这对我们太重要了。我们不谈什么主义，不唱什么高调，也不说什么世界大同，我们但求小康，但求大家能够集体发财，能够温饱。

可是同时我们也要想一想，这样子的发展是我们最后的目的吗？在我这种老派的人冷眼旁观起来，也有所忧虑。忧虑什么呢？忧虑大家没有理想，变得只看眼前，除了温饱就是吃喝玩乐。当一个人没有理想，停留在吃喝玩乐这种层次的时候，我认为是一种危机。

这里面尤其重要的是知识分子。知识分子的特色是要敢于跟当权者唱反调，如果你不敢唱反调，你算什么呢？台湾有一位“中央研究院”院士余英时①，被媒体瞎捧，说他多有学问，都是胡扯的，因为他对群众一点影响力也没有，群众跟他是断层的。

---

① 余英时（1930—　），历史学家、汉学家，台湾“中央研究院”院士。曾任哈佛大学、耶鲁大学教授。现居美国。著有《士与中国文化》《朱熹的历史世界》《中国近代思想史上的胡适》等。

余英时的老丈人是台湾“教育厅”厅长、“行政院”秘书长陈雪屏[①]。当年余英时在台湾东部花莲，有一天正好赶上台风天，忽然说蒋经国要见他，他很巴结地立刻要去见蒋经国，可是台风天怎么办呢？好，找到一个警察，骑着那种重量级的摩托车，穿着雨衣抱住警察，从花莲一路冒着风雨赶到台北，去见蒋经国。

这种知识分子我李敖太看不起他们了！可是蒋介石、蒋经国统治下的许多台湾知识分子，通通是这种货色！你们敢出来跟当权者对干吗？我的老师殷海光有这种记录，我李敖有这种记录，别的那些知识分子我哪里看在眼里。

我觉得知识分子最重要的一点是先要去掉心里面的一个魔障，什么魔障呢？酸气。毛泽东骂梁漱溟是“秀才”，秀才代表什么？知识程度不高，可是充满了酸气。今天我看到那些讲三七四六，评论我或者批评我的那些文章，我觉得充满了秀才的酸气。为什么？没有看到我李敖优秀的、勇敢的、慈悲心肠的那一面。好比我为了慰安妇可以捐出一百件收藏品，卖出一百万美金，救助那些被日本人蹂躏今天变成老太太的可怜女人。

可是我李敖是台湾所谓“国会议员”里面唯一没有汽车的人。有一天我从办公室出来，有一个人拍我的肩膀，我一看是邱毅。邱毅说李大哥要不要送你一段？我说不要。邱毅手一招，开过来一辆奔驰 500，上了车扬长而去。不一会儿，又有一个人拍我肩膀，我一看是“立法院”副院长钟荣吉。钟荣吉说李大哥要不要送你一段？我说不要。他手一招，开过来一辆凯迪拉克，然后钟副院长坐上车扬长而去。然后我呢也手一招，开来一辆小汽车，价值十五万新台币，大概人民币三万多块钱。谁的车呢？我在“立法院”因为太凶悍，很多人恨我，寄子弹来威胁我。台湾的公安单位害怕出事，派了两个警察保护我。其中一个警察叫小龙，他自己有一辆小

① 陈雪屏（1901—1999），江苏宜兴人。学者，台大心理学系教授。去台后曾任“教育厅”厅长、“行政院”秘书长等职。

汽车，值台币十五万。我一招手，他的汽车就开过来，我上了他的车。

上了汽车我就骂小龙，我说你怎么开这种烂车给我坐啊？可是大家知道吗，我李敖捐出来的钱可以买奔驰500，也可以买凯迪拉克，可是我没有，为什么？我有我另外的一种理想、一种境界，这个理想和境界许多人跟不上的，也不能理解。我把这个故事讲给大家听，希望大家想一想，除了“衣食足而知荣辱”以外，除了吃香的喝辣的以外，我们还要不要保持一些理想？要不要有一些别的追求？